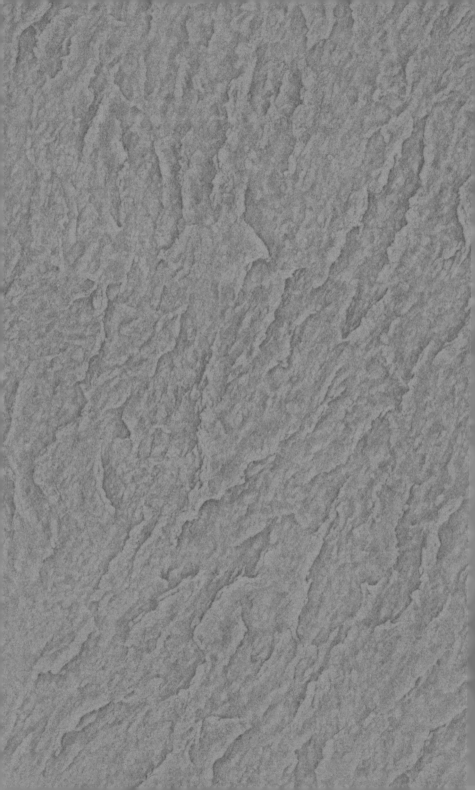

猴神

大西国宝藏

张云 著

作家出版社

图书在版编目（CIP）数据

猴神：大西国宝藏 / 张云 著．-- 北京：作家出版社，2019.3

ISBN 978-7-5212-0459-9

Ⅰ. ①猴… Ⅱ. ①张… Ⅲ. ①长篇小说 - 中国 - 当代 Ⅳ. ①I247.5

中国版本图书馆CIP数据核字（2019）第058118号

猴神：大西国宝藏

作　　者：张　云
责任编辑：李　夏
装帧设计：老　左
出版发行：作家出版社有限公司
社　　址：北京农展馆南里10号　　邮　　编：100125
电话传真：86-10-65067186（发行中心及邮购部）
　　　　　86-10-65004079（总编室）
E-mail:zuojia@zuojia.net.cn
http://www.zuojiachubanshe.com
印　　刷：中煤（北京）印务有限公司
成品尺寸：142×210
字　　数：390千
印　　张：17
版　　次：2019年6月第1版
印　　次：2019年6月第1次印刷
ISBN 978-7-5212-0459-9
定　　价：58.00元

目录

第一章　天桥猴神

张小臭第一次见到那只猴子，就觉得蹊跷。

天桥这地方，就从来没见过这样的猴子，更没有见过猴子主人这模样的人物。

那一年，是民国十八年（1929），张小臭整 10 岁。大户人家的孩子，这般年纪还黏着父母懵懂无知呢，可张小臭却成了天桥出了名的小混不吝、京油子。

说起来，这也怨不得张小臭。清末民初，时局动荡，维生艰难，大人自己都养不活，所以生下孩子狠心丢弃的多了去了，说起来无比辛酸，可也实属无奈，毕竟人心都是肉长的，十月怀胎，但凡有点儿办法，谁也不愿意丢了自己的亲生骨肉。

张小臭就是弃儿一个，没人知道父母姓甚名谁，生下来没几天就被撂在先农坛的墙根儿，当时正值隆冬，等人发现了冻得全身青紫，奄奄一息。北京城好事儿的人多，有个先前在宫里当过差的老嬷嬷给抱了去，灌了几口米汤，竟吊回了一条命，哇哇大哭撒了冲天的一泡尿，见到的人都说这孩子命硬。

老嬷嬷娘家姓张，所以张小臭随了姓，住进了天坛西沟旁的一间破屋里。老嬷嬷无儿无女，把张小臭当亲生儿子一般看待，虽说生活艰难，也勉强维持得下去。老话儿说天有不测风云，人有祸兮旦福，小臭5岁这年，老嬷嬷得了绝症，一口气没上来归了西，可怜的一个小儿，又成了姥姥不疼舅舅不爱的孤儿一个，自此吃百家饭，穿百家衣，靠着街坊四邻施舍，方才存了一条性命。

一晃到了10岁，长得骨瘦如柴，不能说皮包骨头，却也跟豆芽菜一般。头发又黄又软，颧骨凸出，额头高耸，双目深陷，鼻骨隆挑，长相奇绝，身上的衣服补丁摞着补丁，油渍斑斑都有了包浆，离得老远就闻到一股怪味，所以大家都叫他张小臭。

都说无娘的孩子持家早，尽管只有10岁，张小臭却早已成了谋生的老手。除了别人接济，他自己什么活儿都干过，也自然少不了偷鸡摸狗、骗吃溜喝，和一帮狐朋狗友混在一起，时间长了，天桥一带无人不知无人不晓。

也算是小臭落在了个天桥好地方，换成别的地儿，这条小命估计早没了。

北京城历史悠久，远的就不说了，打大明永乐年后，这里就是京师，一直到清末，几百年就没变过。一国之都，自然有不同的气象，达官贵人且不说，就是平民百姓，也格外不同。老北京人大气，只要天不塌下来，那就爱咋咋地，戏照样听，日子照样过，但凡混个脸熟，能帮衬就帮衬，和气一团。

天桥就更不用说了。

北京城，历来是"东尊西贵南贫北富"，贫苦大众基本上都聚在南城，人多了，烟火气自然就多，天桥这地方，就是各种贫民的聚集之地，后来发展壮大，终于成了享誉北京城乃至全国的好去处。

既然聊到天桥，那得好好说道说道。这地方在正阳门以南、永定门以北，往东是天坛，往西是先农坛，是明清帝王祭祀天坛必经的道路，所以得名天桥。

天桥桥身很高，站在下面能把视线完全挡住，桥东叫东沟沿，桥西叫西沟沿，沟身最长，俗称龙须沟。桥北，东西两帮，商贾林立，从大明朝起就是个热闹的地儿。清朝道光、咸丰年间，小商小贩在此摆摊设铺、售卖杂货，逐渐成了庞大的市场，遂引得各行各业风云际会，江湖行当汇集交融，茶楼酒肆、说书卖唱、打把式卖艺，无所不有，五方杂处，百商猬集，真是"五色迷离眼欲盲，万方物列货纵横"。

打小儿生活在这地方，和一般的孩子相比，张小臭可大不相同。这么说吧，该他知道的他知道，不该他知道的他也知道，屁大一点儿孩子，人情世故，江湖道道，样样门儿清，熟悉的说他比猴都精，不熟悉的看他一眼就说这小子胎里坏，是个正经的"嘎杂子玻璃球儿"。

民国十八年（1929）的冬天，冷得出奇，哈气成霜，滴水成冰，即便是这般的天气，天桥也是摩肩接踵、人头涌动，谁让北京人爱热闹呢。

这一天，和平常一样，小臭出了自己的狗窝，拖着两行鼻涕趔趄摸着去哪里找口吃食儿，溜达到西市场的一个拐角，看见前方里三层外三层围满了人，一个个嘀嘀咕咕，看着蹊跷。

小臭前天晚上就没吃饭，饿得前心贴后背，满脑子都是吃的，哪顾得了这个。再说，生在天桥，长在天桥，什么玩意儿自己没见过？绕过人群，走了十几步，只听见背后有人喊了一嗓子："这老头儿，排场不一样！"

小臭听了，好奇心给勾了起来，当即停下脚步，转身往回蹽。好不容易抄着手，分开人群，挤了进去，见墙根儿围出了一个不大的空场子，端坐着一个老头儿。

这老头儿，年纪大概六十多岁吧，看着面生，以前肯定在天桥没见过，凹腮、黄须、尖头，身材矮小精干，一双小眼炯炯有神，穿着一身蓝色的布袍，大马金刀地端坐在一个小马扎上，身后放着一个不大的木箱，面对人群，脸上古井无波，淡定得很。

还别说，这模样的人物，这场面，小臭也是头一回见。

天桥向来走江湖的多，全国的奇人异士，都汇聚于此，没个真本事，别说挣不下仨瓜俩枣儿，被人踹翻摊子赶出去的都有。即便你有两下子，也得先拜会这里的江湖头头，才能摆摊撂地。所谓的摆摊撂地，可不是简单地选个地方就开张了，那得有先招揽生意的手段。比如打把式卖药的，必然是开始光着膀子练一通飞刀，使一通鸳鸯棒，再徒手破砖，轰隆隆一番气势，引得观众齐声叫好，这才面不红气不喘开始推销生意，还得有套说辞："各位，想当初曹操真心疼而死，姜维真心疼而亡。世上没有真心疼的病，我们人得的是肚腹疼痛，有九种，哪九种？食疼打饱嗝，寒疼着凉重，气疼两肋功，水疼咕噜噜，虫疼胃酸水，六积疼，七聚疼，八症疼，九瘕疼……"这么一说，人人爱听，自然就有人去买药，生意做成了，钱也落进了口袋。所以这招揽生意的本事，越热闹越好。

相比之下，这老头可就奇了怪了。

脸上一副家里死了人的表情，半点笑容都无，不敲锣鼓，没有亮功夫，也没吆喝喊叫，连个招牌条幅都不打，都不知道他耍的是什么鬼、葫芦里卖的是什么药。

说来也怪，越是这样，聚过来看热闹的人就越多，瞧着新鲜，都想看看这老头到底要干什么，所以时间不长，围观的人可就海了去了。

小臭人小，挤在最前面，蹲在地上，看了一会儿，目光不由自主地就落到了那箱子顶的东西身上。

那里蹲着一只猴。

猴，小臭看过很多，天桥耍猴的众多，不管什么样的猴，小臭只需瞅一眼就能说出产地哪里，是猕猴、短尾猴还是红面猴、长臂猿、金丝猴，那是一清二楚，可眼前这只猴，张小臭却从未见过。

这猴，比一般的猴足足小了一倍，体长也就两三尺，全身漆黑如墨，没有一根杂毛，犬面短尾，双目赤红，四个獠牙外翻于唇外，雪白锋利，更引人注目的是额头眉心处竟然生出一圈白色的毛发，远远望去，如同长了三只眼睛，蹊跷无比。

小臭见多识广，别的不说，光凭这猴，就判断老头儿不是一般人。

人越聚越多，见老头儿还没动静，早有急性子的喊了起来："我说这位爷，大冷的天儿，您这是耍我们玩儿呢？是骡子是马，您也拉出来遛遛，别跟我们斗咳嗽！"

众人哄笑，起秧子。

老头儿这才慢慢站起身，从地上抓了一把黄土，绕着箱子画了一个圈。

这个举动，让周围鸦雀无声，都伸长了脖子看老头要干什么。

画完了圈，老头儿冲那猴子点了点头。猴子翻身下了箱子，开了锁，从里面拿出一块不大的木板，放在圈子中央，然后又从箱子里取出一个大瓦罐来。

这瓦罐，太平常不过了，家家户户估计都有，黑不溜秋，罐口蒙着布。

老头接过瓦罐，扯了扯马扎坐在木板旁边，将罐子上头的布取下，又将罐子斜放在地上，时候不大，从里面蹦出个大蛤蟆，落到了木板上。

围观的人见了，不由得失望地喊了一声："嗨！"

人群的骚动，老头置若罔闻，笑了笑，喊了一声："先生都出来了，学生怎么还不出来？"

声音低沉，略带沙哑，却穿透力十足，震得小臭耳膜嗡嗡作响。

话音未落，只见从瓦罐里吧嗒吧嗒蹦出八个小蛤蟆，齐齐跳到木板上，在大蛤蟆面前，分成两排，整整齐齐。

老头又笑了笑，高声道："先生该教学生念书了。"

只见那大蛤蟆"呱"地叫了一声，无比的响亮，接着，八个小蛤蟆齐齐跟着"呱"地叫了一声，如此一叫一和，此起彼伏。

过了几分钟，老头又道："时间不早了，该放学了。"

大蛤蟆叫了一声，蹦到了瓦罐里，八个小蛤蟆齐齐叫了一声，也跟着回到了瓦罐中。

老头儿这一手，把围观的一帮人看得目瞪口呆，随即掌声、叫好声震耳欲聋。

"好！"

"见过耍猴耍狗熊耍蛇的，蛤蟆教书，破天荒头一回见！"

"真是神了！"

"那蛤蟆怎么就那么听话呢？！"

便是张小臭，也是觉得稀奇无比。

"再来一个！"

"还有没有？！"

观众觉得不够，纷纷较劲。

老头冲猴子点了点头，猴子从木箱里又取出了个小瓦罐递了过来。

那小瓦罐，也就拳头大，肯定装不下蛤蟆了。

老头和之前一样，打开罐口的布，将小瓦罐斜放在木板上，时候不大，从里面爬出一群蚂蚁来。

这蚂蚁，数目众多，没有一万也有几千，小臭看得仔细，蚂蚁呈黑黄两种颜色，黑的大一些，黄的小一些，混在一起，密密麻麻。

见蚂蚁爬上了木板，老头儿笑了笑，高声喝道："出征操持，排好队！"

话音未落，那群蚂蚁快速移动，黑的黑，黄的黄，自动排成两列，泾渭分明！

"敌军在前，且排个偃月阵！"老头儿又喊。

蚁群又快速移动，黄的在前，黑的在后，自动摆出了个偃月之阵。

接下来，在老头儿的吩咐下，蚂蚁们又排出了长蛇、鹤翼等阵形，耍了一通，老头高喝："操练完毕，各自回营。"

蚂蚁真如同人一般，整整齐齐又回到了小瓦罐中。

这时候，现场欢声雷动。

老头用布蒙好了小瓦罐，递给那猴子。猴子将罐子放回木箱，又取出一个小竹篓来，脸上似乎有些不情愿，双手捧着来到观众面前。

这阵势，在场的都知道——看过了稀罕，得掏钱了。

要是往常，给与不给，全凭自愿，可这次看得高兴，所以给钱的格外的多，时候不大，铜板、银元满满丢了一竹篓！

别人在丢钱，小臭脑子里却是翻江倒海一般。为什么？想不通呀！

驯兽不稀罕，不管是耍猴还是耍山羊、狗熊，花样再多都不稀罕，无非就是个训练而已，其中门道，小臭也能说个一二，可蛤蟆和蚂蚁就不一样了！这两样玩意儿，根本就不通人意，也无法与人交流，小臭想破脑袋也搞不清楚老头到底怎样让蛤蟆和蚂蚁如此乖乖听话的！

换成别人，看个热闹，乐呵乐呵也就算了，小臭不行，这家伙天生一根筋，爱琢磨，所以蹲在那里抓耳挠腮。

正琢磨着呢，眼前突然横过竹篓。一抬头，正好看到猴子立在自己面前。小臭身材本来就不高，又半蹲着，几乎和那猴子面碰面。

看到猴子捧着竹篓，小臭也知道要给赏钱，可掏了掏口袋，大子儿一个没有，平时再吊儿郎当，这时候也难免面红耳赤。

"臭爷，您老平时光看不给也就算了，这次再不给，可就说不过去了吧！"

"就是，天桥谁不知道臭爷是一号人物，连个铜板也不赏？也太跌了您老的面子！"

周围一片大笑。

小臭何等脾气，转脸就骂："老子赏不赏钱，关你们屁事！装哪门子的大瓣儿蒜！"

骂了一通，低头看了一眼那猴子，众目睽睽之下，小臭到底是觉得有点儿不太好意思，只得抱了抱拳："猴兄，今儿没带钱，下回再给，成不成？"

本是说句场面话，在众人面前挽回个面子罢了，没想到那猴子真捧着竹篓转过了身。

不过，在转身时，小臭清清楚楚看到那猴子对自己笑了一下！

电光火石之间，别人看没看到小臭不知道，可他自己看得真真切切：那猴子，露出的笑容，跟人一模一样！

有道是夜里磨牙，肚里虫爬，凡事起了因，那就会有个果。自打瞧上了这么一回杂耍，张小臭就魔怔了，回到破屋唧摸了一晚上，也没想出老头那套杂耍其中的原委，百爪挠心，第二天天不亮就起床，到了原先那地方，笼着袖子等老头前来，接连看了两回，就再也没看到老头儿和那猴子露面。

天桥的江湖艺人，游走四方的很多，流动性比较大，往往都是要个几天，图观众看着新鲜赚足了钱，就转移到下个城市，毕竟能耐再大手艺也就那么多，老头儿和那猴子或许就属于此类。

别人看过了瘾，各忙各的，小臭受不了，骗吃溜喝、呼朋唤友的心思是没了，有工夫就四处寻找老头的踪影，可找了七八天，毛都没找到一根。

本以为事儿就这么了了，哪想到有天晚上，愣是给撞上了。

小臭生活原本就没什么规律，这天晚上，和一帮朋友偷了几只鸡，煺毛开膛，收拾干净，又打了一坛老酒，吃得尽兴，这才摇摇晃晃回家。

顺着西沟沿往前走，转过了胡同口，眼见得自己的破屋在望，突然脚下一趔趄，被什么东西绊了下，差点儿摔个狗啃屎，抬起头，发现地上横躺着一个人，气得小臭大骂："你大爷的！三更半夜在这里挺尸，差点儿闪了臭爷的腰！"

骂完了，抬脚要走，却见地上这位竟然一动不动。小臭吓了一跳：难不成是路倒儿？

所谓的路倒儿，就是饥寒交迫死在路边的人，在天桥每年冬天都能见到。

小臭转过身，往前蹭了两步，蹲下来这么一瞧，顿时酒意全消！真是踏破铁鞋无觅处，得来全不费工夫，这不正是自己四处打听的那个老头儿吗？

"这里虽然凉快，可咱也不能在这儿躺着玩儿。这位爷，劳驾您起个身，咱们换个地儿？"小臭笑道。

老头依然没有回应。

小臭费力将老头扶起，见他面色苍白，嘴角流血，好像受了什么伤，又摸了摸手腕，还有脉搏，看来没死。

救人一命胜造七级浮屠，小臭咬紧牙关，连拖带拽，将老头带到了自己的破屋，放到了床上，累得死狗一般，又忙前忙后，擦拭喂水，约莫过了个把钟头，老头这才幽幽醒来。

"哟，醒了？您这是唱哪门子戏？好好的杂耍不练，大冬天躺在地上，难道是挨了同行的闷棍？"小臭坐在对面，嘿嘿一阵笑。

老头先是十分警觉地坐起，待看到了小臭，方才松了一口气，沉声道："这是哪里？"

"我家。"

"我晕了多久了？"

"这话你问我，我问谁去？"

老头儿道了一声谢，起身要走，被小臭一把摁下了。

"您老可千万别介！刚吐了血，出去再受个冻，死在外面，警察还以为我干的呢。"小臭把早晨煮好的棒子面粥热了热，端了一碗给老头，又道，"您要是不嫌弃我这狗窝，先歇一晚，等明儿天亮我去给您找大夫。"

老头重新坐下，端粥喝了一口，看了看屋子："家里就你一个人？"

小臭苦笑："我倒是想多口人，可总不能外面随便扒拉一个当爹吧？"

老头也算是看出了小臭的出身，把粥放下："没了爹娘，那也好。"

嗨！把小臭给气的！有这么说话的吗！

"敢问您老怎么称呼？"

"我姓吴，行里的都叫我'猴子吴'。"

看来是不想表明身份。

"吴爷，您这是怎么一回事？"

"也没什么，被一个人下了黑手。"猴子吴转过脸，"你贵姓？"

"屁的贵，我叫张小臭。"

"哦，倒是名如其人。"猴子吴笑笑，"麻烦你一件事？"

"见外了不是，自家兄弟，有事您吩咐？"

管六十多岁的老头叫声兄弟，这也只有小臭喊得出口。不过有事没事嘴上先占个便宜，是他的性格。

"麻烦你去仁寿寺的西偏殿，帮我把猴子带回来。"

张小臭这时候才发现老头身边没带那只猴子。

"这容易，不过我认识它，它恐怕不认识我呀。"

"你去了，叫一声'宝儿'，它自然跟你来。"

小臭点了点头，推门出屋。仁寿寺离他住的地方不远，一泡尿的工夫就到了。这地方原本就是一个小寺，早荒废破败了，小臭熟悉得很，迈进了正门，溜达到西偏殿，闪身进去。

里头空间不大，霉味扑鼻，墙皮掉了大半，角落里结着蜘蛛网。

殿中横七竖八搁着几口棺材，都是附近人家存放的寿材，杵在黑暗中，有些阴森恐怖。

小臭四处找了找，巴掌大的地方，哪有猴子的身影？

"难道不在这里？不应该呀。"小臭直起身，小声喊了一句，"宝儿！"

话音未落，就听见身后吱嘎一声。

转过头，小臭吓出了一身白毛汗！

声音从其中的一口棺材传出，接着棺盖移动，从里面蹦出了个黑影。

"你大爷的！吓死老子！"待看清楚果真是那只猴子，小臭哭笑不得。

猴子见了小臭，咧嘴一笑，双爪抱拳，似乎是施了一礼。

"你倒是会找地方！跟我走吧！"小臭道。

猴子纵身一跳，落在小臭肩膀上，看着挺小的一只猴，想不到竟然十分沉重。

小臭带着猴子，原路返回。等进了破屋，猴子见到老头儿，吱嘎嘎扑上去，又是比画，又是龇牙咧嘴，好像看出来老头受伤，很是关心。

"大意了，中了那家伙的道儿，你且放心，我自有安排。"老头儿拍了拍猴子的脑袋，猴子立马安稳了，可双目之中，尽显忧虑之色。

当晚，老头儿和猴子在小臭家里歇息，一夜无话，第二天早起，老头儿递给了小臭一张纸。

小臭狐疑地接过来，看了一眼。

"你好人做到底，帮我出去把这些东西带回来。"老头道。

小臭一口老血差点儿喷出去！

他虽然没上过学，可大字还是识得几个，这张纸似乎是一张药方，上面林林总总写着不下几十种药，不乏人参、鹿茸这般的名贵药材，还有一些，小臭连听都没听说过。

"吴老头，您拿我打镲呢！把我卖了也买不起这些！"

老头儿拍了拍脑袋，从口袋里掏出个东西，丢给小臭：

"差点儿忘了，这些应该够了！"

小臭接过，看了看，竟然是沉甸甸的一根金条。

嚯！玩杂耍的什么时候变得这么有钱了！

带着满肚子的狐疑，小臭出去兜兜转转，忙活到了下午，方才把老头儿要的药材置办齐全，回来交给老头儿，发现老头儿不仅将行李搬到了破屋中，更是早早支起了砂锅准备煎药。

服下了药，老头在小臭家里歇息了两天，第三天晚上，夜半时分，把小臭叫了起来。

"我出去办趟事，你帮我照看宝儿。"

"有什么事也用不着这么晚去办吧？"

"这种事，还只有晚上才能去办。"老头穿上了一身黑色衣衫，全身上下收拾得干净利索，出了房门，抬脚飞身上树，很快就没了影踪。

一连五天，天天如此。老头儿白天躲在家中睡觉，半夜三更出去，直到凌晨时分才回来。

至于出去干什么，小臭问过几次，老头儿不肯说。不过，以小臭的经验判断，这老头儿绝非一般的江湖艺人，他干的事，肯定也不是寻常之事。

到了第六晚，刚过了十二点，猴子吴收拾妥当，和往常一般出去了。小臭待着无聊，便与那猴子玩耍，经过这些日子的相处，猴子和他早已熟悉，想起先前老头儿的那个杂耍，便扯来凳子，学着老头的模样，指挥猴子。

那猴子起先不乐意，小臭恩威并施，愣是用半袋蜜饯诱惑它从木箱里取出了瓦罐。

接下来的事情，让小臭有点儿意外：老头儿杂耍办到的，他也能办到！在小臭的口号声中，不管是蛤蟆还是蚂蚁，都听话无比。

这就奇了！小臭心思聪慧，仔细观察了一番，发现这杂耍关键并不在指挥者，而在于那只猴子！

在表演的时候，观众的全部注意力都集中到了表演者身上，恰恰忽略了旁边的猴子。小臭在喊号令的时候，那猴子嘴里嘀嘀咕咕发出一连串的奇怪音节，竟有指挥虫蚁的能耐。

这个发现，让小臭十分震惊，看来这猴子果真非同寻常。

一人一猴，玩得开心，闹腾到了后半夜，眼见得天快亮了，还不见猴子吴回来，小臭担心老头儿，穿上棉袄戴上皮帽正准备出去，突然门咣当一声响，一个人影跌入房中。

不是别人，正是猴子吴。不过眼前的老头儿，甭提有多惨了。

全身上下，伤痕累累，看上去似乎是被什么利器所伤，更怪异的是七窍流血，无比瘆人。

小臭连忙将老头儿搀扶到床上，想奔出去找大夫，被老头儿一把拉住。

"没用的。"猴子吴使劲喘息了一口气，"你救我那晚，我就中了招，这段时间全靠那些药物吊着性命，本想着这几日把事情办了可以安心西去，想不到那家伙到底还是技高一筹……"

小臭听得丈二和尚摸不着头脑，正准备问个清楚，老头儿指了指旁边的椅子，示意他坐下。

待小臭坐好，老头儿艰难地坐了起来，直勾勾盯着小臭，在他的脸上上下下看了一会儿，笑道："也是天意。"

"吴老头，咱能不能把话说明了，到底是怎么一回事？"小臭内心有无数的疑问。

老头儿咳嗽了一声，道："我的来历，你不必打听，知道多了，对你不是件好事。我不是什么江湖艺人，更不是靠杂耍混饭吃，之所以在天桥露面，是为了引出一个人。"

"什么人？"小臭问道。

老头儿眯上眼睛，嘴角抽搐，似乎很激动，犹豫了一会儿，还是没说。

"小臭，我追了这个人差不多快二十年了，想为我们这个行当清理门户，没想到，这家伙……"老头深吸了一口气，"是我太大意，这家伙根本就是个妖孽呀。"

"十分厉害？"

"不是一般的厉害。"猴子吴解开衣服，露出枯瘦的身板，灯光之下，小臭发现老头儿身上青紫一片，皮肤之下，似乎有无数的小虫在蠕动一般。

"你救我那天，我就中了那家伙的铁嘴蜈蚣，这种东西，剧毒无比，速度极快，咬下之后，产子于人的身体之中，无药可解。看来天不助我。想我猴子吴纵横一生，临了竟然这般栽了，一身本事随我而去，也是不甘心！"

猴子吴越说越激动，连连咳嗽，每次咳嗽都会喷出一口鲜血来。

"咱俩遇见，也是缘分。小臭，我观你面相，乃是罕见的'五绝横命'，这种命格的人，克父克母妨妻碍子，孤煞凶险，注定无法像寻常人那般一生平顺，也注定不会大富大贵……"

"我说老头儿，你可不能这么咒我！"小臭听了，气得够呛。

"我都这般光景了，还有闲心咒你？"猴子吴笑笑，"不过你这命格，正好适合我的行当。"

说罢，猴子吴转脸对猴子道："宝儿，将我那书取出来给小臭。"

猴子听了，来到木箱中，一掌劈开木箱，从夹层里取出一个黄布包着的东西，交与小臭。

小臭揭开黄布，见是一本厚厚的线装书，看起来年头不短，纸张泛黄，封皮上写着两个大字："宝鉴"。

"吴老头儿，这是什么意思？"

"这本书，是师父临终之时传给我的，代代相传，我也把我这一辈子的心得记录在内，你先收下。"

小臭翻了两页，立刻头大，里头的文字都是些篆字，密密麻麻，还有许多怪异的图案，鸟兽鱼虫异物怪宝，比比皆是，小臭这水平，瞅了一眼，立刻头大如斗，他原本就是个不喜欢看书的人。

"我一生没有收过徒弟，这本书给你，也算是有了衣钵传人，我死之后，你一定要妥善保管，别让旁人知晓，自己好好习练，等你看完了，自然知道我干的是什么行当。有了这身本事，保你下半辈子吃喝不愁。"

猴子吴的声音越来越低，小臭听得想乐。

书自己是看不下去的，更不想学老头儿身上这本事。能耐再大，到头来还不是这个下场？

小臭心里如此想，面上还是唯唯诺诺。

"我死之后，你马上将我烧了，骨灰撒入河中，对别人不要提及你我的关系，否则只会招惹麻烦。除了这本书，我没别的东西给你，宝儿你便收下吧，它不是一般的猴子……"

小臭看了看那猴子，发现猴子躲在一边，偷偷抹着眼泪。

"你待它，要像亲人一般，有它在你身旁，或许能化解一些危难。"猴子吴与宝儿感情很深，说到动情处，也是潸然泪下。

小臭见老头儿眼神开始涣散，知道情况不妙，赶忙过去扶着老头儿躺下。

老头剧烈咳嗽了一阵，发出长长一声叹息："六十五载混于世，一人一猴走江湖，晚来追寻血妖客，谁知水洒一杯无。时也，命也……"

言罢，老头儿脑袋一歪，溘然长逝。

小臭是个混混，可平时也最讲义气，虽说和老头儿相处的日子很短，见到老头儿这般光景，心中不免难过，哭了几声，遵从老头儿的嘱咐，连夜找人把猴子吴的尸身烧了，骨灰撒入永定河中。

忙完了这些，收拾老头儿的行李，发现无非是些衣衫、鞋袜之类的东西，留着无用，拿出去当了，生活又恢复了原状。

寒来暑往，一眨眼八年过去了。八年里，国家发生了很多大事，可对于小臭来说，并没什么实际的影响，日子还是那般过。

18岁，小臭也成了个大小伙儿，可底子里没有变化，身形消瘦，面容古怪，混吃溜喝，不务正业。猴子吴留下的那本书，他一字没看一直放在箱子里，倒是那只猴子，小臭当成了宝贝，平时但凡有口吃的先紧着它，不管去哪儿，形影不离，亲密无比，一人一猴，俨然成为天桥的一道风景。因为那猴子能耐大，熟悉的人拿小臭打镲，起了个外号，叫他"猴神"。

有人问了，这猴子，怎么就能耐大了？且听慢慢道来。

这猴子宝儿，远比一般的猴子通人性，小臭所思所想，什么都瞒不住它的那两只眼睛，至于杂耍表演、打狗揍人、飞檐走壁全都不在话下，更绝的是，八年间小臭练成了一项绝技，完全离不开宝儿。

这绝技，就是钓鱼。

北平水系众多，且不说有永定河、潮白河、拒马河、北运河这般的大河，城里城外的水潭、洼地更是星罗棋布。有水，就有鱼。有鱼，就有人捕鱼。

小臭混惯了，干不了正当职业，又得养家糊口，所以总得找点事情赚个仨瓜俩枣。钓鱼就不错，不需要本钱，只需要准备钓具，刨来鱼饵，就能找地儿下钩。

小臭钓鱼的水平，不光在天桥，就是在整个四九城也堪称一绝。

这么说吧，不管什么样的水，不管什么样的鱼，没有他钓不上来的。只要他愿意，一个水洼子里的鱼，不管大小公母，他能给钓绝了。他那钓具，自己做的，紫红色的竹竿一根，坚硬无比又有弹性，渔线乃是纳鞋底的双股细皮线，钩子也是有讲究，什么回须钩、连环钩、子母钩、拐子钩林林总总不下几十种，什么样的鱼用什么样的钩，讲究得很。更绝的是，没有鱼浮子，鱼儿咬没咬钩、什么时候收线，全凭他感觉。

起先钓鱼，无非是糊口，钓得多了，便拿去鱼市贩卖，他的鱼好而且价格低，所以买的人很多，时间长了，家里红白喜事、生病滋补的人，事情来得急，又需要特别的鱼，比如十斤重的鲤鱼、十年的王八，等等，都找张小臭来订购，价钱自然也就贵了。

对于订购的鱼，小臭就得踅摸，这就离不开宝儿了。每次接了订单，问清楚了买主需要什么样的鱼，几斤重，小臭便带着宝儿出门，找到差不多的水洼子或者河流，与宝儿说了要求，猴子便跃入水中，侦察一番，上岸点头示意或摇头摆尾，点头表示水中有货，摇头表示没有。宝儿点了头，小臭方才下钩，一钓一个准。宝儿古灵精怪，不但有识鱼的本事，潜水的本领也绝佳，一个猛子下去半小时不露头那是常事，若是钓到大鱼，小臭自己不动手，宝儿便跃入水中，抱鱼而出。

有了这本事，小臭即便是没有正经活儿干，也能逍遥度日，卖鱼换来的钱，偶尔还能下趟馆子，喝酒吃肉，所以日子呀，过得滋润。

民国二十六年（1937），北平发生了一件震惊中外的大事——七七事变。枪炮轰鸣中，小鬼子进了北平城，搞得乌烟瘴气，时局动荡，大家的日子都不好过，小臭也就过得艰难起来。

到了秋末，天气越来越冷，鱼也变得难钓，小臭一连十来天都接不到订货，眼见家里没了存粮，只得出门找活儿干。刚到了水心亭，就看见蛤蟆头和韩麻子二人在喝大碗茶，便瞟眉奋眼地奔了过去。

小臭死党众多，关系最好的，就是这二位。

韩麻子和蛤蟆头和小臭一样，都是无父无母的孤儿，三人很早的时候就腻在一起，平时好得穿一条裤子。

韩麻子和小臭同年，早生了几个月，大名叫韩三元，因为一脸麻子，所以知道的都叫他韩麻子，这人身材敦实，虎背熊腰，一膀子力气，以卖黄土为生。

卖黄土这个行当，民国时期的北平并不稀奇。冬天北平城家家户户都要烧煤球，所以有大大小小的煤球厂。拉来煤，搞碎了，用机器或者手工摇出来，晾干即可出售。

煤球摇得好不好，黄土是关键。这玩意儿相当于黏合剂，单纯的煤末子，很脆，也很难成形，必须和黄土混在一起才能摇得瓷实。黄土好不好，不但关系煤球好不好，还关乎煤球燃烧充分不充分、火头好不好，故而但凡是煤球厂，对黄土都格外上心。

韩麻子干的就是挖开黄土，淘干了洗净了，卖给煤球厂。干这行的，都是穷苦人，四处找黄土，起早贪黑，是个苦营生。

蛤蟆头大名叫徐宝臣，20岁，长相很是英俊，唇红齿白，油头粉面，因为头大，人送绰号"蛤蟆头"，是个"小绺"。

小绺就是小偷，江湖上管干这一行的叫"小绺门"，北平的娱乐场、酒店、饭馆经常能看到挂着一个招牌"留神小绺，谨防扒手"，说的就是这伙人。

虽然都是小绺，可吃的饭也五花八门，有吃"轮子钱"的，就是专在火车、电车上行偷的，有吃"黑钱"的，指的是专在晚上偷，不一而足。蛤蟆头干的，行里头称之为"高买"，属于"细活"，说白了，就是专对有钱人下手。这不是一般人能干得来的，首先要求长相好，穿着阔绰，这样接近有钱人人家才不会起疑心，其次要求手法高超，哪怕走个对脸、转个身儿的空当，也能手到擒来，开张一次，足够吃半年。

蛤蟆头、韩麻子、张小臭，性格迥异，干的营生也不相同，但彼此对脾气，早早就学着刘关张桃园三结义拜了把子，蛤蟆头老大，韩麻子老二，小臭老幺，有什么事情都在一起咬耳朵。

落了座，小臭要了两碗茶，自己一碗，猴子一碗，喝一口叹一口气，愁眉苦脸。

蛤蟆头瞅着这一人一猴，顿时乐了："三弟，又缺钱花了？"

"可不是嘛！都说老天爷饿不死瞎家雀儿，我张小臭却是要喝西北风了。"

韩麻子在旁边嘿嘿直乐："早跟你说了，让你找个正经的营生，别整天游手好闲、逮鱼捉虾，那毕竟不是长久之计。"

张小臭咧了咧嘴："二哥，你站着说话不腰疼，我也想找个营生，可谁用我呀？难不成你让我跟你一样去卖黄土，就我这条件，全身上下加起来不到八十斤，挖一天恐怕就要驾崩出丧了。"

"也是。"韩麻子点头。

"你呀，是典型的抱着金饭碗要饭。"蛤蟆头弹了弹落在西装上的烟灰，晃了晃戴着金戒指的手指，"只要你愿意，绝对混得不比我差。"

"哦，大哥你给指条明路?"小臭来了精神。

蛤蟆头捋了捋油乎乎的大背头，指着宝儿道："你这猴子，比人都精，只要稍加训练，翻墙入室、偷钱取宝，那跟玩儿一样，还不吃香的喝辣的?"

话没说完，宝儿站起身一碗水全泼到了蛤蟆头身上，龇牙咧嘴，吱吱怪叫。

小臭捂着嘴，乐得不行："大哥，你这行当我干不了，即便我愿意，宝儿也不愿意，我是人穷志短，但宝儿是猴穷脾气大。"

蛤蟆头有点生气："这个不干，那个不干，活该你喝西北风!"

斗完了咳嗽，韩麻子收住笑，正色道："三弟，也不是没有你干不来的正经营生，我倒是知道一个，就怕你不乐意。"

"只要是正经营生，人家能看上我，有什么乐意不乐意的?我也不想一辈子这么钓鱼摸虾。"

"你这条件，人家绝对收你，不过嘛……"韩麻子张了张嘴，欲言又止。

"不过什么?"

"这行当……有些晦气。"

第二章　土货冥衣

韩麻子说的营生，是卖估衣。

人生在世，离不开吃喝穿戴，有钱的买来布料，找到裁缝，量体裁衣，没钱的，只能去买二手的旧衣服，称之为估衣。

在北平，估衣铺随处可见，天桥最为出名，东市场有专门的估衣市，靠着龙须沟也有大大小小的估衣铺，除此之外，还有说不清的估衣摊，摆满了各式各样红红绿绿的故旧衣服，冬天好点的有皮袄、大衣、毛衫，差点的有棉裤棉袄，夏天则是绸子、夏布一类的大褂、裤子之类，随时令的变化，出售的衣服也不同。

一到白天，估衣市里人头涌动，一堆堆的衣服胡乱堆放在地上，拣来挑去，价格远比一件新衣服要低得多。这类衣服，大部分来自当铺，一部分来自打着手鼓下乡收购的人手里，有人家穿过不要的，有破损添洞的，发着霉味，油渍斑斑，不过这还算好的，更有些不良人，将死人穿过的衣服扒下来混在其中，若是买了穿在身上，埋汰不说，指不定得了什么传染病。

韩麻子所谓的晦气，指的就是这个。

"龙须沟那边有个估衣铺，掌柜的山西人，叫乔正奇，你也认识，人虽然抠门了些，但和我关系还算不错，一天管三顿饭，还能挣几十个大子儿，干得好，学徒升伙计，年底还能抽成。"韩麻子说得唾沫飞扬，"就怕你觉得晦气。"

"这有什么晦气不晦气的。"小臭嗤之以鼻，"死人我见得多了，还怕他们穿过的衣服？"

"回头我就去跟乔掌柜说，明天你去他那里点卯。"

"成，谢二哥！"

事情就这么定了。

第二日，小臭特意起了个大早，浑身上下收拾得干干净净，把宝儿扛在肩头，沿着龙须沟前行，走了不远，就看见了韩麻子说的那家估衣铺。

抬脚进门，铺子虽不大，估衣却琳琅满目，里头几个伙计搬进搬出忙得满头大汗。

"哟，这不是臭爷嘛。"打里头出来个胖子，年纪在三十多岁，五大三粗，一身的肥肉。

"可不敢这么叫，乔掌柜，我二哥跟你说了？"小臭赶紧施礼。

"说了，你这个猴神能来，我自然欢迎。"乔正奇笑笑，两只小眼眯成了一条缝。

"得嘞，那今后我就靠您吃饭了。"小臭忙道。

"好说好说。那个，贵生呀，小臭打今儿起就是咱铺子里的人了，你好好给带带！"掌柜的冲一个伙计喊道。

"得嘞，掌柜的您瞧好吧。"

连口水都没给喝，直接派上了活儿，这个乔掌柜，的确够抠门的。

小臭跟着叫贵生的伙计，忙前忙后，干了一天，算是瞧出了点门道。

卖估衣，表面上看上去轻松，可实际并非如此。周围的都是估衣铺，需要卖力吆喝招揽顾客，即便没人经过，也不能停歇，即便是叫来了人，也不代表就能卖出去。何况，怎么卖，卖多少，这里面都有学问，小臭忙了一天，嗓子都哑了，也只卖出去了五六件，中间因为不留心，还被人顺了一件夹袄去，擦黑儿算账，不但没挣着钱，还得赔上两块大洋。更气恼的是薪水并不是韩麻子说的每天固定几十个大子儿，而是按你卖出去的衣服算账，卖得多，报酬就多，要是接连几天卖不出去，掌柜的立马甩脸赶人。

小臭觉得不能这么干，第二天，他让宝儿穿上了一身行头，戴着瓜皮小帽，敲着铜锣在铺子门口要把式，这一手，着实引来了不少人，估衣铺门口人头涌动，都被招揽了过来。到了晚上一算，小臭整整卖出了五十多件，乔掌柜乐得合不拢嘴，不但免了那两块大洋的欠账，还给小臭发了薪水塞了个大红包，让小臭继续保持。

这么连着干了五六天，小臭钱虽然赚了一些，但着实累得不轻，更要命的是宝儿不乐意了，它原本就不是一般杂耍的猴子，心高气傲，直接撂挑子上了房，小臭气闷不已。

这天晚上，小臭约了韩麻子、蛤蟆头找了个馆子喝闷酒，把估衣铺的事说了一通，大发牢骚。

"我看这营生不适合你，还是跟着我干小绺吧。"蛤蟆头嘿嘿坏笑了一声，"昨天刚干了一票，转手得了四十块大洋。"

小臭苦笑："我辛苦了很多天，连你个零头都没有。"

韩麻子却鼓励小臭继续干下去："万事开头难，时间长了就习惯了。"

"但愿如此。"

三人喝完了酒，从馆子里出来，抬头见前面街角围了一堆人，热闹异常。

"怎么了这是？"小臭道。

"你这些天在估衣铺忙活，想来错过了不少好戏，连'铁口神算'的本事也没见识到。"蛤蟆头扔过来一支烟。

小臭接了，点着，抽了一口："什么铁口神算？"

"刚来没几天，一个老道，看相算卦灵验无比，南城都快传遍了。我之前算过，神了！"韩麻子忙道。

"哟，真是洞中方一日，世上已千年，臭爷我光顾着估衣铺里操练，连天桥的事儿都不清楚了，还有这么一号人物？走，看看去！"小臭最爱热闹，扛着猴子一溜烟就奔了过去。

中国的江湖行当，总的说来分为金、皮、彩、挂、平、团、调、柳八门，基本上把各个行当都囊括在内。金是相面算卦，皮是卖药，彩是变戏法，挂是打把式卖艺，平是说评书，团是说相声，调是骗子，柳是唱大鼓。这八门、百业之中，以相面算卦地位最高，也最受江湖艺人推崇。

为何？这门行当不好干。不但要求识文断字，还要深研易经八卦精通天文地理，此外对于风土人情、人的心理等等，都要有研究，还得能说会道。干这一行，不简单。

不过天桥从来就不缺相面算卦的，只要在天桥溜达，随处可见。这些人中，有真功夫也有骗人的，后者居多。小臭在天桥待了这么多年，就没见过几个真正的神算，绝大多数，都是行骗之人，行里人称之为"腥盘"。小臭喜欢研究这帮人如何行骗，以揭发他们的骗术为乐，时间长了，他们的底细小臭也能看得八九不离十，所以听说有这么一个铁口神算在，自然要去看看。

挤进了人群，不说别的，光这阵势就吓了小臭一跳。

眼前的这位，是个老头，看不出具体年纪，身形瘦小，顶多也就一米六，尖头大耳，厚唇凸齿，鼻头肥大，双目放光，花白的长须飘于胸前，长相奇异。道士打扮，身穿一件青蓝色的细绸道袍，上面用金线绣着各种符箓，头戴混元帽，脚蹬厚底云鞋，手持一把玉冰白浮沉，浑身上下收拾得干干净净，隐隐有仙风高人之姿。面前摆放着一个紫檀的长条桌案，上面放着各种用具，身后立着一根足有一丈高的大幡，上写四个大字"铁口神算"！

小臭见了，不由得点了点头，这个老道的气度、用具，倒是和一般的相面算卦之人不同，就是不知道有没有真本事。

观看之时，那老道见周围的人来了不少，站了起来，呵呵一笑，道："无量天尊！贫道来天桥已有几日，结下不少道缘，非是为赚取红白之物，乃为普化天下之人。今日在场的人虽然不多，可贫道看了看，事情倒是不少，你们之中，有两人家中有病人，有一人官司缠身，还有一人背了一条人命惶恐不安，一人有血光之灾而不知，依然洋洋得意，真是生来一个人，凑来百样事！"

这老道一边说一边眯着眼睛，目光在围观的人群中晃悠。

小臭乐了。老道这一手，他熟悉，行里人叫作"把合"，就是察言观色，他说的这些话，纯粹是为了寻找目标，说什么看到人家这个那个，其实他根本狐疑不知道，但他说了之后，心里有事的自然脸上就有露出不安的表情，这就是接下来的目标。

"今日我这里不要钱，奉送相法，可也不全送，只送六位！聋子不送，我说的话他听不着，哑巴不送，我说什么他不知道，小孩不送，我说什么他听不懂。我这里有六张纸条，谁想接相法，便领一张，只六张，一张不多一张不少，接着了别欢喜，接不着也别烦恼。"

言罢，老道拿出了六张纸条，围观的人蜂拥而上，心里有事的自然出手得早，眨眼之间纸条就被抢光了。

第一个抢到的，是个衣着光鲜的中年人，看着像是做生意的，坐在了老道的对面。

"你先别说话，且看贫道算得对不对。"老道端坐在高椅之上，微微一笑，"你是哪里人氏？"

"我房山的。"

"贫道看你印堂灰暗、官角紫青，想必你是官司缠身吧？"

"是是是！"中年人连连点头，"刚送完了诉状。"

"道长，您帮我算算，我能不能过这一关呀？"中年人有点急。

老道呵呵一笑，摆了摆手："先别急，我算一算你为何事惹了官司，且看准不准。"

老道伸出手，掐指摇头，嘴里嘀咕了一阵，方道："你是因土金之事，引得二虎相争，对也不对！"

"太对了！"中年人猛地一拍大腿，"神了！道长，我这一关能不能过呀？"

老道眯上眼睛，陷入沉思中。

中年人见了，急忙从兜里掏出一摞大洋，足足有一二十块，放在桌上："神算，你给算算！"

老道睁开眼，道："你这是做甚？我方才说了，白送卦相，不收钱。"

"哎呀，这点钱，便给神算修道观吧！还请神算给指点一条明路。"

老道道了声无量天尊，从袖中掏出一个小小的纸包，递给中年人，说道："你这事情好办，将此符供放在案上，七日之内焚香叩拜，到时候结果自然你就知道了。"

"好好好！"中年人双手接了符咒，如获至宝，乐滋滋地走了，一边走一边还说，"神了！真是神了！"

周围一片赞叹之声，都说老道厉害。

小臭见了，呵呵一声坏笑。

"三弟，你怎么这么笑呀？"韩麻子见小臭笑得怪异，问道。

"原本以为有点本事，想不到也是个耍腥盘的。"

方才老道这番举动，别人看了，觉得老道真是铁口神算，一算一个准，可瞒不了张小臭的一双火眼金睛。

怎么就这么准呢？里面有名堂！

方才老道"把合"的时候，说到人群中有人官司缠身时，这个中年人脸上就铁青一片，被老道看得一清二楚，所以他坐下来，老道就说他是官司缠身，自然准了。

老道盘问中年人哪里人氏，中年人说是房山的。这叫"地理簧"，一个地方有一个地方的风土人情，问清楚了，就好办了。比如这个中年人，家在房山，那地方十有八九都是在煤窑上做事，所以老道说中年人官司缠身乃是"土金之事"。

至于后面送符咒、焚香叩拜之类的，那都是糊弄人的，中年人这么做了，官司赢了，说老道神，即便是官司输了来找老道，老道一句"你肯定是叩拜时心不诚"就可以打发。

这一手，小臭一清二楚。

接下来的五个人，老道耍的手段，虽然各不相同，但小臭也都明明白白，看了一番，心里不免有点失望。

不过说来奇怪，老道在给人看相的时候，一双眼睛总是盯着小臭和他身上的那只猴子，面带笑意。

"三弟，你认识这老道？"连蛤蟆头都看出来了，"他老是瞅你。"

"认识个屁呀。赶紧颠回家睡觉，没意思。"小臭扭头要走，不想那老道算完了最后一个，转身朝这边，大喝一声，"那位小友，莫走！"

所有人齐刷刷地看向了小臭。

小臭也觉得奇怪，道："怎么着了？"

"来来来，贫道给你算上一卦。"老道立起单掌，微微行礼。

"六张免费的纸条你已经送完了，臭爷我可没钱。"小臭没好气地道。

老道呵呵一笑："上天有好生之德，贫道也有慷慨之举，今日破例，免费送你一卦，如何？"

"臭爷没兴趣，回见了您呐。"小臭不想在这里浪费时间，却被蛤蟆头和韩麻子架住。

尤其是韩麻子，急道："三弟，道长好心，送你一卦，不要你钱，多好的事！"

周围看热闹的人，也有不少认识小臭的，纷纷道："就是，猴神你别辜负了道长一番好意。"

小臭被说得没办法，只得坐下，笑道："算可以，不过咱们事先说好，你别给我'扣瓜'，也别玩'头道杵''二道杵''三道杵'，有本事，什么也别问，直接说。"

小臭这么一讲，周围的人都有点搞不懂，老道却是微微一愣。

小臭说的都是江湖上的"春点"，也就是黑话，所谓的"扣瓜"，指的是相面算卦之人喜欢先把事情说严重，吓唬住对方，这叫"头道杵"，然后再恩威并施，使用各种手段让对方掏钱，这叫"二道杵""三道杵"。

老道一听，就明白小臭是个明白人，虽然愣了一下，但哈哈大笑起来："有趣，真是有趣。看来贫道得下个'尖盘'了。"

腥盘是行骗，尖盘就是用真功夫了。

"这样，贫道别的不用，给你相相面，如何？"老道眯起眼睛。

金点之中，相面最考功夫，这玩意儿不闻不问，直接说出推断，最容易失手，所以一般人轻易不用。看来老道是要下真功夫了。

"好。"小臭叉着双手，昂起了头。

老道捋了捋胡须，一双眼睛在小臭脸上仔仔细细瞧了一番，足足有一炷香的时间，方才闭上双目。

"如何呀，道长？"小臭坏笑。

自己什么底细都没漏，什么信息都没给，我看你怎么说！只要说错了一句，嘿嘿，老子就掀你的卦摊！

"这位小友，面容枯瘦，颧骨凸绝，乃是父母双亡之相……"

老道第一句，小臭没反应，自己是个弃儿，父母不知道是谁，更不知道生死，他说死了，自己也没法查呀。

"额头前伸如锤，眉骨凸起如刀，自小便是孤苦伶仃一个人，受尽千万种苦，对也不对？"

噫？小臭吃了一惊，只得硬了头皮，点了点头。

"五官虽好，但列位处有刀兵之气，克父克母妨妻碍子，乃是罕见的'五绝横命'……"

老道说到这里，小臭心中可是震颤不已。这番说辞，尤其是五绝横命的说法，当年猴子吴也对自己这么讲过！

"小友，你注定非同常人，所以贫道才会叫住你。不过莫要担忧，你命里注定会一飞冲天，大富大贵，而且会有一笔天大的横财！"

"打住！"小臭立刻蹦了起来。

原本以为老道有点本事，想不到到头来恐怕还是个棒槌！猴子吴当年可说得明明白白的，自己一生孤煞飘零，不可能大富大贵，这老道却说自己一飞冲天，还有横财，这不是胡扯吗！

相比之下，小臭自然相信猴子吴的话。

分明是个五绝横命，却说自己有一笔横财，这是典型的江湖招数，喂甜头，接下来就要自己给钱了。

小臭冷笑一声："道长好意，臭爷我心领了，我天生贫贱之人，有口吃的饿不死就不错了，对那横财没兴趣。"

言罢，小臭扛着宝儿，大摇大摆拂袖而去。

"小友别走呀！贫道话还没说完！"老道在后面急了。

"没工夫跟你斗咳嗽，你还是赶紧赚钱吧。"小臭大笑。

离了卦摊，蛤蟆头和韩麻子直埋怨小臭。

"三弟，你这唱的哪一出呀？人家好心好意给你相面，我看说得挺在理！他说你要发一笔横财，你让他指点一下，说不定真的就富贵荣华了！"韩麻子大声道。

"二哥，你看我这样的，像个富贵荣华的命吗？都是骗人的把戏，当不得真，听一耳朵就够了，全当他放屁。"小臭一根筋，低着头只顾走，转过巷子口，和迎面走过来的一个人撞了个满怀！

"嗨！你大爷的！真是人嫌狗不待见！你眼睛长头顶了?!"小臭破口大骂，抬起头，发现竟然是自己的东家、估衣铺的老板乔掌柜，忙道，"怎么是您呀，掌柜的，这慌慌张张干吗去？”

乔掌柜满头大汗："小臭呀，得，可算是找到你了。我家那口子得了急症，得让店里的几个伙计连夜送医院去，你受累，赶紧去铺子里帮我守着，照顾完了，我就回来。"

"干脆把铺子关了不就行了吗？"

"胡扯八道，关一天铺子那就少赚一天的钱！我明儿晌午之前就回来。"

"开铺子就得做生意，万一人家来买估衣怎么办？"

"柜台里有个账本，每件衣服的进价都有，你能多卖就多卖！说好了，千万别给我赔钱！"乔掌柜的从裤带上解下钥匙，交给小臭，急匆匆走了。

"真行，自己女人都这样了，竟然还想开铺子赚钱，不愧是山西人。"小臭拿着钥匙，对蛤蟆头和韩麻子抱了抱拳，"大哥、二哥，对不住了，我先走一步。"

三人分手告别。

小臭摇摇晃晃，到了估衣铺，已经是半夜了，关了门，上了门闩，将两张桌子拼在一起，躺在上面呼呼大睡。

也不知道睡了多久，突然觉得有人拽自己。

小臭心里打了个激灵，铺子里一个人都没有，谁呀这是？

睁开眼，发现是宝儿。猴子指着房门，吱吱低声叫着。

小臭站起，走到门前，天还没亮，月光很好，有个影子顺着门缝投射到了脚下。

小臭后退几步，头发都竖了起来——这时辰，谁没事在门外一声不吭杵着？！难不成有鬼？！

小臭顺手从旁边扯过一根挑棍，大声道："谁在外面？"

外面传来一阵窸窸窣窣的声音，随后，一个幽幽的声音传了进来："那个，你这里，收衣服不？"

小臭闻言，大骂："卖衣服就卖衣服，天不亮就跑来，可真是稀罕！不收！赶紧滚蛋！"

外面传了一阵讪讪的笑声："掌柜的，我这里可有一件好货！这么说吧，你绝对没见过！"

小臭一愣，天还没亮就来卖衣服，这种事情从来没碰到过，想必这人来路不正，干的是"黑活儿"，偷来的东西急于脱手。一般情况下，这种货价格不高，油水很大，自己若是能拿下，到时候乔掌柜肯定乐死，说不定自己还能有一笔不菲的抽成。

想到这儿，小臭放下挑棍，开了门："进来吧。"

门开了，一个人裹着一股冷风闪身进来。

借着灯光，小臭打量了一下对方，年纪大概三十多岁，身高体壮，皮肤黝黑泛光，一张脸坑坑洼洼全是疙瘩，穿着一件打着补丁的黑布短褂，脚上的布鞋还破了个洞，胳膊底下，夹了一个黑布包裹。

小臭不由得皱起眉头，这人看样子是个穷苦人，也不像是个偷儿呀，不会是骗自己的吧。

小臭的心，冷了几分，懒洋洋地道："有什么好货，亮出来吧。"

"疙瘩脸"抱着黑布包裹，警惕地看了看四周。

"放心，就我一个人，掌柜的办事去了，有什么事情我做主。"小臭道。

"那，也行。"疙瘩脸关上了门，来到桌子前，将包裹打开，露出了里面的一件衣服。

灯光之下，小臭这么一看，顿时倒吸了一口凉气！

这件衣服，一看就是件老货。所谓的老货，不是时下穿的衣服，什么西装、短褂呀之类的，而是一件藏青蓝的长袍内衬，这种衣服，以往可都是清朝时候穿在内衣外面、外罩里面的。

类似的长袍内衬，小臭也见过，但眼前这件格外不同：藏青蓝的底子，乃是上等的丝绸，虽然上面有几块污浊，可掩饰不了内在的华贵，袍子上面，用金线银线叠绣出一只四爪金龙，栩栩如生，典型的苏绣，灯光一照，金光闪闪！除此之外，龙的双目，有镶嵌，似乎是两颗黑宝石，看上去灵动无比。

小臭打小儿生活在天桥，听到的见到的事情太多了，这件衣服来历不凡，别的不说，光衣服上的这条四爪金龙，那只有王爷级别的人才能有资格穿呀！

小臭狐疑地看了看疙瘩脸，如此一个穷人，怎么会手里头有这样的东西?!

小臭拿起衣服，细细对着灯光查看。衣服显然被清洗过，但依然散发出一股浓重的霉味和隐隐的腥臭之气，不过好在没有大的损坏，即便有污浊之处，估衣铺也有办法将其除去，再拾掇一番，绝对能恢复得八九不离十。这么一件王爷穿的内衬，可不多见，价值不菲，还有，金龙双目处镶嵌的宝石，小臭也敢肯定疙瘩脸恐怕没认出来，不然早抠下来了。

真是天助我也，想不到我小臭今日能捡个大漏！

越想越激动，小臭深吸一口气，脸上古井无波，把衣服往桌上一撂："想卖多少钱呀?"

疙瘩脸想了想，伸出十个指头："十……十块大洋！"

"十块大洋?!"小臭叫了一声。

便宜！真是便宜！那一颗宝石，恐怕也不止这个价！

疙瘩脸见小臭双目圆睁，以为小臭嫌自己要价太高，急忙解释道："这位兄弟，实不相瞒，我这件东西，可不是一般的旧衣服，这是……这是……"

疙瘩脸憋了半天，终于鼓足勇气："我这不是正经来的货，肯定是个大官，你看看这材质，看这线，金光闪闪，你看这龙……"

小臭算是看出来了，敢情这位啥都不认识，棒槌一个。

"东西不错，可老兄，你也说了这货来路不正，我不好卖呀！"小臭皱着眉头，装出一副为难的样子，"这都民国了，几个人愿意买这老古董回去穿，还有，你看看这衣服旧成什么样了？我收下，卖不卖得出去还两说呢。"

"那您说个数？"疙瘩脸可怜兮兮地看着小臭。

小臭咂巴了一下嘴："这样，五块大洋，能卖我就收下，不能卖你赶紧拿走，我还得睡觉呢。"

疙瘩脸想了一会儿，跺了跺脚："好，卖你了！"

小臭来到柜台前，开了钱箱，拿出五块大洋，递给了疙瘩脸。

疙瘩脸收了钱，走了。

小臭关了门，乐得手舞足蹈，捧着这件衣服看得爱不释手，心想这回乔正奇那王八蛋应该会高看自己一眼了。

可又一想，老子自己捡的漏，也不能光便宜他呀！

一屁股坐下，将衣服上最值钱的那两颗宝石抠下来，揣进怀里，继续睡觉。

天明开了铺子，继续做生意，一上午只成交了寥寥几单。没到晌午，就见乔正奇满头大汗地进了铺子。

小臭急忙端茶倒水伺候着，乔正奇喘匀了气，问小臭铺子里的生意情况，很不满意。

"掌柜的，您别着急呀，上午虽然没卖出几件衣裳，可我给您收了件宝贝！"小丑眉飞色舞。

"你能收到宝贝？"乔正奇斜着眼睛看着小臭，"也不撒泡尿照照！"

"我取给您看！"小臭关了门，把那件衣服从里头拿出来，铺在桌上，"掌柜的，您看看！这件衣服，可不是个宝贝？！"

乔正奇抓过衣服，仔仔细细看了，嘴唇哆嗦起来。

小臭见他那模样，很是得意。

"你多钱买的？"

"五块大洋。"

"五块大洋？！用柜里的钱？！"

"是呀，我自己哪这么多的钱。"

乔正奇面色铁青，暴跳如雷："混账东西！"

小臭被骂得一愣："掌柜的，给你买了件宝贝，怎么……"

"宝贝？！宝贝个屁！"乔正奇七窍生烟，"这么件破衣裳你花了我五块大洋！那可是五块大洋，不是五个大子儿！"

"可这衣裳好呀！"

"衣裳好？！你他娘的知道这是什么玩意儿吗？！"乔正奇压低声音，"早些年，是要被诛九族的！即便是现在，沾染上了，恐怕也要吃官司！张小臭，你他娘的是成心想害我不成？罢罢罢，你给我马上滚，我这里庙小，供不下你这个大神！滚！还有，那五块大洋，你得还我！"

乔正奇一边说，一边把衣服扔给张小臭，拳打脚踢，往门外推搡。

小臭还蒙着呢，明明是个好东西，怎么就吃官司、诛九族，还要把自己赶出去！

正在此时，猴子宝儿蹿了过来。它和小臭亲人一般，见小臭挨打，蹿身上来，对着乔正奇又抓又咬。

乔正奇怒气冲天，取了根挑棍，将小臭连人带猴撵出铺门。

从地上爬起来，小臭也是生气，他对着估衣铺吐了口唾沫，脱下大褂，将那件衣裳包了，带着宝儿往回走，一边走一边骂。

从龙须沟往西走，越想越气，将乔正奇祖宗八代问候了个遍，过了天桥，还没经过西市场，顶头就过来了一个人。

不是别人，正是铁口神算的那位老道。

老道依然是一身道袍，踱着方步，摇摇晃晃而来，看着小臭，哈哈一笑："臭爷，你这肯定是哪里吃瘪了吧。"

"可不是嘛！真是他娘的喝凉水都塞牙缝，放个屁都砸脚后跟！"小臭气鼓鼓道。

老道上下看了小臭一眼："你不是一般的命格，天生要大富大贵，竟然沦落成这副模样，真是暴殄天物，贫道看着你，真如同……"

"如同什么？"

"如同真金混在泥沙之中，凤凰泯然于鸡群之内，实在是可惜！"老道眯着眼睛，低声道，"来来来，贫道跟你说一件事。"

"什么事？"小臭心情不好，不愿意和他贫嘴。

"且附耳过来！"

小臭往前凑了凑。

老道低声道："贫道送你一场天大的富贵，如何？"

嗨！小臭听完，一蹦三尺高："还送我一场天大的富贵？！你也不看你自己什么狗屁样，如果有那富贵，你早弄了，还便宜得了我？真是把臭爷我当成棒槌！在我跟前行这些下三烂的骗人手段，臭爷我打你满地找牙！"

小臭一把推开老道，扛着猴子，骂骂咧咧地走了。

回到破屋，气得饭也没吃，躺在炕上左思右想，又坐了起来。

"臭爷我虽然被赶了出来，可得了两颗宝石呀！"小臭把那两颗宝石掏出来，对着阳光，真是玲珑剔透，绚烂无比，"光这两颗玩意儿，也能发一笔，赶明儿去琉璃厂，把这宝石连同衣服都卖了，说不定自此也能飞黄腾达。"

这么一想，又乐了起来，重新躺倒，抱着宝儿，哼着小曲，补了一觉。

醒来，已经是暮色四合。小臭饿得肚子咕咕叫，推门出来准备找吃的去，却见蛤蟆头和韩麻子站在院子里面。

"三弟，听说你不但被赶出来，还欠了乔掌柜五块大洋？"韩麻子是个直肠子，开门见山。

"有这么回事。"小臭将二人让进屋子里，将事情说了一遍。

"真的假的？"韩麻子有点儿不相信，"一件破衣裳你竟然真的花了五块大洋?！"

"怎么是破衣裳了？可是件宝贝！"

"我看看。"

小臭将衣裳拿出来，递给韩麻子。

韩麻子接过来，面色一变，捧起衣裳闻了闻，皱起了眉头："三弟，乔掌柜说得一点儿没错，这衣裳虽然好，可是个烫手的山芋！"

"怎么讲？"

"你难道没看出来？"

"看出来什么？"

韩麻子把衣裳往床上一扔："这是一件土货呀！"

"土货?！"听了韩麻子这话，小臭顿时呆了起来。

所谓的土货，指的是地下之物，说白了，就是来自坟墓之中的陪葬品。

小臭哪里认得这玩意儿。

韩麻子为什么就判断出来？这和他的职业有关系。

韩麻子是个卖黄土的，每天干的就是挖土、淘土，北京城虽然从元代开始大规模修建，但历史悠久，历朝历代都有人居住，一两千年之中，厚厚的黄土地下不知道埋了多少人。整天和土打交道，免不了碰到古墓，所以有很多卖黄土的也干挖坟盗墓的事儿。

韩麻子虽然不干这种缺德事，可他打小和黄土厮磨，光凭气味就能判断得八九不离十，所以他说这件衣裳是土货，那绝对跑不了。

"三弟，我看这件衣裳，规格极高，起码是个王爷。"蛤蟆头见多识广，笑道，"历朝历代，对挖坟盗墓那都治重罪，大清要是没亡，你手里头有件王爷的陪葬衣服，抓住了可不要诛九族？即便是民国了，这种事也不会轻饶你。乔正奇的铺子里如果卖这样的衣服，嘿嘿，他岂不是吃不了兜着走？"

"是呀！大清朝虽然亡了，可爱新觉罗还有后代呢，瘦死的骆驼比马大，人家要是知道有人掘了他们祖宗的墓，伸出根手指头也能摁死你！"

"我怎么这么倒霉呢！本想着发笔财，想不到碰到这种事。真是黄泥蹚进了裤裆——不是屎也是屎了！"小臭苦恼无比。

"别烦了，权当买个教训，乔掌柜的那五块大洋，慢慢还就是了。咱哥儿仨今晚好好撮一顿，借酒消愁。"蛤蟆头笑道。

"撮一顿？钱呢？"小臭道。

三个人面面相觑。

"我身上一个大子儿都没有。"小臭拍着口袋说。

"我也没钱了，上回赚的钱，全都花到了八大胡同里。"蛤蟆头坏笑。

"我有几个小钱，只够买几瓶酒。"韩麻子道。

真是一分钱难倒英雄汉。哥仨相互看着，连连苦笑。

堂堂七尺汉子，怎么就混到了这个地步！

最后，哥儿仨商量了一下，蛤蟆头拿着韩麻子的钱去买酒，小臭去永定河里钓了两条大黑鱼，韩麻子用弹弓打了两只鸽子，算是自力更生。

小臭的钓鱼神技没得说，韩麻子也有个别人学不来的本事，他手里的弹弓，百发百中，百步之外说打你左眼绝对不打你右眼。

哥儿仨回到了破屋中，温酒、杀鸽、炖鱼，忙乎了一番，天也黑了，将东西端上了桌，鱼肥鸽香酒纯，哥儿仨哈喇子流了一地。

刚想动筷子，门咣当一声被撞开了，一个人走进来，一屁股坐下，二话不说，招呼也不打，伸手就吃，转眼之间四个鸽子腿就进了肚。

"你大爷的，谁呀?!"小臭差点儿跳起来。

"这不是铁口神算吗?"韩麻子也吃惊不小。

真是那老道，没有了先前的那种仙风道骨，跷着二郎腿，吃得嘴歪眼斜，一边吃一边让韩麻子倒酒。

"真是新鲜了！我见过不要脸的，就没见过你这么不要脸的！你算哪根葱呀！赶紧滚蛋！"小臭大怒，一把薅起老道就要打。

"不就吃你点鸽子，至于吗?"老道一副无赖样，推开小臭，坐下，"你们也坐，道爷也不白吃，吃完了，送你们一场富贵！"

"嗨！孙子，你还来劲了是吧？好，给脸不要脸！今儿算你倒霉，出门忘了看皇历，老子打死你！"小臭拎起板凳要动手，被韩麻子拦住了。

"道爷，你且说说，怎么样的一场富贵？"韩麻子一向对老道都很佩服。

老道呵呵一笑，斜眼看着小臭："多说无益。这样，张小臭，你若答应帮我办一件事，道爷给你五百块大洋，行不行？"

"五百块大洋……等等，多少?!"小臭举起的板凳停在了半空。

老道伸出五根手指，晃了晃："五百块大洋！"

哥儿仨有点儿蒙圈。五百块大洋，可不是小数目！

"你不是骗我们玩吧？"小臭道。

"道爷我有闲空带你们玩吗？"老道哼了一声，点了点桌子，"倒酒！"

韩麻子赶紧给满满倒了一杯。

老道吱地喝了，咂了一下牙花子。

"要办什么事你给我五百块大洋？"小臭坐下，"杀人放火、作奸犯科的事情，臭爷可不干！"

"死去！你看我像那种人吗？你愿意我还不愿意呢！"老道给了小臭一个白眼。

"那到底是什么事，能值五百块大洋？"

老道放下杯子，让韩麻子把门关上，一副神神秘秘的表情。

"您就别藏私货了，赶紧说呀！"小臭催促道。

老道仰起头，眯着眼，良久，撂下了两个字："憋宝！"

第三章　水下怪物

憋宝?!

老道这句话,让屋子里死寂一片。

韩麻子两只眼睛瞪得比铜铃还大,望着蛤蟆头:"大哥,你知道憋宝是啥玩意儿?"

三人之中,蛤蟆头见过的世面最多,所以有什么不明白的,韩麻子都会第一个问蛤蟆头。

蛤蟆头脑袋摇得拨浪鼓一般:"没听说过!"

老道呵呵一笑:"孤陋寡闻,不过你们没听说,也正常。"

韩麻子又给老道倒了一杯酒:"道爷,您给说道说道?"

老道跷起二郎腿:"贫道姓魏,名字就不说了,你们可以叫我道长、魏老道,叫老魏也行,从今儿以后,都一家人!"

"谁和你一家人了?"小臭瞪眼道。

"三弟,别打岔,听道长说。"韩麻子扯了扯小臭。

老道深吸一口气:"江湖职业,寻常人只知道金、皮、彩、挂、平、团、调、柳八门,实际上还有更为隐秘的外八门,这憋宝,就是外八行的一种。"

韩麻子和蛤蟆头听得耳朵都竖了起来。

"外八门之中，盗门最大。盗门又有很多分支，最厉害的是挖坟倒斗，憋宝属于盗门，但和挖坟倒斗有区别，实际上，憋宝之人绝不盗墓，说白了，就是寻找常人不知道的宝贝东西。"老道喝了一口酒。

"哪些才能算上常人不知道的宝贝东西呢？"韩麻子问道。

"天、地、人三宝。"

"什么意思？"

"天地分阴阳，阴阳孕育万物，自然也产生各种异宝。这些异宝，有的千年难遇，万年难求，皆是无价之物。"

"比金子银子还好？"

"金子银子？"老道大笑，"那些就是个屁！"

"什么是天地人三宝？"蛤蟆头问道。

"先说这天宝，这种东西，最是难求，是夺天地造化的奇珍异宝，得了可以参天地之道，通阴阳之变……"

"那岂不是成仙了？"

"可以这么说。"

"地宝呢？"

"凡是山清水秀、风水绝佳之地，抑或是种种奇绝之地，一般都会有宝贝，称之为地宝，得了一样，也是了不得，跳出三界，不在五行。"老道敲了敲桌子，"这两种宝贝，都是天地之珍，鬼神守护，一般人看都看不到，若是随便取了，定然会招来血光之灾，必须用一种特殊的方法取得，江湖上称取宝的人，为憋宝人。"

"那人宝呢？"

"人宝呀，就是俗世之中的宝贝，什么狗宝、牛黄、参精之类的，得了一件，也能荣华富贵，吃喝不愁。"

老道说了一通，韩麻子和蛤蟆头算是听出了一点儿门道。

"我们憋宝之人，游走四方，穿行于崇山峻岭、大江大河、戈壁荒漠之中，为的就是取宝，或夜观天象，或寻山看水，或算卦占卜，下水擒龙，上山捉虎，只为宝贝到手。"老道说得唾沫飞扬。

"早就看出来你不是个算命的。"小臭在旁边冷笑道。

魏老道呵呵一笑："那些都是小伎俩，贫道我会的，远不止这些。之所以在天桥这里露面，无非就是打探打探情况而已。"

"你的意思是咱们天桥有宝？"韩麻子忙道。

魏老道闻言，点了点头。

小臭笑破肚皮："你就满嘴放炮吧！说别的地方有宝，我还信，说天桥有宝，打死我也不信！这破地方，要是有宝，早被人弄走了。"

"那是你们这些俗人有眼无珠，没有看到。"魏老道正色道，"天桥这里，的确有个了不得的异宝！"

"异宝？"

"嗯。"魏老道嘿嘿一笑，"老道我原本只不过是路过，有天经过天桥，忽然看到了一道宝气，寻找了一番，发现在金鱼池里有个怪东西，我说的异宝，就在这东西的身上。"

"金鱼池？"这下不光小臭不信了，连韩麻子和蛤蟆头都怀疑起来，"那地方怎么可能有宝！"

天桥东边，天坛的北边，有一片大水洼子，金代开凿，专门养金鱼，所以称之为金鱼池。那是皇家贵族游玩之地，上面亭台殿堂，富丽堂皇，后来毁于战火。明清两代，重新修建，园亭环绕，幽水绿波，乃是南城的一处名胜，里面专门养给皇宫进贡的大鱼，后来到了雍正年间就彻底荒废了。清朝末年，金鱼池附近到处是土娼窑子馆，又建起了粪厂，本来周围住满了乱七八糟的人，生活垃圾、污水、屎尿，都往里面倒，甚至有死孩子都往里面扔，离三里地都能闻到臭味，蚊蝇满天，经过都要捏着鼻子！

说那里面有宝，哪个相信?!

魏老道见哥儿仁那模样，也是鄙视："你们这些俗人，哪里晓得。"

言罢，老道手指蘸着酒，在桌子上画了起来："这北京城，建在龙脉之上，城内，又有几条小龙脉，其中一条，就在中轴线上，从北一直蜿蜒而来，龙头在正阳门，龙嘴就在天桥，旁边的两道沟，就是龙须，所以才叫龙须沟！这金鱼池的一摊水，就窝在龙嘴下面，说白了，就是龙珠呀！"

三个人看着老道画的图，还真觉得老道说得有点道理。

"本来嘛，这地方就是一处风水宝地，不然历朝历代不会费那么大的力气开凿这么大的一片水洼子，这条小龙脉的灵气，可全都聚在了这片水洼子之中，所以天长地久，孕育出一件异宝，不足为奇。"老道笑了一声，"也是贫道运气好，被我撞见了。"

小臭此时打断了魏老道的话："既然你看到了，你也是憋宝人，一身的本事，还叫我干吗?"

"这个……"老道沉吟了一声，"所谓鼠有鼠道猫有猫道，一物降一物。贫道虽然是憋宝之人，但金鱼池里的那个怪东西，贫道一个人还真对付不过来。"

"你都对付不了，我就行?"小臭道。

"还别说，要憋此异宝，还非你不可！我这些天在天桥寻遍了，没人比你更合适。小臭，若是你愿意，手到擒来。怎么样，五百块大洋，你挣不挣?"魏老道眯着眼睛，打量着小臭。

第三章　水下怪物

韩麻子和蛤蟆头也直勾勾地看着小臭。

小臭自斟自饮，喝了一杯酒，道："得，今儿酒也喝了，菜也吃了，您话也说得快活了，吃好喝好说好，赶紧走人。"

说吧，小臭站起来，一副要送客的样子。

"小臭，五百块大洋！"老道有些着急。

"走你！老子没兴趣！"不由老道分说，小臭扯着老道就推了出去，然后咣当一声关上了门。

"贫道从不说谎，真的有宝！你想通了，来找我！"外面老道扯着嗓子喊。

"哪儿凉快哪儿待着去！"小臭回了一句。

哥儿仨在屋里待了一会儿，听外面没了动静，知道老道走了，这才开始咬耳朵。

"三弟，你脑袋里进糨糊了？那可是五百块现大洋！白花花的现大洋！"韩麻子有些气愤。

"是呀，跟着那老道走一番，也不吃亏。"蛤蟆头也觉得应该答应。

小臭坐在凳子上，沉默不语，表情怪异。

蛤蟆头和韩麻子相互看了一眼，道："三弟，怎么了这是？"

小臭挠了挠头："大哥、二哥，这老道说的憋宝，我怎么觉得在哪儿看到过呢？"

"你看过？"

"嗯。肯定有印象！"小臭想了一会儿，一拍大腿，"他大爷的！怪不得，原来是这样！"

说完，这家伙翻身到了床上，从枕头底下，翻出了那本一直被他垫在下面的书。

当年猴子吴给的那本《宝鉴》。

小臭持书在手，也不顾蛤蟆头和韩麻子，仔仔细细翻看了一会儿，放下书："果然这里有记载！当年我翻过两三页，记得里面说过憋宝。"

"三弟，这书哪儿来的？"蛤蟆头问道。

小臭便把当年和猴子吴的事情说了一遍。

"想不到你还有这般的奇遇！看来那猴子吴也是憋宝之人。"蛤蟆头揉着太阳穴，道，"小臭，既然真的有憋宝这门行当，证明魏老道所言非虚，为什么不答应？"

小臭冷笑："大哥，你光看见贼吃肉没看见贼挨打，别听魏老道说得那么好，什么荣华富贵，什么通阴阳之变，全是好听的，天下的事哪有光有便宜占的道理！"

"什么意思？"

"既然是憋异宝，那肯定无比的凶险，九死一生。这本书里，就把憋宝的凶险写得清清楚楚。"

"什么凶险？"

"憋到了，倒是好说，憋宝不成，那就有性命之忧！不然魏老道为什么会找我？没有凶险，他早把宝取走了！"

"有道理。"蛤蟆头点了点头。

韩麻子在一旁说道："可我觉得就这么拒绝了，实在是可惜。五百块大洋呢！而且，你们难道不想知道那金鱼池里到底藏了什么异宝?！"

一句话说得蛤蟆头和小臭都沉默不语。

五百块大洋的确不少，而且经过魏老道这么一番天花乱坠的说道，哥儿仨还真的对那金鱼池里的怪东西好奇万分。

"这事儿，再想想吧。"小臭收起书，转过脸，看了看猴子。

吱吱吱！猴子宝儿龇牙咧嘴，冲小臭比画着。

"哟，你的意思，这事情咱们不能干？"

猴子连连点头。

"你看，我说就不能干。"小臭乐了，"大哥、二哥，命中有时终须有，命中没有莫强求，咱们呀，还是老老实实当咱们的混混吧。"

蛤蟆头和韩麻子见小臭主意已定，也无可奈何，哥儿仨这一顿酒，有点不欢而散。

夜里，淅淅沥沥下起了雨，已经是秋天，一场秋雨一场凉，外面大风呼啸，吹得天摇地动，天气冷得厉害。

小臭宿醉一场，早晨起来头疼欲裂，加上又被乔掌柜赶出了铺子，没有活儿要做，便赖在床上盘算着怎么出手那两颗宝石。

眼见得快中午了，这才懒洋洋起了身，穿好了衣服，带着宝儿出门吃饭。

刚出了门口，见韩麻子满头大汗一路小跑过来。

"二哥，你不是该去卖黄土了吗？怎么……"小臭见韩麻子面色有异，忙道。

他话还没说完，韩麻子就来到了跟前，吁吁直喘："小臭，不好了！"

"不好了？出了什么事？"

"大哥让人给抓起来了！"韩麻子沉声道。

小臭一听，也是心里一紧。

蛤蟆头打小儿就干小绺这一行，身经百战，可从来没有被抓过。他能耐越来越大，所以偷窃的对象也就越来越有身份，小时候是对寻常人下手，偷个仨瓜俩枣的即便被抓住也没什么事，可现在不一样，他天天油头粉面、西装革履，专在六国饭店那样的地方晃悠，目标都是有钱有身份的人，一旦被抓，那麻烦可就大了。

"消息确切吗？"小臭问道。

"错不了！我亲眼看到的。"韩麻子急得脸红脖子粗，"在大栅栏，当场被拿下，直接被押进了警车。"

"不过是个偷盗而已，又不是杀人放火，先去盘盘底细，大不了送几个钱，人就没事了。"小臭道。

韩麻子是个没主意的人，听小臭这么一说，觉得有道理："局子里我倒是认识一个人，叫徐狗子，以前也是卖黄土的，后来他姐姐嫁给了刑侦队的副队长，就进了局子，我们找他，如何？"

"我看行。"

哥儿俩商量好了，买了些糕点、酒水之类的东西，拎着来到了局子门口，一打听，徐狗子不在，说是出勤了。二人在局子对面的茶楼里坐着，干等。

一直等到了下午，才见一辆警车停在门口，里面出来了一队人马，韩麻子眼尖，从人群中扯出一个人，进了茶楼。

三人要了个包间，小臭点了一桌子酒菜，热情招待。

忙活了一天，徐狗子也是饿了，坐下来二话不说，风卷残云。

这人年纪不大，二十挂零，模样长得不好看，大饼脸，厚嘴唇，龅牙大耳，怪不得叫徐狗子。

"麻子，你找我，有事？"徐狗子对韩麻子还不错，似乎有些交情。

"狗子，事情紧急，我也不跟你绕弯子了，我大哥被抓进了你们局子，你门路广，姐夫又是刑侦队的副队长，想想办法把我大哥给捞出来。"韩麻子开门见山。

"蛤蟆头？"

"除了他，我还管谁叫过大哥？"韩麻子道。

徐狗子戳了一筷子烤鸭放在嘴里，一边嚼一边道："麻子，不是我狗子不讲义气，若是平时，这个忙我肯定帮，但蛤蟆头这回，怕是麻烦了。"

"不就是偷个东西嘛。"小臭接道。

"是呀，偷东西，照理来说，是个小事，芝麻粒儿大，只怪蛤蟆头这回倒霉，被我们巡长看见，亲自抓捕，当场缉拿！"

"你们巡长？那个海冬青?!"小臭听了，立刻炸了毛。

北平警局众多，警员更是不少，巡长这官儿，说大不大，说小也不小，可要说北平城警界的知名人物，这位"海冬青"就是头一位，那是北平家喻户晓的一位神探。

"海冬青"是绰号，此人姓金名海青，是个不简单的主儿，家庭从清朝就十分优越，祖父做过侍郎，父亲如今在政府里担任高官，他读过北大、留过洋，回来自己不愿意受到父亲的庇护，投身警界，摸爬滚打，他经手的案子，不管有多曲折离奇，肯定会水落石出。金海青虽心思细腻，但脾气火暴刚烈，疾恶如仇，能和北平市长当面拍桌子，北平老百姓都喜欢他，给他起了个绰号"海冬青"，赞誉他就像那专捕天鹅的海冬青一般，勇猛无比。

蛤蟆头栽在他的手里，还能有好？

"我们巡长请人去大栅栏那边吃饭，他亲自开车，正有说有笑呢，就看见道旁边有这么一位，西装革履的，跟着一个打扮时髦的年轻人，麻利地顺了人家一个小手提箱。巡长什么脾气呀，立马停车，抬脚就追，那位也是绝了，愣是让我们巡长追了八个胡同才逮住！"徐狗子说得绘声绘色，"抓到之后，带回警局，立刻审查。手提箱里倒是一些简单的文件、衣服，不值钱，可从蛤蟆头身上还搜出了其他的赃物，那就值老鼻子钱了！"

徐狗子夸张地比画着："一个纯金打造的匣子，纯金的呀！

我是头一回看到这么好的东西!"

小臭吸了一口气，想了想，道:"狗子哥，海冬青平时管的都是大事儿，对这种偷鸡摸狗的肯定不屑一顾，审完了估计就交给底下的人去办了，你费心，疏通疏通，帮我大哥捞出来，你放心，事情完了，我们哥儿俩肯定不会亏待你。"

徐狗子一副头疼的样子:"我和麻子是什么交情? 说这些话就太见外了。不是我不帮你们，如果这事只有我们巡长掺和，也就算了，可现在麻烦捅到天上去了!"

"偷个东西，怎么就捅到了天了?"小臭想不明白。

"溥五爷! 蛤蟆头这回得罪了溥五爷!"

徐狗子话音未落，韩麻子面如死灰，手里的酒杯咣当一声掉在了地上。

"二哥，溥五爷什么来头?"小臭问道。

徐狗子苦笑:"你连溥五爷都不知道? 哎哟喂，真是两耳不闻窗外事。这溥五爷，可不是一般人，姓爱新觉罗氏，明白了?"

"前清的皇室?"小臭睁大了眼睛。

"何止是皇室?! 他祖上，是世袭罔替的铁帽子王，那是爱新觉罗的正统血脉! 大清时候，人家就是爷，大清亡了，北洋时人家照样是爷，国民政府了，人家还是爷! 如今即便是日本人占了咱北平，对他也是毕恭毕敬!"

这般的人物，小臭平时连瞧都没瞧见过，徐狗子这么一说，小臭眼前直冒金星:"狗子哥，这样的爷，我大哥怎么就得罪了? 俩人八竿子打不着呀!"

"嗨! 你怎么还没听明白呢? 那金匣子，就是这位溥五爷丢的东西!"徐狗子拍了一下大腿。

"不可能。"小臭摇了摇头，"大哥的脾气我太清楚了，他偷东西不是什么人都下手的，事先会估摸对方的情况，惹不起的，绝对不动手，不可能去偷这么厉害的一位爷的东西。"

蛤蟆头的性格，小臭和韩麻子都了解，的确是这样。

"狗子，怎么一回事，你给我们说一说。"韩麻子急得如同热锅上的蚂蚁。

徐狗子喝了一口酒，道："我们巡长正审着呢，外面有人来报案，说丢了东西，不是别人，正是溥五爷。您二位想一想，这位爷什么身份？平时有什么事，打个电话我们就得麻溜过去，竟然亲自登门，可想而知我们巡长有多重视？再者，我们巡长和溥五爷，交情匪浅，算是不错的朋友，就把溥五爷请到了自己的办公室，我当时在旁边伺候着，所以事情我都知道。"

徐狗子打了个酒嗝，道："溥五爷这个人，和那些达官显贵一个样，别的不会，就喜欢玩儿。人家是爷，那玩的东西和我们也不一样，都是古董。他老人家，在北平的古玩界，绝对是一等一的人物，不仅在琉璃厂有入了股的铺子，北平地界上，但凡有什么新奇的好东西，那想到的第一个人就是他，第一时间就往他的府上送。"

"这个我倒是听说过。"韩麻子点了点头。

"据溥五爷说，前两天，有个瘦矮子找到他府上，说是有宝贝献卖。那个人，衣衫不整，土里土气，贼眉鼠眼，被管家直接给轰走了。也是不开眼，溥五爷的眼界，何等的高，一般的东西，可入不了他老人家的法眼，他那府邸，也不是什么人都能进的。"徐狗子一边说一边乐，"可那瘦矮子，却赖着不走，管家轰了，他就再跑来，软磨硬泡，管家没办法了，就禀告了溥五爷，溥五爷也好奇，就让人领了进来。那人亮出了个东西，溥五爷一看，两眼放光，一抬手三千块大洋买了。"

"三千块大洋?!"小臭和韩麻子目瞪口呆!

这可是一笔巨款!

"这东西,溥五爷宝贝得不得了,研究了一整天,晚上睡觉前,把东西放在了自己的床头,可天亮起来,东西没了!"徐狗子越说越激动,"真是丢得蹊跷得很!"

"碰上了干'黑活儿'的小偷?"小臭道。

"寻常的小偷干不了这事儿!"徐狗子摇了摇头,"溥五爷的那府邸,戒备何等森严?!我跟你们说,我刚才就是跟着巡长去查看现场的,真是他娘的奇了怪了!"

徐狗子捋起袖子:"溥五爷的那个卧房,是三间正房,睡觉时,窗户紧闭,门是从里面插上的。院子内外,看家护院的仆人可不少,十二个时辰轮班巡查,更了不得的是,还养了十几位镖师!"

"镖师?"韩麻子舔了舔嘴唇。

"嗯!"徐狗子郑重点头,"都是些从天津、沧州请来的江湖好汉,一身的功夫,别说是偷儿了,就是院子里飞过一只蚊子,也逃不过他们的眼睛!"

小臭和韩麻子听了,默然无语。

"守护如此森严,又是门窗紧闭,东西就在溥五爷耳朵边上,一夜之间,竟然不见了,你们想,这可不是一般人干的事,定然是本领高强的飞贼!"徐狗子咂巴了一下嘴。

"这就更不可能了。狗子哥,我大哥你还不熟悉吗?行窃的本事,他高明得很,可要说是飞贼……"小臭忙道。

"我当然知道。"徐狗子摆了摆手,示意小臭别急,继续说道,"溥五爷说了一通,我们巡长也是气愤,就打听丢的那东西是个什么样,溥五爷说是个金匣子,描述了一番,我们巡长哑然失笑,说别急,东西找着了。你们听明白了吧,蛤蟆头身上搜出来的那个金匣子，正是溥五爷丢的那个！"

"真是我大哥干的?"韩麻子道。

"所有人都这么认为，唯独你大哥说不是。据他所说，是今天他在锣鼓巷从一个穿戴不错的年轻人身上顺的，除了这个金匣子，还有一个钱包。问他知道那个人的下落吗，你大哥说不知道。这样的说辞，自然不足信，所以这偷窃的罪名算是跑不掉了。"

徐狗子说了这么半天，小臭和韩麻子算是明白了。

韩麻子起身对徐狗子施了一礼："狗子，这回你可一定要帮我一把。即便东西是我大哥偷的，可现在也找着了，你跟你姐夫说说，疏通一下，把他放了得了。"

徐狗子十分为难："怕是不好办，这里面牵扯的人很多……"

"该花多少钱，我们想办法!"韩麻子道。

"咱都是自家兄弟，一家人不说两家话。"徐狗子倒是很够义气，"我这边不用给钱，可我姐夫那边，得送点，他得去找人……"

"大概多少?"

徐狗子想了想，伸出五根指头："起码也得这个数?"

"五十?"

"五十够个屁呀! 五百!"

小臭和韩麻子你看看我，我看看你，傻了。

"赶紧筹钱，晚了怕是来不及。"徐狗子说完，站起身，"我还有事，先去忙了。"

徐狗子走了之后，哥儿俩坐在包间里，真是绝望得想跳楼。

五百块大洋! 把他俩卖了也不行呀。

"怎么办?"韩麻子麻了爪儿，手足无措。

小臭却突然想起一件事："二哥，区区五百块大洋，也不难。"

"我的个娘，三弟，你开玩笑吗？你现在身上能掏出五块大洋，我管你叫二哥！"

"我身上是没五百块大洋，可我有这个呀！"小臭从兜里掏出那两粒宝石，放在韩麻子面前晃了晃。

韩麻子鼻子尖，闻了闻："土货！哪来的？"

"那件衣服上抠下来的，你觉得值五百块大洋不？"

"这应该是宝石吧？"

"错不了。"

"这个不好说。不过既然是嵌在王爷冥衣上的宝石，说不定能卖出个高价。可一时半会儿去哪里找买家？"

"琉璃厂呀！"小臭收了宝石，"走！"

二人急匆匆下了茶楼，一溜烟到了琉璃厂。

琉璃厂这地方，可是闻名天下。其实，不过是一条街巷而已。这地方元朝时开设官窑，烧制琉璃瓦，明代时扩大规模，成了朝廷工部的五大窑场之一，专供皇家驱使。后来，窑场搬迁，琉璃厂的名字却留了下来。

清代，北京城满汉分族居住，汉族官员都住在附近，各地的会馆也建在附近，官员、赶考的举子云集于此，逐渐发展成为书市，成了京师雅游之所。再后来，各种古玩字画荟萃，形成了古玩一条街，街道两边，都是一家家的古董铺，这里的古董铺，别看门脸不起眼，随便一家那底子都厚着呢，可以说北京城乃至全天下的古玩珍品，这里都有！

琉璃厂的古董铺不仅卖东西，更收东西，只要你东西好，那给的价钱比别的地方也高，所以成了小臭的首选。

来到琉璃厂，哥儿俩都有些晕头转向。他俩是混混，从来没来过这地方，对古玩行的事情也一无所知，就像是刘姥姥进了大观园，晕头转向。

"铺子这么多，咱们去哪家？"韩麻子问道。

小臭也挠头，放眼过去，密密麻麻全是铺子，起码有上百家都不止。

"要么，去个最大的？那个荣宝斋我看就挺大！"韩麻子指着前面道。

"二哥，我看不行。"小臭低声道，"咱这东西来路不正，铺子越大，眼睛就越毒，万一认出了咱们这是土货，报了警，那咱哥儿俩就要进局子了！"

"还是你思虑周全，那咱们去哪家？"

"不能去大的，找个小店铺。"小臭说。

二人顺着琉璃厂来来回回溜达了两圈，选定了一个铺子。这个铺子，位于西面最拐角，铺面虽不大，可能在这里开铺子，绝对能有钱收了他们那两颗宝石。

小臭和韩麻子进了铺子，里面掌柜的趴在柜台上打盹呢，只有一个小伙计拿着鸡毛掸子有一下没一下地挥舞着，打扫卫生。

见二位进来，小伙计立刻露出一副鄙视的眼神，道："二位，小店今日不做买卖。"

这种伙计都是火眼金睛，打眼一看就知道小臭和韩麻子是土包子，找个借口让他们俩出去。

小臭乐了："真稀罕！不做买卖，你门开着干吗？管事的在哪里？"

他嗓门本来就高，一下子就把那掌柜的给吵醒了。

"怎么了这是？"掌柜的戴着瓜皮小帽，睡眼蒙眬。

小臭大马金刀地在椅子上坐下，跷起二郎腿，看着小伙计，笑道："财神爷上门，竟然还要往外赶！真是个不长眼的东西！"

掌柜的逮眼一瞧，面前的这二位虽然衣着像俩土包子，但气度不凡。尤其是说话的这位，一脸长相那真是奇绝无比，很是怪异。

开古董铺的人，都是人精，见多识广，从来不敢以衣着取人。为什么？珍贵的古董，传世的很少，往往都是盗墓而来，干这行当的，就没几个穿得光鲜亮丽的。

掌柜的不敢怠慢，忙道："这位爷，招待不周。您这是出货呀还是买……"

"卖东西。"小臭大声道。

"那您把宝贝亮出来，让我开开眼？"掌柜的赔笑道。

小臭打兜里将那两颗宝石拿出来，放在桌上："也不是什么好东西，就是两颗一等一的宝石！"

掌柜的接过来，平放在手里，仔仔细细看了看。

两颗宝石在光线下，闪烁不已。

掌柜的把宝石又放下，手缩回袖子里，伸到小臭面前。

这姿势看着别扭，小臭哪里知道是什么意思，仰头道："干吗？"

掌柜的一看，这才明白：敢情这俩是棒槌呀！

古董这一行，买卖时讲价，那是不当面说价钱的，都是买主、卖主俩人，双手伸进袖子里，用手指报数，谈妥了，握握手，行里话，这叫"拉手"。

掌柜的这个举动，小臭哪里知道。

掌柜的呵呵一笑："这位爷，宝石玩意儿鉴定比较麻烦，需要家伙事儿，你看这样行不行，我那放大镜还在后面，让我拿回去仔细看看，成不？要是东西真，保准给你个好价钱。"

"赶紧的。"

掌柜的拿着两颗宝石，回后面暗间里去了，过了一会儿，出来，把宝石往桌上一放："爷，对不住，你这两颗宝石，我还真收不了。"

"收不了？"小臭一愣。

"嗯。您别家店问问？"

"收不了早说，白浪费我时间！"小臭这个气呀，带着韩麻子出来。

"三弟，怎么就收不了了？"

"估计是咱们的宝石贵重，那家店收不起。再找家稍微大点的。"

二人又找了家大点儿的店铺，这家倒是招待得不错，听说是宝石，大掌柜的亲自来验货。看了一会儿，人家直接把宝石还给小臭了。

"这位爷，您这哪里是宝石呀？分明是琉璃。"大掌柜的沉声道。

"琉璃！不可能！我这千真万确是宝石！"小臭炸了。

"我在琉璃厂掌眼了三十年，从来没看错过东西。您这就是琉璃，而且还是刚做出来的琉璃，嘎嘎新。"

"不可能！"小臭拿过"宝石"仔细看了一会儿，"不对，我的宝石不是这样的！"

大掌柜的纳闷："您自己的货，自己认不出来？"

"当然认得出来！这不是我的东西！"小臭吃惊无比，"进上家店之前，还不是这个样子！"

大掌柜的立马明白了："您之前卖过？"

"就拐角的那家店……"小臭仔细说了一遍。

大掌柜的呵呵一笑："这位爷，您东西被调包了。这么贵重的东西，怎么能离开自己眼皮子呢?"

小臭恍然大悟:"他大爷的! 竟然偷偷换了我的宝石! 我找他去!"

"你找谁呀? 没凭没据，报警也没用。那家店本来就不地道，店主后台也硬，我劝你还是算了，省得吃亏。"

小臭哪里听，带着韩麻子找到那间店，掌柜的自然不承认，双方争执起来，掌柜的招呼一声，早有一群人奔出来，三下五除二将哥儿俩暴揍一顿。韩麻子叫来街上的巡警，人家表示也无能为力。

哥儿俩不但丢了宝石，还被揍得鼻青脸肿，相互搀扶着，一瘸一拐离开琉璃厂，心里甭提有多恼。

"三弟，这可如何是好? 让人换了宝石倒还是其次，弄不来五百大洋，怎么救大哥?"韩麻子抹着鼻子里流出的血，哭丧着脸。

"林子大了什么鸟都有，二哥，我这回是关云长大意失荆州，命里不该发这笔财。"小臭耷拉着脑袋，"眼下，也只有一个办法了。"

"你的意思，是答应魏老道去办那件事儿?"

"除了这个，还有别的办法吗?"小臭挠了挠头。

"那咱们这就去找魏老道。"

"别急。虽然我决定去做了，可不能按照他的办法。"

"那你想怎么着?"

"他说金鱼池里面有个怪东西，身上有宝，还说只要我出手，手到擒来，对不对?"

"是这么说的。"

"那今晚咱哥儿俩就走一趟金鱼池，把那个怪东西弄上来，把宝贝搞到手，然后再找魏老道，到时候可就不是五百块大洋了！他大爷的，我非得给魏老道放放血。"

"这样，行吗?"

"怎么就不行了，二哥，听我的，准没错。"

哥儿俩商量定了，回到了破屋，准备了一番，小臭又让韩麻子出去弄了个大鹅，等到夜半时分，出了门。

一路往东，很快来到了金鱼池。

已经入了秋，万物萧瑟。月光很好，白花花照下来，树影斑驳，有风，呼啦啦吹过，呜呜作响。

金鱼池水洼子不少，起码也有好几十个，魏老道当初只说怪东西在金鱼池里，没说确切的地点，小臭和韩麻子溜达了半天，也找不到门道。

到头来，猴子宝儿出了彩儿!

找了半天没结果，原本打算回去，可小臭转念一想，宝儿一向对水里很熟悉，哪里有鱼它都一清二楚，说不定知道这怪东西藏身何处。

"宝儿，我的好宝儿，你给我指指路，那怪东西到底在哪里? 找到了，明儿我带你去全聚德吃烤鸭!"小臭对着宝儿，双手抱拳，满脸赔笑。

宝儿耷拉着脸，一副鄙视的样子。

"你就是我祖宗! 好宝儿，这钱等着救我大哥呢，算我求你了! 好不好?"小臭软磨硬泡，宝儿最终也是没办法，跳到地上，背着双手，一溜烟去了。

哥儿俩跟在宝儿后头，走了一段路，来到了一个大水洼子跟前。

这水洼子，面积并不大，但是很深! 水面上满是枯枝败叶，漂浮着各种生活垃圾，月光之下，水面平静得如同一面镜子。

"这破地儿，有怪东西?"韩麻子很是失望。

"宝儿出手，那肯定没问题。"小臭对猴子那是绝对的信任。

"咱们怎么抓？这水又脏又深！"韩麻子看着水面，缩了缩脖子。

大冷的天儿，下到这么脏的水里面，真是够受罪的。

不过救人要紧，也顾不得许多，韩麻子弯腰就要脱裤子。

"二哥，你急什么呀！"小臭一把拦住，"我看那本《宝鉴》里面说，憋宝凶险无比，咱们可得小心点，起码得先看看这里面的怪东西是个什么！"

"说得是。可怎么看？"

"把你那大鹅，扔下去！"小臭指了指水面，"先引那玩意儿出来，看看是个什么东西。"

韩麻子言听计从，拿出那大鹅，用刀宰了，开膛破肚，将鲜血抹满了鹅身，一使劲扔到了潭中央。

哥儿俩蹲在水洼子旁边，屏声静气等待。

等了一炷香的时间，屁事没发生。

061

"不会是宝儿找错了地方吧？"韩麻子急道。

话还没说完，就见原本静静漂在水面上的那个大鹅晃动了一下，接着水面扑通一声闷响，溅起一两米的水花，真如同开了锅一般！再看那只大鹅，完全没了踪影！

"什么东西！"韩麻子光顾着说话，没看清楚。

小臭一屁股坐在地上，冷汗顺着鬓角可就流下来了！

幸亏没下去！

事情发生在瞬间，可小臭看得一清二楚：水底那东西，极为巨大，看不清全身，但小臭看到了那东西的脑袋——巨大无比，黑乎乎、滑溜溜，张开血盆大口，将那只大鹅整个囫囵吞下！

小臭钓鱼捉虾，混了这么多年，水底的东西见过不少，可从来没见过这么个玩意儿！

"二哥，是什么怪东西，我也不知道，可咱俩不能下去了，不然准没命！"小臭道。

"那怎么办？"

"怎么办？凉拌！只能找魏老道那家伙了。"小臭后怕道。

哥儿俩垂头丧气地往回走，一路上胆战心惊，到了家，一抬头，不但门开了，还亮着灯。

"谁他妈的到我这里偷东西！"小臭迈进了屋子，看见一个人坐在凳子上吞云吐雾呢。

不是别人，正是那魏老道。

魏老道上下看了哥儿俩一眼："哟，总算是回来了，道爷我等你们等了快一个时辰了。"

"你来这儿干什么？"小臭爱搭不理。

"我说的那件事儿，你考虑得怎么样了？"魏老道不绕弯子，直奔主题。

"你可拉倒吧，臭爷我还想多活几年呢！那怪东西，招惹不起！"

"你们去了金鱼池？"魏老道双目微微一睁。

小臭和韩麻子都不说话。

魏老道哈哈大笑："看不出来，你们还挺有本事，竟然能找到那怪东西的藏身之处，想来靠的是这只猴子吧？"

"你管得着嘛！"小臭一副无赖样，"那东西吃人都不吐骨头，我下去，九条命都没了！"

"幸亏你们没冒失下去。"魏老道把烟袋锅磕了磕，"不然还真回不来。那东西，可不是一般的东西。不过魔高一尺，道高一丈，要是贫道出手，它逃不了。"

"那你自己去呀！找我干吗？"

"我之前说了，要逮到这怪东西取宝，须得我俩配合，你得出手。"

"为什么偏偏是我呢？"

"其一，你乃是五绝横命，硬得很，镇得住；其二，你那一身钓鱼的本事，办起来事半功倍，再有……"魏老道沉吟了一下，"小臭，只要你答应，我保证你肯定全身而退，一点儿危险都没有！"

"真的？"

"我一个道士，还会骗人不成？"

"狗屁的道士，就是个憋宝的！"小臭吐了口唾沫，"老魏，明人不做暗事，咱俩当面锣对面鼓说清楚，我现在的确很需要钱，这事情就是刀山火海也得干！你保我全身而退没有危险，你这么一说，我也就这么一听，我跟你去，事情要是成了好说，万一臭爷我归了西，那五百块大洋你也得拿出来，给我二哥！"

"行。"魏老道见小臭答应，乐得不行。

"事不宜迟，那就走吧！"小臭站起来，拍拍屁股就要出门。

"急什么呀！"魏老道摆了摆手，"对付那怪东西，你我二人还不够。"

"你不是说我俩合伙，手到擒来吗？"

"的确如此，可还得置办几样东西才行。"魏老道笑道。

"什么东西？"

"好几样。"魏老道呵呵一笑，"第一样东西，已经有了。"

"什么？"

魏老道指了指蹲在小臭肩膀上的那只猴子："就你这只猴子。"

"宝儿？它不就一只猴子吗？"

"猴子？哈哈哈，小臭呀小臭，你真是笑死我，你肩膀上的这位，可不是猴子，乃是千年难得一见的苍玃！"

"苍什么？"

"苍玃！"魏老道沉声道。

"苍玃是个什么东西？"

"《抱朴子》有云：'猴八百岁为猿，猿五百岁为玃。'玃这东西，乃是百兽之灵，一等一的神物！"

"你的意思，我这宝儿，都上千岁了？"小臭眼珠子掉了一地。

"那倒不是。《抱朴子》里那么说，只是强调玃这种东西稀罕而已，并不是说就是千岁，而是说千年难得一见。"魏老道顿了顿，又道，"玃这玩意儿，有多珍贵，我说个事情你就明白了。当年，大明朝时，明武宗朱厚照，就是特别爱闹腾的那位皇帝，修建豹房，就曾经有人进献过一只。"

"什么豹房？"

"明武宗爱玩，专门在北京城修建了一片建筑，里面除了各种玩意儿，还有万国进贡的飞禽走兽，什么狮子犀牛豺狼虎豹，样样不缺。后来有人进贡了这么一只玃，听说是来自广西十万大山之中，这东西一现身豹房，所到之处，万兽臣服，便是那狮子老虎一般的猛兽，也低头眯眼，不敢动弹。明武宗十分高兴，一道圣旨，奉其为神物！这东西不但镇得住百兽，而且通兽虫之音，乃是少有的镇邪之物，它在的地方，邪祟不敢近前。所以，明清两代，都在宫中专门养玃，一方面是图个吉祥，另一方面，只要玃在，百畜安宁兴旺。我听说，最后一只玃在宫里，还是乾隆爷时的事儿，乾隆爷死后，那东西就不见了，自此之后，宫中无玃。"

魏老道这么一说，小臭和韩麻子可炸了毛，看着宝儿的目光也变了。

敢情身边的这位，才是爷呀！

猴子宝儿，却是一脸鄙视地看着他们，自顾自地翻出个烂苹果咔嚓咔嚓吃。

"你这只，不但是玃，还是全身漆黑的苍玃，那就更稀罕了。玃有五色，对应五行，苍为黑，黑为北方，北方乃是玄武大帝，所以苍玃一向被认为是玄武大帝的象征，是群玃之王！"

小臭算是听明白了："行了，这下我知道宝儿厉害。除了它，还需要什么东西？"

"所需东西不少，咱们得一样一样来。"魏老道又点了烟锅，吸了一口，"你们知道，哪里有土仓吗？"

"这个你还真问着人了。"小臭哈哈大笑，指了指韩麻子，"哪里有土仓，全北平也没人比我二哥更清楚。"

所谓的土仓，乃是储存黄土的地方，韩麻子是卖黄土的，当然清楚。

"我说的土仓，可不是一般的土仓，而是那种存续了很多年，一直就没有断过存土的，最好是超过百年的！"魏老道强调道。

"倒是有一个。"韩麻子想了想，"在房山，有北平最大的一个土仓，叫坤泰仓，自顺治爷那会儿就有，一直没有断过，行不行？"

"那太好了，咱们歇息一晚，明儿就去房山。"魏老道很是高兴，打了个哈欠，再不愿多说。

第四章 镇魂神杆

第二天一大早，张小臭、韩麻子、魏老道天没亮就赶往房山。

房山在北平城西南，这地方西部和北部是山地丘陵，属于太行山分支，山峦起伏，东部和南部则是沃野平原。房山有山有水，风景优美，不仅矿产丰富，黄土更是又细又有黏性，所以北平城很多的黄土仓都建在这里。

在韩麻子的带领下，三人晌午时分来到了百花山附近的一处小山谷。

这里是一家私人的黄土场，放眼望过去，顺着山坡搭着不少窝棚、房屋，其中最显眼的就是一个巨大的青砖垒砌而成的建筑，足足高有一二十米，想来就是韩麻子说的那泰坤仓了。

卖黄土的行当，上文已说，不再多表。最重要的就是选土，就是有经验的，寻找到合适的土源，然后挖出黄土，打碎，先去除大的石沙，然后用筛子再筛一遍，做完了这些，还不够，需要放入大坑中，用水淘洗，最后一道工序，是从坑中将黄泥捞出，晒干。这样出来的黄土，一点儿杂质都没有，又细又黄，跟面粉一般。

因为出产量很大，所以一般的黄土场都会建起土仓，把晒干的黄土装入仓里面，什么时候卖，什么时候从里面挖出来装到车上。

韩麻子卖黄土为业，对这里很熟悉，进了黄土场，很多人都跟他打招呼。

到了泰坤仓跟前，韩麻子对魏老道说："道长，你看这个土仓行不行？"

"行。"魏老道很是满意。

"老魏，这个破土仓能有什么东西？"小臭看着颓败的土仓，一脸纳闷。

"自然有好东西。"魏老道点头笑道。

韩麻子找到黄土场当家的，都是自家兄弟，给了几个小钱，把钥匙拿来，开了仓门。

一进去，里头光线黑暗，一股子浓重的黄土味呛得小臭连连咳嗽。

黄土仓嘛，除了黄土，什么都没有。

"老魏，你要找的那东西，在哪儿？"小臭捂着鼻子道。

魏老道在黄土仓里转悠了一会儿，拿起一把铲子，交给韩麻子，指着墙角的一个地方说道："挖！"

韩麻子纳闷无比，抄起铲子甩开膀子一通猛挖。

泰坤仓自打顺治那时候就有了，年代悠久，墙角这犄角旮旯儿，几乎就从来没清理过，堆进了黄土还没卖完就又堆，日积月累，早就一层层沉积下来。

上头的土，是新土，挖得比较轻松，可越往下挖就越费劲了。上百年的时间，黄土早就产生了变异，板结在一起，比石头还硬，连颜色都变了，开始是黄色，后来是灰白色，接着就是黑色，再往下，变成了乳白，就如同大米一般。

韩麻子一口气挖到了两米多深，累得气喘吁吁，魏老道蹲在坑上面，抽着烟，目光不离韩麻子手里的那个铁铲。

"好了，停下！"快要挖到底的时候，魏老道让韩麻子停手，把他叫了上来，然后自己跳进了坑里。

小臭伸着头瞅，见魏老道蹲在下面，掏出把小匕首，一点点清理乳白色的土层，很快，里面露出来个东西。

这东西，拳头大小，极为柔软，跟凉粉一样晃动，颜色和猪肉差不多，小臭是从来没见过。

"果真有。"魏老道大喜，将这东西小心翼翼取出来，从包裹里面取出个青玉盒子，打开，放了进去。

"老魏，这玩意儿什么呀？"小臭好奇道。

"土芝。"

"土芝？"

"嗯，乃是土地的精华，所以又叫作土精。"

"也是宝？"

"是。算得上是地宝之中比较低档的一种，不过也很稀罕。"

"很值钱？"

魏老道嘿嘿一笑，低头不语。看样子，这玩意儿应该很值钱。不然魏老道不会这么鸡贼不说。

"这东西，怎么对付金鱼池里的那怪物？"小臭问道。

"到时候你就知道了。"魏老道笑道，"土芝到手，咱们继续找东西。"

三人出了泰坤仓，往外走，刚到黄土场大门，迎面来了一群人，推着车子，看样子是刚卖完黄土。

小臭眼尖，看见其中一人，不由得哎呀一声叫了起来。

"三弟，你认识那人？"韩麻子道。

"太他妈的认识了！就他去估衣铺卖我那件冥衣的！"小臭转脸对魏老道说，"老魏，你在这里等一等，我有事，办完就来。"

言罢，拉着韩麻子进了旁边的一个屋子。

"二哥，那人叫什么？"小臭指着外面那个疙瘩脸道。

"田福禄。这家伙不太老实，除了卖黄土，他偶尔也挖墓。"韩麻子道。

"你把他叫来，我有事问他。"

"你找他干吗？"

"他卖我的那件冥衣，级别很高，肯定是大墓里头出来的。二哥你想呀，如果他挖到这样的墓，手头肯定还有东西，他傻帽儿一个，我们买一些，再卖出去，那就赚翻了，省得跟着魏老道掺和。"

"行，我去叫。"韩麻子出去，把疙瘩脸叫了进来。

疙瘩脸一见张小臭，很是紧张。

"兄弟，坐下，我跟你有话说。"张小臭呵呵一笑，"因为你的那件衣裳，我不但被估衣铺掌柜的赶了出来，还惹了官司，你说怎么办？"

田福禄面色涨红："这跟我有什么关系，衣服我卖你买，两相情愿！"

"是这个道理，可你那件衣裳怎么来的，难道你自己不清楚吗？"

田福禄张了张嘴，没说话。

"眼下两条道，你自己选，第一条，咱俩一起去警局，把事情说清楚，那件衣服不是我自己的，而是你盗墓倒斗弄出来的……"

"我不去！"小臭还没说完，田福禄就急了。

小臭微微一笑："这第二条，很简单，我去警局，只是说这件衣服是我收的，但卖我衣服的那个人找不着。这样做，得花不少钱疏通关系不说，我还得担责任，罚款是少不了的。"

田福禄哭丧着脸，对韩麻子道："麻子哥，我当初真的不认识你这位兄弟，不然也不会卖给他，你跟他好好说说，别把我供出去呀！我这上有老下有小的……"

"不供出去也行，可我的损失……"

"这位兄弟，我手头，真的没钱！你上回给我的那五块大洋，我转手就给我娘买药了。"田福禄抹着眼泪。

"不对吧，你手头除了那件衣服，难道就没有别的？"小臭问道。

"别的？"

"嗯。你不是盗墓倒斗了吗？那么大的一个墓，难道就只有这么一件衣服？"

"别提了！"田福禄气不打一处来，"这事儿，越想越气！"

"哦，怎么回事？"

田福禄长叹一口气，道："我们卖黄土的，想必你也清楚，经常挖黄土，所以别的不敢说，挖土、打洞也是有本事的。北平黄土里无数坟墓，很多都是古墓，有时候也能碰着，按照行规，挖到这种墓，土是不能取的，得原地回填。有不规矩的人，会把墓里的东西取走卖钱，我见过几次，发现那些东西很值钱，就动了心思，谁让家里穷呢……"

田福禄絮絮叨叨："一来二去，干过好几次。大墓没碰到，都是一些小墓，出个瓶瓶罐罐的，也不值钱。前几天，有个叫刘德志的，来找我……"

"刘德志？"韩麻子一听这人，睁大了眼睛。

"怎么了，二哥？"

"这孙子是我们这行最不厚道的，他不光取墓里的东西，还倒斗，基本上以此为生了。"

"那就是个盗墓贼了？"

"可以这么说。"

小臭点了点头，对田福禄道："继续说。"

"刘德志找到我，说有个大主顾雇他倒个大斗，他一个人忙不过来，让我帮忙，说事成之后，不会亏待我。"田福禄皱着眉头，"这种倒斗的事，我是不敢干的，可老娘病重，很缺钱，就答应了。"

"然后呢？"

"第二天晚上，刘德志叫上我，去了一趟潘家园。"

"潘家园？你们去那鸟不拉屎的地儿？"小臭愣道。

潘家园在北平城东，是一片荒地、乱坟岗子。

"我们到那里的时候，还有一伙人，开着一辆车，早就等着了。那帮人大概有四五个，都蒙着脸，但穿的衣服都很好，挺有身份的。他们并没有动手，动手的是我和刘德志。"田福禄沉声道，"刘德志和我各有分工，我主要是打外围。"

"什么打外围？"

"就是按照刘德志的吩咐，挖土打洞。"田福禄解释说，"那个墓，很大，挖起来很是费劲，我挖了差不多一两个时辰，才把盗洞打进去。然后，刘德志把我支到了旁边，他接手，干最后的一道工序，进入棺椁摸宝。"

"你没看到从里面摸出什么东西？"

"我离得很远，天又黑，看不清。"田福禄道，"刘德志和那帮人，窸窸窣窣搞出了很多东西，把那辆车都装满了，然后让我回填了土，接着就回到了这里。"

"然后呢？"

"他们在刘德志的屋子里搞了大半夜，也不知道干了什么，然后那帮人就走了。刘德志给了我几十块大洋，说这趟那帮人太黑，拢共就给了两百多块。也不知道是不是真的。给了我钱后，他让我把屋里面的东西处理了，吩咐我不要对外人说。"田福禄说到这里，嘴唇抖动了一下，"我进去，亲娘姥爷！桌子上横着一具尸体！"

"尸体？"

"嗯！肯定是从那墓里倒腾出来的！"

"不对呀，盗墓无非就是为了墓里的宝贝，把尸体带回来干吗？"小臭觉得蹊跷。

"我哪里知道。"田福禄很委屈，"那具尸体，一看就知道很多年了，但奇怪的是并没烂成骨头架子，不光皮肉，头发指甲都有。"

"我听说但凡是大墓，有身份的人，死后都要放入很多宝贝，而且棺椁也好，密封，即便是年头长，也不会全部腐烂。"韩麻子道。

"是了。"田福禄点头，"那尸体身材高大，我想身份肯定不一般！我进去的时候，尸体被开膛破肚，连嘴巴都被撬开了，龇牙咧嘴，臭得不行，我一下子就吐了。"

"开膛破肚？"小臭皱起了眉头。

"难道是在肚子里找东西？死人嘴里往往有东西，但用不着开膛破肚吧？"韩麻子道。

"尸体身上值钱的东西早就被摸得干干净净了，只剩下衣服、靴子之类的。"田福禄道，"我是看清楚了，那分明是官袍！而且应该是大官才会有的袍子！衣服有好几层，里面的都烂了，外面的被那帮人破坏了，只剩下一件内衬还算完整。我把尸体弄出来，浇上汽油，一把火烧了。烧之前，我觉得那件内衬不错，烧了可惜，就藏了起来，洗了一下，晒干之后，到你那里卖了。"

田福禄说完，扑通一声跪倒在地："麻子大哥、这位兄弟，我知道的就这么多，千不该万不该，不该把那件衣服卖给你！你可怜可怜我，我上有老下有小，若是吃了官司，那就家破人亡了。"

田福禄说完，磕头如捣蒜。

小臭叹了一口气，扶起他，安慰了一番，出了门。

"原想能从田福禄手里倒腾出来点儿东西，不料竟这么个结果！看来臭爷没有发财的命，还得跟着魏老道。"小臭唉声叹气。

哥儿俩找到魏老道，三人离开黄土场往回赶。

等到了北平城，天已经快黑了。

魏老道做东，在天桥找了一家酒馆，摆上了一桌子丰盛酒菜，三人大吃大喝一顿，酒足饭饱，小臭要回去睡觉，被魏老道白了一眼。

"睡个屁呀，咱们去趟菜市口，接着踅摸下一样东西。"魏老道说。

"这三更半夜的，去菜市口干吗？那儿可是刑场，砍头的地方！"小臭听了，跳将起来，破口大骂！

也难怪小臭发火，半夜三更，原本就应该龟缩家中，不宜外出，魏老道不但黑天出门，而且竟然要去菜市口，这不是吃饱了撑的嘛。

菜市口这地方，很出名，当然了，那是有了大清朝之后。明朝时，这里不过是一个街口，卖菜的众多，所以得名菜市口，清廷入关后，杀人的刑场从明代时的西四牌楼转移到了菜市口，这才让菜市口闻名天下。

戏文里经常听说"推出午门斩首"，其实是推到菜市口"出红差"。一般说来，每年冬至前夕，对判有"秋后问斩"的罪犯执行死刑，天亮之前，将死囚推入囚车，出宣武门到菜市口，有身份的坐骡马拉的站笼囚车，没身份的戴枷上镣，先游街示众，再到菜市口挨那临终一刀，叫"出红差"。

"出红差"时先张贴布告，菜市口的街道提前知道，临街的店铺往往会在门口放置一张条案，上面摆着三碗白酒，放着酒壶，壶嘴冲外，表示送行，有的还摆上菜肴，犯人路过，可以吃喝，在谁家吃了菜喝了酒，那这家就特别高兴，因为在他们看来，这是积了阴德。

为什么管杀人叫"出红差"呢。原因有三，一是砍头之时，一腔热血喷满地，血染黄土；二是刽子手一身行头乃是鲜红色的粗麻衣服，从头到脚一身红；三是验明正身时，当场用朱砂红笔在犯人的名字上打个对勾，表示红笔勾魂，接着咔嚓一声砍了去。

打大清朝起，一连两百多年，在菜市口砍的人那可就太多了。半夜三更的，这地方怨气重，夜里从那走瘆得慌，所以半夜三更那里真是万户萧条鬼唱歌。

魏老道却是执意要去。

他如此，张小臭和韩麻子也没办法。

三个人酒足饭饱，溜溜达达，来到了菜市口。

"老魏，咱到底去哪儿呀？"站在菜市口，冷风吹着，张小臭觉得裤裆里凉飕飕的，头皮发麻。

魏老道指了指前面不远的一个铺子："鹤年堂。"

"鹤年堂？"张小臭纳闷道，"买断头药？"

"屁！找人。"魏老道被张小臭一句话气得直翻白眼。

鹤年堂在菜市口丁字路口的西北角，是家历史悠久的药铺，匾额乃是明朝大奸臣严嵩题写，店里的药货真价实、童叟无欺，不但如此，还有了"鬼打门，买断头药"的传闻。

鹤年堂就在菜市口边上，一般监斩官的高座就设置在这里，杀人就在跟前。清代处死刑，那都是一刀下去，身首两处，脑袋搬家，尸首丢在地上，罪大恶极的脑袋还要挂在一根杆子上示众，俗话说是"弃市"，为的是警醒告诫众人，不要做贪赃枉法之事，这种手段，对死刑来说那可太痛苦了。说是有不少次，处刑之后，鹤年堂三更半夜经常能听到敲门声，伙计在里面问干吗？外头说买药，等开了门，外面鬼影子都没一个，老百姓认为这是那些被砍了头的死刑，阴魂不散，来买医治断头的药，所以才有了鹤年堂"鬼打门，买断头药"的传闻。张小臭说魏老道去买"断头药"，魏老道自然生气。

来到鹤年堂门口，药铺还没关门，亮着灯。

三人进来，里面掌柜的早已经歇息了，只有几个伙计在忙活。

"三位，抓药？"一个伙计跑过来。

魏老道摇了摇头："我找张皮匠。"

"张皮匠呀，呵呵。"伙计笑了一声，"有人找你！"

话音未落，见拐角擦桌子的一个老头儿走了过来。

书表到这里，有人可能就纳闷了：药铺里，怎么会有皮匠呢？

还真有！当然了，皮匠不过是戏称，这里头有说法。

前文说了，菜市口行刑，那是一刀下去，脑袋搬家。中国人历来讲究人死了尸体得齐全，不然死者不得安宁。死刑被砍了头，示众之后，是允许家属收尸的。家属抬了尸体，收拾了脑袋，往往会找人将脑袋缝在尸体上。鹤年堂距离菜市口最近，里面就有专门干这行当的人，称之为"皮匠"，师徒历代传承，鹤年堂掌柜的觉得这是积阴德，所以也很鼓励。

到了这一代，缝脑袋的姓张，所以都叫他张皮匠。

张皮匠五六十岁，模样憨厚，见这三个人找自己，心里也是纳闷："难道是有死刑的家属来拜托自己缝脑袋？可也没听说最近要行刑呀。"

魏老道抱了抱拳："咱能不能借一步说话？"

"到我房里去吧。"张皮匠引着三人，来到鹤年堂后院的一间小屋，坐下来，倒了几碗水，"诸位找我，是家中有事？"

人家说得很隐晦，意思就是，你们家里有人被砍脑袋？

魏老道摇了摇头，从兜里掏出十块大洋，啪嗒一声放在了桌子上。

十块大洋，不是小数目，张皮匠不由得睁了睁眼睛。

"家中没事，想跟您老买一样东西。"魏老道笑了笑。

张皮匠更纳闷了："我一个老头儿，身无长物，哪有东西值这么多钱？"

"还真有。"魏老道呵呵一笑，"想从您老这里，买上一丈长的锁魂缝尸线。"

"锁魂缝尸线？一丈？你要这个干吗？"张皮匠面色突变。

"什么叫锁魂缝尸线？"张小臭忍不住问道。

魏老道咧了咧嘴："张皮匠的手段，你们都知道吧？"

"嗯。"小臭和韩麻子都点了点头。缝脑袋嘛，谁不知道。

魏老道也不怕张皮匠不高兴，道："对，缝脑袋，缝脑袋那就得用线，对吧？"

"废话！"

"一般人不知道，这缝脑袋用的线，那可就有讲究了。"

"不就是寻常的线嘛，这有什么讲究的！"张小臭不耐烦。

"斩首之人，不管冤不冤枉，那都是怨气滔天，缝脑袋的线，和一般的线完全不一样。其中最珍贵的一种，是专门用来伺候那种特别凶悍或者冤情特别大的死刑的，叫作锁魂缝尸线。这种线，不是一般的棉麻，而是用一种特别的阴麻制成，里面加上了金丝，坚固无比，阴麻平息怒气，金丝镇魂，线制成之后，还要专门在土地庙供奉九九八十一天才能使用。这种线，乃是鹤年堂的不传之秘。"

魏老道说完了，张皮匠面露得意之色："想不到这位爷对这线如此熟悉。"

"见笑了。"魏老道把十块大洋推到张皮匠面前，"兄弟我有事需要这线，所以还得请老哥帮衬帮衬。"

张皮匠收了那十块大洋，转身从破木箱里取出一个木匣，放在桌子上："还真是巧，我手头就剩下这么一卷了，差不多正好一丈，还是我师父在世的时候制的，这么多年就没派上用场。"

"有劳！"魏老道如获至宝，收了木匣，转身告辞。

出了鹤年堂，小臭好奇，让魏老道拿出木匣，看了看，只见这锁魂缝尸线并不粗，和一般的麻线差不多，但通体赤红，泛着金光，异常的坚韧、结实。

"咱回吧。"小臭打了个哈欠。

"还得去找个人。"魏老道将了将胡须，"程五爷，你们听说过吧？"

"刽子手程五爷？"韩麻子一愣。

"就是这位。"

"你找他干什么？"韩麻子道。

"谁呀这位？"小臭没听说过。

"三弟，这位程五爷，那可不得了，做了一辈子刽子手，杀人无数，因为是个黑脸，都叫他'黑面罗刹'。"韩麻子解释道。

"黑面罗刹？那我知道。"小臭点了点头。

在菜市口一带，没人不知道程五爷。

中国人历来喜欢看热闹，这万般热闹之中，能比得过杀人砍头的，寥寥无几。看砍头，实际上看的是刽子手。

这行当，可不是谁都能干的，历来有传承，算是一个职业，师父带徒弟，徒弟老了，再收徒弟，北平城刽子手拢共也就几十个。

吃这碗饭的，一般都是命硬之人，一般人扛不住。拜了师，那就跟着学手艺。有人问了，砍头怎么还需要手艺？只要力气大，谁都能抡刀。那还真孤陋寡闻了。

虽然同样是死刑，那名头可多了，比如除了砍头，还有凌迟，这是个技术活，把人绑在木桩上，用细细的柳叶刀割上几百上千刀，肉割下来，人还不能因为流血过多而死，讲究着呢。即便是砍头，也不是说随便砍了就成，你一刀下去，脖砍断，犯人没死，受罪不说，无数人会骂你干缺德事，砍偏了，把人肩膀卸下来，监斩官恐怕也不会饶过你，下刀是轻是重，砍哪里，那是有诀窍的。

刽子手受人尊敬，每次开刀问斩之前，来找的人很多。

有花钱买东西的——家里有病人，给刽子手几块大洋，砍头之后，刽子手用热乎的馒头蘸上犯人的鲜血给买主，这叫人血馒头。还有的，则是死刑的家属，也会包钱给刽子手，让刽子手到时候给亲人一个痛快，让死刑少受点罪，也让他手下留情。

怎么叫手下留情呢？砍头之时，对那些送了银子的死刑犯，刽子手来到跟前，叫上一声："爷，今儿我伺候您走，吃哪碗饭办哪桩差，您也别怪我，放心走好！"言罢，手起刀落，手上的劲掌握得异常准确，一刀下去，断头不掉头，脖子下方一层皮还留着，方便家人抬尸、缝脑袋，也算是得了全尸。对于那些没给钱的，提刀斩首抬脚蹬尸，一句客气话都没有，那是轻的，有的不地道的刽子手，一刀砍在脑袋上，脑浆洒了一地，这叫"开瓢"，缝都没法缝。

魏老道提到的这位程五爷，乃是北平城刽子手最出名的一位。十五岁就出来干活儿，手艺之精湛，北平城没人赶得上，而且为人正直厚道，即便不给钱，也会让死刑犯体面丢脑袋，提起这位，人人竖起大拇指。

魏老道带着两人在菜市口拐了两条街，来到一个小四合院门前。

"你俩进去，他有一把九环紫金鬼头刀的刀环，如果不借，拿钱买。"魏老道似乎不太愿意见程五爷，给小臭交代了一句，递给小臭一张支票。

小臭看了看，一千块大洋，嚯，这老道真有钱！

"老魏，你怎么不进去？"小臭道。

"以前打过交道，算得上是故人，抹不开面儿。"魏老道低笑了一声。

小臭和韩麻子敲门，时候不大，一个虎背熊腰的年轻人开了门，将二人引了进去。

程五爷就坐在院子里，年纪六十开外，身高将近两米，体格健硕，皮肤黝黑，尤其是那张脸，跟锅底一般，手里玩着两个铁球，哗啦哗啦响。

"二位找我？"程五爷看着二人，微微一笑，"我年纪大了，前两年就金盆洗手了，刑场的事，找我徒弟就成。"

小臭坐下，笑道："不是刑场的事，这事儿呀，还真得找您。"

"哦。"程五爷停了手中的铁球，直起身子，"何事？"

"借个东西。"

"真稀罕了，到我这里借东西？"程五爷冷笑两声，面色可就不好看了，"借什么？"

"你手头的那把九环紫金鬼头刀……"

"我看你是来找事的吧！"小臭还没说完，程五爷大怒，噌的一声就站起了身，他的那些徒弟们，纷纷从房里走出来，一副要干架的样子。

小臭和韩麻子吓了一跳，这帮人，可不是善茬，打起来，非得被揍死不可。

呵呵呵呵。眼见得就要起冲突，院子上方响起一阵公鸭一般的笑声，然后一个人影横空飞来，稳稳落在地上："小五子，这么多年不见，你功夫不见长，脾气倒是上来了。"

正是魏老道。

程五爷一愣，仔细看了看魏老道，大惊，扑通一声跪倒在地："您，您是魏道长？"

"正是贫道。"

"哎呀呀！什么风把您老人家刮过来了！"程五爷大喜，爬了起来，"道长，屋里说话！徒弟们，赶紧摆酒设宴！"

变化来得太突然，小臭和韩麻子面面相觑。

时候不大，正房摆了一桌丰盛酒菜，魏老道坐在正首，程五爷亲自作陪，十分客气。

"程五爷，您和老魏……"小臭问道。

程五爷笑了一声："小兄弟，方才实在是对不住，你倘若说是魏道长的朋友，不至于那样……魏道长对我一家，有大恩。想当年，我爹得罪了人，眼见一家人都要丢性命，是魏道长独身一人将我爹从大牢之中救出来，安排我们一家老小躲出去，后来又替我爹洗清冤屈！那时，我才十岁。"

原来如此。

程五爷给魏老道倒了一杯酒："道长，这些年您都去了哪里？事后我四处寻找，想报答这大恩，哪怕给您老磕个头，我心里也好受些。"

"举手之劳，何足挂齿。"

"哈哈哈，道长高人一个，这么多年，模样一点儿没变化。"

魏老道喝着酒，一个劲地笑。

酒过三巡，程五爷放下酒杯："道长，您借我那把九环紫金鬼头刀，干什么用？"

"也不是那把刀，而是刀身上的一个物件。"

程五爷起身，从正屋的供堂上，摘下来个长长的木盒，双手捧着过来，放在桌子上，打开。

揭开一层层的红布，露出一把刀来。

这把刀，有一两米长，形制是鬼头刀，刀背上有九个环子，拎起来，叮当作响。材质非金非铜，看不出是什么材质做的，颜色呈紫金之色，寒光闪闪，煞气扑人。

"想不到这把刀还在。"魏老道看了，点了点头。

"这刀怕不是一般的砍头刀吧。"小臭道。

程五爷呵呵一笑："这位小兄弟有眼力。这把刀，乃是我程家历代相传的宝物！当年乃是元朝时用陨铁所铸，专门斩一个人。"

"陨铁所制？！这也太珍贵了，而且用陨铁做刀，专门斩一个人，那也太……谁有这么大的脸面呀？"小臭道。

"这人呀，就是文天祥文大人了。"程五爷摸着那把刀，"文大人正气浩荡，一般的刀可没资格斩他，所以专门造了这把刀，行刑的乃是我先祖。文大人斩首之后，这把刀就在我程家流传下来，一直到现在。几百年来，死在刀下的人，皆是雄杰，具体有多少，没人知道，杀人过多，刀身都变成了紫金之色。"

嚯！

"道长，这刀您准备……"程五爷将刀递给魏老道。

"刀我用不着，一个刀环就够了。"魏老道接过刀，手指一伸，当的一声，从上面拽下一个刀环来。

这手段，看得众人目瞪口呆。那刀环，陨铁材质，和刀身融为一体，魏老道一根手指就硬生生给拽了下来，这功夫……

"莫说是刀环，就是这把刀，您老人家要是用得着，也拿了去。"程五爷笑道。

一帮人觥筹交错，喝到了后半夜，眼见得快要天亮了。

都喝得大了，酒宴结束，程五爷让人奉上了茶盏。

魏老道喝了一口茶，问程五爷道："小五子，我跟你打听一件事。"

"您说。"

"镇魂杆这东西，你知道现在在哪里吗？"

"镇魂杆？"程五爷皱了皱眉头，"您老人家找那东西干吗？"

"有用。知道吗？"

"老早就不在菜市口了，我听说落在了李君之手里，但不知是不是。"

"李君之？"魏老道听了这个名字，面色不太好，"行，知道了。"

一盏茶喝完，魏老道起身告辞。

程五爷苦苦相留了一番，亲自将魏老道送出门。

离开程五爷家，小臭把魏老道拦住了。

"我说老魏，咱得把事情说清楚。臭爷我答应跟你一起憋宝，你奇奇怪怪搞了这些乱七八糟的东西，看得我头都大了，到底怎么回事，你得好好跟我说说，也得让我做个明白人！"

魏老道笑了一声："就知道你按捺不住，也罢，说给你们听。"

三个人边走边说。

魏老道咳嗽了一声，道："金鱼池里面的那个怪东西，它在水里，我们在岸上，要想把它弄上来，只能钓。"

"嗨！"小臭喊了一声，"我还以为怎么着呢！不就是钓鱼嘛！你早说呀，北平钓鱼哪个比得了我？还用你这么麻烦，我拿我那根杆子，手到擒来！"

"德行！"魏老道骂了一句，"你那根杆子，钓一般的鱼虾还行，对付那怪物，就是个屁。要钓那怪东西，需要一根特殊的钓竿。"

"怎么个说法？"

"钓东西吗，需要两样，一个是鱼饵，一个是钓竿。鱼饵咱们有了，就是土仓里弄来的那土芝，土芝乃是土精，对于那东西来说，是无法拒绝的美味。"

"那么值钱的东西，你竟然当鱼饵！太败家了！"

"土芝虽然珍贵，但和那怪东西身上的宝贝相比，不值一提。"魏老道继续说道，"至于钓竿，也有讲究。我从张皮匠那里弄来的缝尸线，乃是钓线，程五子九环紫金鬼头刀的这个刀环，用来做鱼钩，这两样东西，都是无比阴煞的东西，也只有这样的东西，才能镇住那怪物。"

"鱼竿呢？"小臭问道。

"鱼竿就是我刚才问程五子的那个'镇魂杆'。"

"这镇魂杆，什么来头？"

"大有来头，是所有东西中，最难得到也是最珍贵的了！"

"你给好好说道说道。"

魏老道沉吟了一会儿，才道："也罢，既然你和我一起憋宝，就说给你们听，一般人我还真不告诉他。"

魏老道一边走一边道："提起这根镇魂杆，那还得从大明朝说起。明朝杀人砍头的地方，不在菜市口，在西四牌楼。明初永乐帝北京起兵夺了侄子建文帝的江山，名不正言不顺，即便是建都北京，依然有大臣反对，所以杀了不少人。这些人，都是忠贞之臣，西四牌楼砍了不少，就闹起幺蛾子来，弄得整个京师乌烟瘴气，做什么法事都不平息，后来，还是姚广孝想了个办法，弄了这么一根杆子来，竖在西四牌楼，将那些冤魂镇了下去。这根杆子，高一丈三尺三，上面挂着幡子，幡子上面盖着永乐大帝的大印，杆身上，密密麻麻刻有十三部经文，甚是了得。自打永乐帝开始，这根杆子就立在西四牌楼，每次杀行刑，尤其是重犯，砍头之后，刽子手都要取下这杆子，对着行刑之处，连打三下，将死囚的冤魂打散，然后再将死囚血淋淋的脑袋挂在杆子上，有了这根杆子，再厉害的冤魂也无法闹事。大明亡了之后，行刑地从西四牌楼转移到了菜市口，这根杆子也挪了过来，照样用。一直到康熙年间，杆子还在。几百年的光景，杆子浸满了经年累月的鲜血，黑不溜秋，不认识的人觉得就是一根破木杆，在懂行的人眼里，这可是世间难求的镇煞之物。"

"我道是什么呢，不过就是根木杆嘛。"小臭不服气道。

"木杆?！真是瞎了你的狗眼，这根乃是金丝楠木所做，来历更是不凡。"魏老道不愿意再多说，挠了挠头，道，"想不到落到了李君之手里，这下，有点儿麻烦了。"

"李君之谁呀?"

魏老道看着小臭，哭笑不得："这个人，可厉害了，便是我，也忌惮三分。我跟你说过，外八门之中，以盗门为大，盗门之中，又以发丘倒斗为尊。干这行当的人，个个都有本事，人数众多。咱们中国，倒斗行当，分为南北两派，南派咱们就不说了，北派最厉害也是最大、历史最久的一派，叫作'洛阳八宗'。"

"洛阳八宗？"小臭没听说过。

"起源于唐朝末年，一千多年，从未中断过，门人无数。按照八卦，分为乾、震、坎、艮、坤、巽、离、兑八宗，每宗都有领袖，称为'铲头'，其中乾宗为八宗之首，乾宗的铲头，又被称为'总铲头'，统领八宗以及无数的门人。这么说吧，这个洛阳八宗，势力庞大，控制着中国四分之三的盗墓营生。而李君之，则是如今这一任的总铲头，在倒斗界德高望重，被称为泰山北斗。"

"嚯！这么厉害！"小臭听了，直炸毛。

"管他什么身份，既然需要这根镇魂杆，咱们就去找呗，顶多花俩钱。"韩麻子道。

魏老道直翻白眼："花俩钱？人家缺钱吗？随便拿出一样东西，那也价值连城！李君之这人，脾气怪异，若是不对路，你花再多钱也没用。"

"你的面子也不给？"

"我？"魏老道苦笑，"干我们这行的，入不了人家法眼，我就不去了。"

"你不去，那谁去呀？"小臭叫道。

"当然是你们俩了。"

"我们俩？"小臭都快哭了，"人家那么厉害的一个人，我俩？我俩就是个土包子，人家能见？"

魏老道挠了挠头，想了想，目光落到了蹲在小臭肩膀上的猴子身上："李君之那个人，喜欢热闹，尤其喜欢听戏看杂耍，咱们这么办……"

魏老道把小臭和韩麻子拉过来，嘀嘀咕咕说了一通。

"能行吗？"小臭问道。

"不知道，试一试呗。"魏老道笑了一声，"这根镇魂杆，我不便出手，全靠你们俩了。"

"也罢，试一试就试一试。"小臭无奈。

三人回到了天桥破屋，小臭收拾了一番，带上韩麻子出去了。

"臭爷我这回倒要开开眼，看看洛阳八宗的这位总铲头是哪路的大神，长没长三头六臂！"小臭顶着猴子，呵呵冷笑。

第五章　五大镇物

李君之的家，倒也不难找，位于宣武门城墙根的一处三进四合院，而且是独门独院。

"真是阔气！"小臭看了，直摇头。

这个院子，光看大门就是有身份的人住的，金柱大门，一溜儿的清水檐，蝎子尾下面有花砖，四颗门簪，往外凸出的墀头墙从上往下是戗檐，两层拔檐，门楼的门墩儿乃是两块高大的抱鼓石，下有须弥座，门口还有上马石、拴马桩。

这样的宅子，以前住的肯定都是官员。

小臭和韩麻子换上了江湖杂耍的衣裳，把猴子宝儿弄下来。

"好宝儿，今儿卖卖力气，事情干成了，我给你买糖葫芦吃。"小臭对宝儿求爷爷告奶奶哄了半天，宝儿这才极不情愿地穿上了小衣服。

小臭从包裹里摸出个铜锣，咣当敲一声："瞧一瞧看一看呀，正宗的猴戏，百年难得一见！"

一边敲一边走向大门，听着里面的动静。

里面静寂无声。

"难道不在家？"韩麻子道。

"不可能，这天刚亮，估计人还没起床呢。"小臭立在门前，咣咣咣，一个劲敲锣，嘴里一遍一遍喊。

约莫过了一炷香的时间，大门吱嘎一声开了，从里面走出来个仆人模样的人，年纪在五十岁左右。

"喂，我说要把式的，别敲了，赶紧走，"仆人有点不高兴，"大清早的，在这儿敲得咣当响，我家老爷爱清静，赶紧换个地方。"

"这位爷，这街面上又不是你家，我爱在哪儿在哪儿，你管得着嘛！"小臭大声道。

他还觉得动静不够大呢，得把里面那位正主儿给闹起来。

"嗨！你这人，怎么说话呢！"仆人捋起袖子就从台阶上走下来了，"好话你不听，想挨揍是不？"

"你打呀！打坏了你臭爷，下半辈子你给我养老送终！"

"孙子！"

眼见得要杠起来，从门里面走出一个小孩儿来。

这小孩儿，瞅着也就十四五岁，长得英俊，穿着一身格子小西装，脚上皮鞋锃亮，唇红齿白。

"德生，怎么了？"小孩儿道。

"小少爷，您怎么出来了！"叫德生的仆人赶紧转身，"天凉，你别冻着！"

"冻个屁呀！怎么回事？"小孩儿指了指小臭。

"哦，就是两个要把式的，站在这里不走，咣咣敲锣，老爷刚起床……"

"要把式的？"小孩儿看了看小臭和韩麻子，又看了看宝儿，来了兴趣，"猴戏？"

"天下难寻的猴戏！可好看了！"小臭赔笑道，"少爷，看看？花钱不多，开心取乐！"

小臭一边说，一边朝宝儿使了个眼色。宝儿多聪明，双腿用劲，飞得一人多高，空中连翻了十几个跟头，稳稳落地。

"有点儿意思！"小孩拍了拍手，"随我进来。"

德生慌了："小少爷！老爷刚起床，他那起床气你知道有多大，这两人这么闹腾，放进去，他能把我腿打折了！"

"你怕他打折你的腿，就不怕我打断你第三条腿儿？"小孩冷笑道。

"得，您狠。"德生吓得缩了缩头。

小孩儿在前，小臭、韩麻子在后，穿过了前院、中院，来到后院。

这一路，哥儿俩眼睛都不够使了，院子里亭台楼阁，那风景，就别提有多讲究了。

来到后院，只见正中摆着一张石桌，一个人正坐在哪里喝茶呢。

小臭仔细打量，这人，年纪六十左右，身材瘦削结实，长脸闪目，气势威严，身穿一件青色大褂，穿戴简洁，手里捧着一个紫砂壶，大拇指上戴着一个洁白温润的羊脂玉扳指儿。

有道是人靠衣裳马靠鞍，这话说得其实并不在理。衣裳也是要看人的，再好的衣裳，没内涵的人穿了也能穿出个"金玉其外，败絮其中"的效果，反过来说，人要是"有里子"，就是穿个普通的麻布衣裳，也能显得鹤立鸡群。

眼前这位，乍一看很普通，但仔细瞧，就能感受到那扑面而来的威严。想必就是那位洛阳八宗的总铲头李君之了。

"重九呀，这大清早的，你又闹腾什么呢？"老头儿看了一眼那小孩儿。

"爷爷，我看到外面有俩耍把式的，带进来让您乐乐，您看您孙子我多孝顺！"小孩儿嬉皮笑脸。

"孝顺？你不把我这把老骨头拆散，我就阿弥陀佛了。昨儿刚打碎了我一尊翡翠玉佛，你知道那个值多少钱吗？"

"哎呀呀，不就是一尊玉佛嘛，您就我一个孙子，不给我祸祸，给谁祸祸？"小孩儿明显没大没小，也是个不省事儿的主儿。

"好好好，我倒要看看是啥耍把式的，能入你的法眼。"老头转过身来，看了看小臭和韩麻子，目光如常，等看到了猴子宝儿，不由得"噫"了一声。

"给老爷请安！"小臭赶紧施了一礼。

"不用多礼。"李君之摆了摆手，"哪里的人氏？"

"就这里。"小臭指了指脚下。

"哦，北平的？倒是没听说过咱们这里有人会耍猴的。"李君之笑笑，"那就开始吧。"

小臭应了一声，对宝儿点了点头。

好宝儿，有心在众人面前表现，闪转腾挪，身形如电，翻跟头打把势，引得那小孩儿直拍手，最后一个蹦子蹿到半空中，落于李君之面前，做了一个童子拜佛的姿势，乐得老头儿也哈哈大笑起来。

"好！我李君之猴戏看过无数，倒从来没见过这么聪明伶俐的一个猴儿。德生，打赏！"李君之挥了挥手，叫德生的仆人掏出几块大洋，放在桌上。

小臭呵呵一笑："谢老爷，不过，老爷的赏钱，小的就不要了。"

李君之正在打量着宝儿呢，听到这么一句，转过脸："你耍把戏，我看戏，给你赏钱是应该的，怎么不要了？"

"老爷喜欢，那是我们的荣幸。"小臭巧舌如簧，沉吟了一下，"不过，老爷打赏，我们如果不要，不合适，那相当于打了老爷的脸了不是。老爷，这样，钱我们不要，能不能向您老人家讨样东西。"

李君之眼睛微微一眯，端过茶壶："真是稀罕。好，难得我今天开心，说吧，要什么？"

小臭贱兮兮地笑了下："想跟老爷要……不，借也行，借根杆子。"

"杆子……"李君之端起茶壶喝了一口，看着小臭的目光就复杂了，"我这院子里杆子倒是不少，你要想要，尽管拿去。"

小臭四处看了看，摇了摇头："我要借的，不是一般的杆子，名字叫作'镇魂杆'。"

啪。李君之把茶壶往桌子上一放，呵呵呵呵一阵冷笑："好个小子！你打把式耍猴戏是假，以此为借口混入我家讨东西才是真。"

小臭一副无赖样："老爷，借个东西而已，用完了就还。"

"敢到我这里借东西，还这么无知无畏无赖的，你倒是头一个。"李君之倒是没生气，勾了勾手，"你过来。"

小臭乖乖走了过去。

"坐下。"

小臭老老实实在李君之对面坐下。

李君之一双虎目仔仔细细在小臭脸上打量了一番，又"噫"了一声。

"我说老爷，你这么看着我，我心里毛毛的。我脸上没长花儿……"小臭不自在。

"老夫一生阅人无数，你面相，倒是头一回见。"李君之乐了起来，冲身边那小孩儿挥了挥手，"重九，你过来看看。"

小孩儿走过来，看了小臭一番："爷爷，这可不就是你跟我说过的'五绝横命'嘛！"

小臭闻言，心里打了个炸雷。这爷孙俩，太不简单了！

"是了，五绝横命。"李君之点了点头，对小臭道，"这位小兄弟，你不是耍猴的，应该是个憋宝的吧？"

我娘！小臭差点儿从凳子上出溜下来。

这他妈的哪里是人？分明是个老怪物呀！

自己什么话都没说，人家不但一眼看出了自己的命相，还当面揭了自己的老底！

恐怖呀这是！

"老爷，您真会开玩笑……"小臭想敷衍了事。

李君之摆摆手："别在我面前耍聪明了。五绝横命的人，乃是天生的憋宝奇才，再说，你不是憋宝的，也不会找我借'镇魂杆'。"

德生在旁边来气了："喂，我说耍猴的，我家老爷一向慧眼如炬，他面前你就别耍小聪明了，这不关公面前耍大刀嘛。"

小臭苦笑不止："老爷子，您眼可真毒，再跟您打哈哈，倒显得我不懂事了。我叫张小臭，住在天桥，混混一个，真不是憋宝的。之所以向您借镇魂杆，乃是有事，为了救我大哥，其中缘由，我不能说。"

李君之锐利的目光落在小臭脸上，听罢，点了点头："看你还算实诚。不过你跟我借镇魂杆，可知道这东西的来由？"

小臭把魏老道之前说的，讲了一遍。

"倒是有点底子。"李君之笑了一声，"不过，你知道的这些，还远远不够。"

"难道这镇魂杆还有什么说法不成？"

"当然了！"李君之给小臭倒了一杯茶，"你所知道的，是这根杆子制成之后的事儿了，在此之前，你知道吗？"

"在此之前？"小臭不明白。

"它是何物所制，你听说过没有？"

"不就是金丝楠木吗？"

李君之哈哈哈大笑："金丝楠木？是，也不是。小臭，这镇魂杆可不是一般的金丝楠木，它是北京城的镇物'神木'所制，全天下，也就这么一根！"

"镇物'神木'？"小臭睁大了眼睛。

李君之见他真不清楚，清了清嗓子："我今儿高兴，就跟你说道说道。你知道什么叫镇物吗？"

小臭摇头。

"镇物，又叫厌胜物，一般用于镇墓、镇宅、镇鬼祟，由来已久，《楚辞》里就说过。"李君之道。

"我明白了，就是辟邪的呗。"

"对，也不对。"李君之顿了顿，又道，"一般人，身上有个护身符啥的，也算镇物。宅子里也有，比如挂个钟馗像，在中堂写个'福'字，取'一福压百祸'之意，写个'善'字，取'一善祛百邪'之意，写个'神'字，取'一神辟百鬼'之意，其他的，神像、佛经、道符甚至是立一块石敢当，都算是镇物。"

李君之侃侃而谈，小臭听得聚精会神。

"镇物是用来趋吉避凶、转祸为福的，有大有小，级别也有高有低。"李君之笑道，"人身上挂的护身符，级别最低，叫人镇，家里的叫家镇，墓里的叫墓镇，再大，就是城镇，就是镇一个城池的。"

"那再大了呢?"

"再大,山镇、河镇。"

"再大呢?"

"那就是最高级的镇物了,名之为国镇!"

"国镇?!"小臭吐了吐舌头。

"所谓国镇,那镇的是一国的气运,一国的安宁,到了这个级别,那就不是一般的风水镇物了。"李君之看了小臭一眼,"这镇魂杆,原先就是一个国镇!"

我天!小臭如遭雷击!

他娘的不就是一根杆子嘛,怎么扯上了国镇了?!

李君之站起身,背着手,在院子里踱了几步:"北京城有五大镇物,你听说过吗?"

"没有。"

李君之仰头向天,道:"大明朝,永乐大帝迁都北京,在此设立都城。一国之都,地位何等重要,那是一国的气运所在,不能有半点闪失。所以,永乐帝就让姚广孝大改北京城的风水,镇住了海眼,守住七关之位,又使了一番大手段,布局风水,将这北京城弄得服服帖帖,藏风聚水。做完了这些,姚广孝还不放心,在北京城设下了五大镇物,以此来彻底震慑邪祟,保大明江山万世太平。这五大镇物,就是国镇。"

"哪五大镇物?"小臭问道。

"北京城建好之后,姚广孝按照道家金木水火土五行相生相克的道理,在北京的东西南北中五个方位,设置了五个镇物。南方属火,镇物是燕墩。"

"这个燕墩我知道。"小臭立马道。

燕墩,立在城南门永定门外,是一座砖台,巨大无比,上面有一座正方形的石坛，坛上立石碑一座，足足有八米之高，雕刻有二十四尊水神像，四脊各有一龙，气势雄伟。

那东西小臭不知道看过多少次，不明白用来干吗，想不到竟然是镇物！

"西方属金，西边的镇物，则是觉生寺里面的那个大钟。"李君之道。

"就是大钟寺里面的那个？"

"正是。那个大钟，原本是在万寿寺里面，雍正十一年（1733）移到了觉生寺，因此百姓都叫大钟寺，却不明白那个大钟的来头。"

"那北面的镇物呢？"小臭问道。

"北方属水，镇物乃是一尊铜牛，后来铜牛丢失，乾隆二十年（1755），重新铸造了一尊，就是放置在颐和园昆明湖的那个铜牛。"李君之转身坐下，道，"中央属土，镇物就是紫禁城后面的那座景山。"

"景山？！一座山竟然是个镇物？"小臭觉得自己脑袋不够用了。

"景山在明代又叫万岁山，原本并没有，而是据土而为，刻意布置的中央镇物！"

小臭张着嘴巴，愣了愣："那东边的镇物呢？"

李君之神秘一笑："五大镇物之中，东边的镇物最为神奇，名字叫作'神木'！"

"那是因为东方属木的原因吗？"

"不仅仅是因为东方属木，更因为这个镇物，原本就是一根木头。"

"一根木头，也能成为国镇？！"

"自然不是寻常的木头，要不然怎么能称之为神木呢。"李君之笑了笑，"东西南北中，东为五方之首，所以东方的镇物，是五镇之首，极为重要。这个神木，乃是通体的一根金丝楠木，极为巨大，有多大呢？粗两丈，长四丈有余。"

小臭脑袋嗡的一声：一丈三米，两丈就是六米，四丈就是十二米……

"这根神木，来历也很稀奇。当年造北京城，需要大量的木材，其中，金銮殿中需要一根大梁，全国都没有合适的。永乐大帝派人到四川找巨木，也是苦寻无果。有一天，永乐帝做了一个梦，梦见有个青衣老头来到近前，说：'我主万岁，休要烦恼，小神修行万年，愿意舍身成梁，还请万岁爷派人于城东河外接我。'永乐大帝醒了，赶紧找姚广孝，姚广孝听了大喜，说：'万岁，这是吉兆，老臣这就去迎神木！'结果到了城东，只见一块巨木，逆流而上，来到面前，这就是那根神木！"

小臭听得目瞪口呆。

"永乐帝听了，龙颜大悦，感念神木的功德，不愿意让它做了梁柱，就另找了一个木头做了金銮殿的正梁，将这块神木在城东立祠供奉。后来姚广孝布置下五大镇物，这根神木，就成了东方的镇物。"李君之喝了一口茶，"这根神木，那可是太神奇了。明清两代的皇帝，对其格外看重，永乐帝亲自封为神物，乾隆皇帝最为尊崇，不仅建碑立亭，还专门写了《神木谣》，赞颂它的灵验！"

"怎么灵验了？"小臭问道。

"这块神木，历史上被取用过两次，其中一次，是用它做了一个大盆，就是放置在雍和宫五百罗汉山前的那个大盆。乾隆帝生的时候，雍和宫还是王府，生下三天，就用这个木盆给乾隆爷洗浴，所以称之为'洗三盆'，又叫'鱼龙盆'。"

"这有什么灵验的?"

"听我说呀,"李君之笑道,"乾隆帝打小就和这块神木结缘,缘分深厚,等他登基之后,做了一个梦,梦见一个青衣老头,来到自己面前,跟他诉苦:'万岁,我镇守京师东方,降妖镇魔,可现在虫吃鼠咬没人管,还请万岁照顾一二,不然我坏了,如何保证您的江山?'乾隆帝醒后,赶紧亲自去存放神木的地方查看,果然发现无人护理,这才修建亭子,写下了御笔,不但封其为神木,更严令人好生照顾。"

听了李君之这么通说辞,小臭也算是开了眼界。

"老爷子,这神木真是厉害,可跟镇魂杆有什么关系?"小臭问道。

"你怎么还没听明白呢?"李君之苦笑,"神木被取用过两次,一次是做了鱼龙盆,这是清朝的事,一次是明朝的事,就是神木被封之后,永乐大帝命人取了一段,交给姚广孝,做成了镇魂杆!"

"我的天!"小臭彻底明白了。

李君之看着小臭,沉声道:"这下,你明白镇魂杆有多珍贵了吧?"

小臭暗自叫苦:哪知道这杆子这么珍贵呀!越是珍贵,恐怕李君之越不愿借给自己!

哪想到,李君之还没说完呢:"这根镇魂杆,从明朝就在西四牌楼,后来又转移到菜市口,几百年浸满鲜血,震慑冤魂,是天下一等一的镇煞之物。到了康熙时,突然失踪,杳无音信。我也是侥幸发现了,视若珍宝,取了回来,这根杆子,不但曾经救过我的命,而且要不是它,我洛阳八宗有一次可就要死绝了。"

"怎么回事?"

"有一次，我们要盗一座大墓，那座大墓，很不简单，乃是传说中的一座皇陵，布局险恶，在我们这行当里，管这种叫'血城阴路'，先前进了两批人，二三十口子，都是八宗的精锐，结果没有一个回来。这座大墓，势在必得，死再多的人也得开。没办法，我带着这根杆子去了，在杆子上点了灯，以镇魂杆引路，果然一路通行无阻，没有死一个人，顺利得手。"

李君之长叹一声："这根杆子，千金不换，乃是至宝！"

小臭听到这里，站起身，耷拉着脑袋，抱拳施礼："得，老爷子，您说了这么多，我也听明白了。要是我，这杆子我也不借！您保重，小臭告辞！"

说完就要走，被李君之叫住。

"急什么，"李君之呵呵一笑，"这杆子是至宝，一般人我还真不借，但你嘛……"

"我怎么了？"

"五绝横命之人，我第一次见。你要镇魂杆，肯定干的也不是一般的事，如果因为不借你杆子，你丢了性命，那就太可惜了！五绝横命，几百年恐怕也出不了一个。"

小臭闻言，大喜："老爷子，您是愿意借给我了?!"

"我话还没说完，"李君之笑笑，"我和你有缘分，你这小家伙，我很喜欢，有句话，我得提醒你。"

"您老人家尽管说！"

"五绝横命，注定一生孤苦伶仃，克父克母，妨妻碍子，享不了荣华富贵，虽说适合于憋宝行当，可处处有凶险，你若是想入憋宝行当，一定要小心再小心。"

小臭见李君之说得真诚无比，也是感动，从小到大，还真没有人这么关心过自己，双膝跪地，"咣咣咣"磕了仨响头：

"老爷子，我记住了！"

爬起来，嬉皮笑脸："老爷子，那镇魂杆，您该借我了吧？"

李君之哈哈大笑："镇魂杆呀，不在我这里。"

"嗨！"小臭差点儿没蹦起来，"不在您这里，您还跟我绕了这么多圈，这不要猴的嘛！"

"不在我这里，不代表我不知道在谁手里呀。"李君之笑道，"在我四儿子手里，名唤李贞，在琉璃厂帮我看铺子，那铺子名叫'松云斋'。这小子和我不对活，你去找他要，他给不给你，全看你的造化了。我给你提个醒，他喜欢乱七八糟的古董，越稀奇古怪越好，你最好带件东西去跟他换，他说不定还有些兴趣。"

"好嘞，我谢谢您啦！"小臭听完，弯腰施礼，带着韩麻子要走。

"等等。"李君之叫住了他。

"老爷子，您还有事儿？"

"这只猴子……"李君之看着宝儿，双目放光，"你知道这猴子的来历吗？"

"哦，叫苍玃。"

"行，竟然知道。那我也就不好意思夺人之美了。"李君之乐了，"这猴子稀罕得很，你日后最好和它形影不离，说不定，它会助你一臂之力。"

"明白了，我和它，哥儿俩好，想分都分不开。老爷子，告辞！"小臭抱了抱拳，顶着猴子走了。

小丑走远，李君之转身对仆人道："德生，你去找小四，让他对这小子上点心。"

"老爷，您这什么意思？"

看着小臭的背影，李君之躺倒在摇椅上，喃喃道："他不是憨宝人，却要镇魂杆，有蹊跷，我怕他着了别人的道。这小子，我喜欢。"

"除了小少爷，还真没见过您为别人如此上心。行，我跟四爷说。"德生点了点头。

且不说李君之和德生主仆二人咬耳朵，单表小臭、韩麻子二人出了四合院，马不停蹄回到了天桥的破屋，见到魏老道，那家伙正坐在桌子旁边一口酒一口菜大快朵颐呢。

"嗨！我们哥儿俩累得三孙子一样，你倒是会享清福。"小臭坐下来就吃。

"事情怎么样了？"

小臭简单说了一通，他长了个心眼，只是说骗到了李君之，让他说了镇魂杆的下落，至于镇魂杆的故事等等，都没有说明。

"在李贞的手里？"魏老道听完，眉头紧锁，"这事情有点不好办了。"

"怎么了？"

"你们不知道，李君之一共四个儿子，其他三个儿子都走的是正道，做生意的做生意，留洋的留洋，唯独这个老四，不务正业，吃喝嫖赌，发丘倒斗、倒腾古董，是把好手，能耐不小。不过，这家伙一肚子心眼，无赖得很，眼睛毒，心眼黑，财神从他眼前过，也得被他扒了一层皮，人送绰号'李黑眼'。要想把镇魂杆从他手里弄出来，那不是虎口拔牙吗？"

小臭一听算是明白了："敢情要费老鼻子劲了？"

"嗯。"

"得，既然李黑眼这么难缠，还是道长您亲自出马吧。"

魏老道脑袋摇得拨浪鼓一般："屁话！好人做到底，送佛送到西，事情还得你们去做，你们都能骗得了李君之，还拿不下李黑眼？"

"挣你这五百大洋，真不容易。"小臭捶胸顿足。

酒足饭饱，小臭和韩麻子做了一番准备：到估衣摊买了两身讲究的行头，西装革履，打扮得人模狗样，又买了个西洋小皮箱，将那件金龙冥衣放了进去。

"你们俩这是做什么？就这两身衣裳，花了我十几块大洋？"魏老道看着二人，心疼他那钱。

还别说，这两人换了这么一身衣裳，还挺精神，像回事儿。

"舍不得孩子套不住狼，我俩干什么您就甭管了，一定把镇魂杆给你带回来。"小臭笑了笑。

二人离了家门，直奔琉璃厂而去。

路上，韩麻子扯了扯小臭："三弟，刚才魏老道在，我不好意思问，咱们穿成这样，你又把那件死人衣裳拿了，要干什么？"

小臭道："李黑眼那家伙不是省油的灯儿，连他爹李君之都不对活，我二人要是登门直接讨要镇魂杆，他能给咱们吗？李老爷子说那家伙喜欢稀奇古怪的东西，如果手头有，拿去换，倒有可能。咱俩手头稀奇古怪的东西，可不就这么一件死人衣裳了吗？"

"能行吗？"韩麻子心里打鼓。

"别看是件死人衣裳，可怎么着也是王爷的。这年头，能有几件王爷的冥衣？"小臭嬉笑道。

"也是。"

二人兜兜转转，很快来到了琉璃厂这个伤心地，松云斋倒是挺好找，店面虽然不大，可招牌极大，跟门板一样挂在上头，离半里路都能看得见。

二人来到铺子门口，见大门半开半掩，便相互使了个眼色，走了进去。

一进去，目光所至，这叫一个乱呀！

琉璃厂古董铺子众多，哪家不是收拾得干干净净的？这家倒好，瓷器、金铜、玉器、书画、杂件还有各种稀奇古怪的东西，胡乱堆放在一起，几乎都没有下脚的地儿，前面是铺子，后面是院子，行里管这种格局叫"前店后家"。

铺子里一个伙计都没有，高高的柜台上，坐着一个人，张小臭抬头，吓了一跳。

这人穿一身格子西装，坐在柜台上，脸上戴着一个巨大的木制面具，猩红狰狞！

"我亲娘！"韩麻子不由得叫出声来。

幸亏是白天，这要是晚上，胆小的人恐怕得吓死。

"本店今日不做生意，您二位另找别家。"面具男瓮声瓮语道。

"开着门，怎么就不做生意了？"小臭道。

"店是我的，我爱做不做，你管得着嘛！赶紧哪儿凉快哪儿待着去！别耽误四爷我玩面具！"面具男不耐烦道。

真是他娘的稀奇了！小臭暗骂：别人开店，谁不希望主顾满门，这位倒好，买卖来了硬是不做，自己玩面具……

小臭正为难不知道怎么接茬呢，面具男扭过头来看了一眼，瞅到了小臭肩膀上蹲着的猴子宝儿。

"噫！这猴子不错唉！稀罕！"他一纵身从柜台上跳下，摘掉面具，走了过来。

小臭这才看清此人的长相。年纪大概三十多岁，模样依稀有点像李君之，但更为圆润，方长脸，大额头，头发四六分，留着一抹小胡子，倒是有些英俊，不过那双眼睛滴溜溜乱转，一看就是八面玲珑的人。

肯定是那李黑眼了。

"这猴子，卖吗？"李黑眼对宝儿似乎很喜欢，伸出手要逗宝儿。

宝儿什么脾气，一听这话，立马不乐意了，站起来，探出身子，甩开胳膊，狠狠给了李黑眼一个嘴巴子。

啪！这耳光打得响，李黑眼被扇得一个趔趄连连后退三四步，白净的脸上，齐刷刷一个猴爪印！

"打人？！你们竟然还打人？！"李黑眼捂着脸，杀猪一样叫唤着。

小臭暗自坏笑，脸上却装出一副诚惶诚恐的模样："掌柜的，对不住，我这猴子性格暴躁，最讨厌那些要出钱买它的人，您大人不计小人过，别和猴子一般见识。"

"那不行！养不教父之过，猴子是你的，它打人你得负责！四爷我这一巴掌挨得冤枉，你得赔医药费！"李黑眼吐了一口唾沫，沾着血。

这孙子，真难对付唉！小臭气得够呛。

韩麻子忙赔不是："掌柜的，我俩要是有钱，能到您这儿来卖东西吗？一个猴子而已，犯不着，您要是觉得亏，您扇我一巴掌！"

一边说，韩麻子把脸递过去。

"卖东西？"李黑眼目光在二人身上晃了晃，道，"一码归一码，我可不打你。你们既然卖东西，东西好，我就收，医药费从里面扣，东西不好，那你们就得赔钱。"

李黑眼一边说，一边转到了柜台后面，捂着腮帮子："什么东西，拿出来吧。"

小臭往外看了看，见外头没人，将皮箱子放在柜台上，打开："您给掌掌眼？"

李黑眼刚开始一副没精打采的样子，看到里面的那件冥衣，打了个激灵，脸也不疼了，急忙伸手抓出来，上上下下仔细翻看，又取来放大镜，对着阳光瞅了又瞅。

"东西是不错，可太破了，又是污浊又是霉味儿，当我这里是估衣铺呢。"看完了，李黑眼扔下衣服，露出一副爱搭不理的样子。

小臭刚才可把李黑眼看得清楚，这货看东西的时候，两只眼睛都放光，现在却说这件冥衣是破烂，果然无奸不商呀。

"掌柜的，墓里头出的东西，自然是这样了，您要不收，我换别家。"小臭吃定他了，把衣服塞进皮箱就要走。

"别介呀！"李黑眼急了，一把扯住小臭，"我再看看，行不？"

小臭放下皮箱，李黑眼又看了一会儿，抬起头："您二位，真是倒斗儿的？"

"不然呢？"

李黑眼嘿嘿一笑："成，既然都是行里人，那就好办了。多钱呀？"

小臭和韩麻子相互望了望，没吭声。

李黑眼点起一根烟，抽了一口："这样吧，东西是不错，可也就一般的人家的冥衣，给你们十块大洋，成不？"

小臭乐了："您还是继续玩儿您的面具吧。"

说完，收拾东西要走。

李黑眼抱住衣服："爷，我叫您一声爷成了吧？卖多少，您自个儿说个价？"

知子莫若父，看来李君之说得不错，李黑眼对稀奇古怪的东西，还真的喜欢。

"兄弟我的这件东西，不卖。"小臭道。

"不卖？不卖你跑我这里干吗来了？吃饱了撑的。"李黑眼火了。

"东西是不卖，可我没说不给你呀。"小臭咳嗽了一声，"我想跟你换个东西。"

李黑眼长出一口气，指着铺子琳琅满目的东西："早说，我这铺子里，你随便看，喜欢的随便拿。"

"我对这些破铜烂铁不感兴趣，我问你，镇魂杆在不在你手里？"

"镇魂杆？！"听了这三个字，李黑眼一下子变得极为严肃起来，一双眼睛死死盯着小臭和韩麻子，刀子一般锐利，"你们俩究竟是什么人？"

"我们俩是什么人，你就别管了。杆子在不在你这里？"

"我不知道你说的是什么东西！"

"那不对呀，李君之李老爷子说杆子就在你手里。"小臭道。

"李……我爹呀！？这老爷子真是，胳膊肘往外拐！"李黑眼算是明白了，"你俩见过我爹？"

"嗯。"

"他让你们来的？"

"嗯。"

"嗨！这老家伙！"李黑眼七窍生烟，"你们要镇魂杆做什么？"

"别问那么多，你就说换还是不换？"

"笑话！你知道镇魂杆的来历吗？"

"五大镇物之首，东镇神木，西四牌楼，永乐大帝，姚广孝……"小臭懒得和他费话，说了几个词语。

"行，厉害。"李黑眼冲小臭竖起了大拇指，"既然你们知道镇魂杆如此稀罕，也应该知道就你们这件破衣服，我不会给你们换的吧。"

对李黑眼这个态度，小臭早有预料："不换也行，我借，总可以了吧，衣服你拿去，杆子用完我就还你。算你白得一件冥衣。"

"这样呀……"李黑眼眼珠子滴溜溜转了转，指了指宝儿，"加上这只猴子！"

小臭还没说话，宝儿噌的一声跳到柜台上，甩开胳膊，啪啪又是两巴掌。

宝儿动作神速，李黑眼躲都躲不开，生生挨了两下，连连惨叫："好好好！借！借！不要猴子！不要猴子！"

这一番闹腾，总算是有了结果。

李黑眼转身去了后院，小臭和韩麻子站着等，时候不大，见李黑眼扛着一根杆子走了进来。

杆子并不长，也就两三米吧，碗口粗细，外面专门做了个麻布袋子装上了，看不清具体情况。

李黑眼把杆子轻轻放在柜台上："这就是镇魂杆了。"

小臭和韩麻子取下布袋，见这杆子因为经年累月浸着鲜血，通体紫黑，敲了敲，竟然发出金铜之声，上面密密麻麻刻着无数的经文、符咒，即便是大白天，也散发出一股让人毛骨悚然的滔天煞气来！

错不了，就是镇魂杆！

验完了货，小臭重新用麻布袋子装上，抱起杆子就要走，被李黑眼叫住了。

"怎么着？担心我们用完不还？"

"小看我了不是？我李黑眼一言九鼎，借你们就不会担心不还。即便你们真不还，嘿嘿，你们就是逃到天涯海角，我也能把你们挖出来。"李黑眼坏笑一声，指了指旁边，"坐，咱们说说话。"

"我还有事，没空跟你斗咳嗽。"

"我看着像那种斗咳嗽的人吗？爷的时间金贵得很！坐下！"李黑眼发了火。

小臭和韩麻子拧不过，坐下了。

李黑眼把那件冥衣拿出来，放在桌子上："这东西，哪来的？"

"你管得着嘛！"小臭气得够呛，"是你的了，收下便是！"

"潘家园那边的一个大墓，对不对？"李黑眼神秘一笑。

"你怎么知道？"小臭骤然一惊，很快反应过来，"难道盗墓的是你？"

"屁话！兔子不吃窝边草，爷才不会在北平干这种事情。"李黑眼十分不屑。

"那你怎么知道的？"

"我不但知道这件东西来自潘家园的一个大墓，还知道这大墓的主人是谁，信不信？"

"谁？"

李黑眼看了看外面，低声道："豪格。"

"豪格？"这名字，小臭很陌生，"谁呀？"

李黑眼翻了个白眼，觉得自己是对牛弹琴："豪格你们也不知道呀？我说二位，看你们挺不简单的，怎么竟然是俩文盲呀！豪格，竟然都不知道！"

"我有必要知道吗？他知道我吗？"

"人家想知道你也不可能呀，都死了一二百年了。"李黑眼深吸一口气，努力让自己平静下来，道，"大清，知道吧？他家的。努尔哈赤知道吧？他爷爷！皇太极知道吧？他亲爹……"

"敢情还是皇族呀？"

"敢情！当然了，正统的爱新觉罗氏，货真价实的龙子龙孙！"李黑眼声音都抖了，"提起这位爷，那可太了不得了。他乃是皇太极的长子，打下大清江山的元勋，文武双全，能征善战，勇猛无比，十几岁就封贝勒，二十三岁封和硕贝勒，二十七岁封和硕肃亲王！跟随皇太极征服朝鲜，接着打进山海关，让大清得了汉家江山，接着又消灭各地的残余明军，纵横南北，可以说大清的江山，相当一部分都是他打下来的，最后封为肃亲王，世袭罔替的铁帽子王！"

"这么厉害？"

"且厉害着呢！豪格此人，一生功勋卓著，最得意的，乃是被授为靖远大将军出征四川，亲自剿灭了张献忠！张献忠知道吧？"

"这个知道，八大王嘛，评书里听过。"

"然也！和李闯王并驾齐驱的枭雄，大明无数英雄都奈何不得，建立大西国，称皇称帝，占据西南江山，何其威风！在豪格手下，没撑过一年，就被剿灭！"李黑眼咂巴了一下嘴，"厉害吧？"

"老鼻子厉害了。"张小臭也是竖起大拇指。

"唉。"没想到李黑眼叹了一口气，"如此英雄了得的一个人物，到头来却是没个好下场。"

"为什么呀？"

"皇帝的子嗣，自然是为了争夺龙椅了。皇太极死得突然，没有立下遗旨。豪格是皇长子，又文治武功，很多大臣都拥护，他的最大竞争者，就是多尔衮。按照'立长'的规矩，理应由豪格继承大统，但多尔衮同样支持者甚众。两方争斗不已，最后只能妥协，就是让六岁的福临继位，也就是顺治帝，多尔衮和豪格摄政。可要阴谋，豪格哪里是多尔衮的对手，顺治五年（1648），豪格剿灭张献忠班师回京，刚回来，就被多尔衮以隐瞒部将冒功、启用罪人等罪名下了大牢，很快死在狱中，死的时候，才四十岁，连老婆都被多尔衮占了。"

李黑眼长吁短叹："豪格死后，尸体匆匆下葬，家人依然按照亲王的规格安葬，埋在了潘家园。三年后，顺治帝亲政，处置了多尔衮，这才为豪格平反昭雪，重新封为肃亲王，成为第一个被追封的亲王。"

不愧是开古董铺子的，这知识，够渊博。

小臭听得入神，也跟着叹了一声，不过马上反应过来："掌柜的，豪格我算是听明白了。可你怎么知道这件衣服来自潘家园大墓，又怎么知道是豪格的呢？"

"问得好！"李黑眼哈哈一笑，从口袋里摸出样东西，放在了桌子上，"这玩意儿，认识不？"

小臭太认识了，分明就是先前被古董铺子骗去的那两颗宝石！

"我的东西，怎么在你手里？"小臭道。

"我没事到那家铺子闲逛，王公鸡拿出来显摆，被我看到了，花了八千大洋买了下来。"李黑眼又把那两颗宝石放回了兜里，"你们真是瞎了眼，去王公鸡那里卖东西，他是琉璃厂出了名的黑手，坑蒙拐骗。"

"光凭这两颗宝石，你就有那样的判断，不对吧？"

"当然了。"李黑眼道，"这两颗宝石，我打眼就认出不是一般的东西，从工艺判断，肯定是清初的，而且规格极高，只有皇家才能用。用鼻子这么一闻，土货，跑不了。我就想呀，皇陵一般人是不敢挖的，十有八九是有人盗了亲王的墓。"

"厉害。"小臭佩服。

"比不上你。"李黑眼冷笑，"你真行，这两颗宝石，是从这件冥衣上抠下来的吧？"

一边说，李黑眼一边指着那件冥衣上的四爪金龙的两只空荡荡的眼睛。

小臭点了点头，又道："你到底怎么推断出衣服出自潘家园大墓，而且是豪格的？"

"很简单。"李黑眼把放大镜递给小臭，拿起衣服，指了指衣服的底襟。

小臭凑了上去。

"这种衣服，是冥衣，给死人穿的，所以和常人的衣服还是有所不同。举个例子吧，这件是内衬，就是穿在内衣和外褂之间的，常人穿的衣服，如果弄俩宝石疙瘩上去，硌得慌，死人就不会了，而且这样还能彰显死者的身份。皇家的冥衣，材质不一般，乃是用最上等的绸子，最好的绣工，做完了，还得在上面隐晦的地方绣着死者的身份，只有这样，死者在黄泉之下，才能穿得到。这件衣服底襟处，有几个字，看到没？"

小臭仔细辨认了下，果然有几个蝇头小字，不拿放大镜根本看不清楚，分明是"和硕肃亲王"。

小臭看完了，站起身，看着李黑眼，不由得佩服得五体投地。

看看人家，这才叫有本事。再看看自己，大字不识几个，哪里比得上？

"真是听君一席话，胜读十年书！黑眼兄，我算是受教了。"小臭抱拳施礼，"不过兄弟我还有要事，得赶紧去办，我先颠儿，事情办完了，一准儿把这杆子给您送回来。"

"行，我等着。"李黑眼倒也是客气，没有因为小臭叫他一声"黑眼兄"恼火，笑道，"也不怕你不换。有空常来玩儿。"

扛着镇魂杆出了琉璃厂，哥儿俩心情很好。

"二哥，魏老道要的东西都齐全了，我倒要看看他怎么钓金鱼池里的那个怪东西！"小臭一边走一边道。

第六章 钓怪得宝

从琉璃厂出来，哥儿俩花了个把钟头紧赶慢赶才回到天桥破屋。

这根杆子看着不粗，却十分沉重，累得小臭和韩麻子汗流浃背，原本想雇个车，小臭掂量了一下，又怕弄坏了东西，所以只能累三孙子了。

回到破屋，放下杆子，小臭拎起茶壶灌了一肚子凉水。魏老道跟耗子见到了米糕一般，一溜烟就奔过去了，揭开了麻布袋子，对着这根杆子，那真是眉开眼笑。

"东西没错吧？"小臭道。

"没错，没错！就这根！"魏老道乐得不行，"看不出来你俩还有这本事，竟然真的从李黑眼手里把它给弄了回来。"

"臭爷的本事，大着呢！"小臭脱掉衣服，擦了一把汗，"老魏，杆子弄来了，东西也全了，咱们什么时候对那怪东西动手呀？"

"不要急，不要急。"魏老道擦拭着镇魂杆，心不在焉。

"死去！你不急，我急！我大哥还蹲局子呢！"

"我算了一下，七天之后，时辰最好。"

"不行，今天晚上就去！"

"今天晚上？不行呀！"魏老道连连摇头，"时辰不对，那就会多出许多的凶险来。"

"东西都有了，个顶个，不一般，加上臭爷我的一身本事，有什么凶险？咱都是爷们儿，别磨磨叽叽跟老娘儿们似的，就今晚动手，不然臭爷我可撂挑子不干了，你自个儿玩蛋去！"

魏老道无可奈何："行，不过到时候你可要听我的！"

"放心，你让我干什么，我就干什么！"

"那咱赶紧做准备。"

"什么准备？"

"生火做饭，买酒买肉，美美吃一顿，再睡个好觉，养精蓄锐。"

"你大爷的，净知道吃！"

三个人弄了一桌子丰盛酒菜，吃饱喝足，躺倒在床上。

一直睡到了后半夜，魏老道爬了起来："二位，走吧。"

起身出门，但见外面天气阴沉，凄冷无比。真是月黑杀人夜，风高放火天！

小臭拎着个箱子、顶着猴子在前，韩麻子扛着那根长长的镇魂杆居中，魏老道最轻松，空着两手，背着个包裹，大步流星跟在最后。也是晚上没人，要不然谁看到这么蹊跷的仨人，谁也得报警。

兜兜转转，一炷香的时间，来到了金鱼池的那个大水洼子，小臭、韩麻子放下手中的东西，盯着一片大水愣了眼。

夜空阴沉得跟黑锅底一般，一点儿星月之光都无，大风呼啸，发出呜呜的鬼哭狼嚎之声，隐隐能听到远处传来的一两声低低的抽泣之声。眼前的这片大水，黑漆漆，深沉沉，就如同张开的血盆大口，随时都可能将三人吞噬。

小臭再胆大，这阵势，也有些慌张。

"老魏，怎……怎么搞?"小臭对魏老道低声道。

魏老道倒是不慌不忙，从怀里掏出个罗盘来，放在地上，又点了一根香，插在罗盘中央的一个小孔上，笑道："不急，等等。"

罗盘小臭见过无数，但魏老道的这个罗盘和一般的罗盘截然不同：没有密密麻麻的卦象和天干地支，上面满是点点的金星，中间部分，则是一根磁针。

说来也怪，风这么大，那根香头竟然一点儿都不摇晃，连燃烧出来的青烟都直直向上。小臭搞不懂魏老道做什么，又不好问，只能干等。

魏老道似乎猜出小臭心中所想，看着大水洼子道："池子里的这个怪东西，乃是极阴之物，它在这地方休养生息了无数年，占尽了天时地利人和，它是主，我们是客，要拿下它，必须求人帮忙。"

小臭四处看了看，鬼影子都没有一个，求谁帮忙？

魏老道又道："我点的这根香，叫伙头香，一根香，请退四周的孤魂野鬼、凶煞邪祟，同时请来六丁六甲十二神，还有城隍土地，有了他们的帮忙，咱们才能成事。"

魏老道说得头头是道，小臭却是不信，心道："你就瞎吹吧。"

等了一会儿，香烧到一半，突然面前无端起了一阵旋风，那香头"嗤啦"一声灭了。

"成了。"魏老道欣喜异常，站起来道，"动手!"

小臭和韩麻子不敢怠慢，急忙去取了镇魂杆，魏老道拿出缝尸线，紧紧绑在杆子一端，又掏出九环紫金鬼头刀的刀环做成的钓钩，系上，最后，小心翼翼地拿出玉匣，将里面的那枚土芝挂在钩上。

做完这些，魏老道一咬牙，一抬手，将土芝抛入水中。

啪的一声闷响，土芝沉入水下，水面荡起一圈涟漪，很快恢复平静。

"小臭，你抱着杆子，一定要抱住，等会儿听我吩咐。"魏老道十分紧张。

"这杆子太沉了……"

"只能你拿杆子，我们都不能沾。"魏老道一边说，一边从包裹里取出一面小小的铜锣，流光锃亮，递给宝儿，笑道，"好猴儿，等会我让你敲，你便敲!"

宝儿看着那铜锣，龇牙咧嘴，很不情愿，但见小臭如临大敌，心疼主人，只得接过来，一爪拎锣，一爪拿槌，伸着头看着水面。

四周死一般的寂静，三个人，一只猴，聚精会神，紧张无比，只能听到粗粗的喘息之声。

等了约莫几分钟，一点儿动静都没有，小臭有些着急："行不行呀?"

"放心吧，土芝对于那东西来说，简直就是无法拒绝的无上美味，它即便知道危险，恐怕也会……"

魏老道话还没说完，就听得水底下发出一声闷响，宛若一头牛头插在瓮中叫唤一般，随即水面呼啦啦出现一个巨大的漩涡!

与此同时，那根缝尸线突然之间绷紧，发出啪的一声闷响!

"我亲娘!"线那头传来的力量太大了，小臭差点儿连人带竿被拽进水里!

"上钩了! 小臭，抱住!"魏老道大叫起来。

115

"我他娘得能抱得住呀！这东西，劲太大！"小臭使出浑身的力气，抱着杆子，死命往回拖，他力气不小，可与水底那东西相比，简直不值一提，吱溜溜，快速滑向下方，眼见就要落水。

韩麻子急了，想去帮忙。

魏老道叫道："不能去！只有他能抱杆，你我都不行，不然不光你完蛋，他也完蛋！"

"那怎么办？"韩麻子急道。

"宝儿，敲锣！快敲锣！"魏老道对猴子喊道。

宝儿在旁边看着小臭那般凶险，早急得吱吱乱叫了，听到魏老道喊这一嗓子，狠狠对魏老道翻了个白眼，然后挥舞着槌子，咣咣咣咣咣，敲个不停，格外卖力，一边敲，一边着急地看着小臭。

也是蹊跷，水底那怪物，原本一个劲地往下拖，力气巨大，但这阵锣响之后，缝尸线上面的力道骤减！

"怎么回事？"

"宝儿是苍獿，镇服百兽，又敲着散元锣，便是那怪东西道行深，也能打下去它大半的威风！赶紧往回拽！"魏老道叫道。

小臭索性把杆子抱在怀里，像拉车一样往回拉，硬生生地将劣势扳了回来，随着缝尸线一点点回来，小臭也重新回到了堤上。

或许意识到自己的危险，水底那怪东西开始挣扎起来。

水洼子如同开了锅一般，水花乱溅，怪物发出的牛吼一般的叫声，听得人胆战心惊。

"老魏，不行呀，这东西还是力气大！"小臭咬牙切齿。

"宝儿，敲锣！"魏老道又道。

咣咣咣咣！好宝儿，抢起槌子用尽全身的力气敲下去，累

116

得双目圆睁，舌头吐出，可怜一个猴儿，生生被折腾成孙子样。

小臭与那水中怪物，一个在岸上，一个在水里，相互僵持，一会儿他占上风，一会儿水底那怪物发威回拽，十分热闹。

魏老道则在旁边指挥宝儿，看准时机就敲锣。

这么折腾了差不多二十分钟，小臭快累瘫了，水里那怪物似乎也已筋疲力尽。

"小臭，再使把劲！"魏老道叫道。

"回头老子一把掐死你个龟孙！"小臭骂了一声，使出吃奶的劲，猛地往前一扑，就觉得肩头一轻，似乎那东西露出了水面。

"我的亲娘，这蛇也太大了！"耳边传来韩麻子的鬼叫声。

小臭回过头，也是吓了一跳：黑幽幽的水面上，露出一颗巨大的脑袋来，漆黑如墨，光溜溜，满是黏液，两只血红的眼睛圆睁，血盆大口，利齿森森，脑袋后面，一个有大八仙桌一般大小的椭圆形硬壳露出水面，上面布满了花纹。

"二哥，蛇怎么会有牙齿？还有壳！这分明是他娘的一个超级大王八！"小臭道。

怪物被拉得露了真身，愤怒无比，怪叫一声，又潜入水下，四只柱子粗细的腿猛地一蹬，做出最后一搏，将小臭重新拖了回去！

"宝儿，敲锣！"魏老道喊。

咣咣咣……咣！

锣响了几声，突然哑了。

"敲呀！"魏老道一愣，转过身去，目瞪口呆——

宝儿劲大，又是救主心切，敲了这么长时间，一下子将锣给敲通了！

"无量个天尊，千锤百炼的散元锣你也能敲通了？！天亡我也!"魏老道急道。

说话之间，小臭已经被拖入水中，腥臭无比的水没了他的腰身。

宝儿大急，一抬手，呜的一声，那个破锣横着飞出去，不偏不倚，正砸在魏老道脸上，老道惨叫一声，捂脸躺倒。

宝儿冲老道吱吱叫了一声，发泄怒火，然后腾空而起，犹如一支离弦之箭，射入水里。

"宝儿，不能去!"小臭眼泪都快要下来了，明白宝儿这是为了救他，要下水与那怪物搏斗。

天可怜见，一个小猴，给那怪物当点心都不够，还能活命?

小臭痛不欲生，满腔的悲愤化为力量，使出全身的力气，死命往回拖，想不到竟然轻松拖回来几步。

怎么回事?小臭一边拖一边往水里看，夜色虽然有点黑，但小臭看得清楚，好宝儿，在水里上下游弋，围着那怪物打转的同时，伸出利爪，频频出手!

那怪物对宝儿似乎很是忌惮，拼命躲闪，但如何逃得过?时候不大，被抓得遍体鳞伤。

"宝儿，小心!"小臭见宝儿突然游到了怪物头前，心里一惊。

怪物瞅准了，猛地张开血盆大口，咣当一下咬来，却见宝儿，双腿一蹬，飞出水面，与此同时，大头朝下，双爪伸出，一片血光飞溅，硬生生将那怪物两只眼睛给挖了出来!

怪物惨叫一声，疼得在水中翻滚，不再挣扎。

缝尸线为之一松，小臭差点儿栽倒。

宝儿踩水飞至，来到小丑跟前，在三人无比惊诧的目光中，双爪稳稳抱起那根镇魂杆，狠狠地砸向了怪物!

啪！一声闷响，砸得水花四起！

啪！

啪啪！

啪啪啪！

一声又一声，一下又一下！

魏老道、小臭、韩麻子早已经不关心那怪物了，直勾勾看着宝儿，那么小的一只猴子，举着那么粗重的镇魂杆，简直如同拿着牙签一般轻松，而且一边砸一边吱吱乱叫、咬牙切齿！

也不知道砸了多少下，宝儿停了手，咣的一声将镇魂杆丢在地上，大摇大摆上了堤岸，一屁股坐在一块石头上，喘着粗气，似乎很是疲惫。

再看那怪物，早没了气息，四仰八叉躺在水面上。

"我明白了！"魏老道这回算是想通了，"不愧是苍猱，竟然知道镇魂杆的妙用！"

"怎么回事？"小臭不明白。

"镇魂杆那是何等的镇煞之物，这么一杆子下去，怎么着也能打掉它一百年的道行，打了这么多下，就是个千年妖孽，也死翘翘了！"魏老道哈哈大笑，来到宝儿跟前，"宝儿，你真行！"

宝儿笑了一下，站起身，抡起爪子，狠狠给了魏老道一巴掌！

啪的一声，魏老道被扇得后退几步，跌入水里。

"小臭、麻子，赶紧把这玩意儿拖上来！"老道捂着脸，在水里喊道。

小臭和韩麻子拖着杆子，费了九牛二虎之力，总算是把那怪物拖到了岸边。

怪物出水，二人这才彻底看清它的真身——真是个大王八，尸体趴在岸边，简直如同一座小土丘一般，光那壳，就有吉普车顶那么大，坐十个八个人不成问题，四肢短粗如柱，爪子漆黑锐利如刀，大口张开，利齿森然！

小臭冷汗直冒，后怕不已——幸亏宝儿出手，不然自己被拖下去，一口就能被这玩意儿咬得支离破碎！

魏老道围着怪物转了一圈，很满意，掏出一把刀，从怪物侧面剖开一个大洞，将一只手伸进怪物肚子中，似乎在寻找什么东西。

"怎么会没有呢?"摸了一圈，没找到，老道有些急，索性半个身子都钻了进去。

岸边污血直流，肠子肚子被魏老道抛了一地，那个味道甭提多难闻了。

又过了一会儿，魏老道从里面出来了，俨然成了一个血人，发出一声爆笑："找到宝贝了!"

言罢，从包裹里掏出一个洁白的羊脂玉匣，将两团血球一样的东西放了进去。至于是什么东西，小臭没看清楚。

"得手了?"小臭走过去。

"得手了。"魏老道抹了一把脸上的鲜血和黏液，乐道。

"这怪物，怎么办?"小臭指了指，"总不能就这么放着吧。"

"当然不能了。"魏老道摇了摇头，"这玩意儿身上的宝贝虽然被我取了，但毕竟修行多年，还有些值钱的东西。但我们刚才闹得动静太大了，恐怕很快就有人来，只能赶紧处理了。"

老道一边说，一边取出一个小瓶，来到怪物尸体跟前，打开瓶盖，将里面的白色粉末倒在尸体上。

只听得吱吱吱的闷响，伴随着一阵阵的呛鼻恶臭，那怪物的尸体如同雪花见了阳光，快速融化！

"神了。"小臭站在旁边，惊叹无比。

可他是个受穷的人，也是个鸡贼的人，方才听说这怪物身上还有东西是宝贝，觉得老道这么毁了实在可惜，具体什么东西是宝，他又不知道，掂量了一下，发现那玩意儿爪子锐利无比，觉得弄下来两个当个匕首应该也不错，就走到前去，"老道，这俩最长的爪子，给我弄下来。"

"你要这玩意儿的指甲干吗？"

"你管得着嘛！"

"行！你小子有点儿眼力，它这爪子，抠土划石，修炼得坚韧无比，便是镔铁的匕首也比不上，成，便宜你了。"魏老道掏出刀子，挖出两只最长的爪子，递给小臭。

小臭接了，玩耍一番，很是喜欢。

魏老道将那瓶白色粉末全部撒完，阵阵白烟之中，巨大的怪物连同那巨大坚韧的外壳，都化为一摊血水！

"走吧，来人了！"魏老道看了看四周，低声道。

三人一猴，收拾家伙，做贼一般离开金鱼池，顾不得歇息，一路小跑，回到了天桥破屋。

进屋之后，烧水洗澡，捯饬了一个多时辰，方才恢复个人样。

再看外面，天都快亮了。

韩麻子煮了一锅粥，三人狼吞虎咽。

"干了这票营生，辛苦二位，尤其是宝儿，真是福星！"魏老道呵呵一笑，从怀里摸出一张支票，递给小臭，"五百块大洋的支票，各大洋行都能取！"

小臭也不客气，接过支票，看着魏老道，笑道："老魏，事情既然干完了，我能看看你从那怪物身体中弄到的宝贝吗？"

魏老道沉吟了一下。

"为这玩意儿，老子差点吹灯拔蜡，还不能看一眼？"小臭见他磨磨叽叽，很是不爽。

"看，看。"魏老道取出羊脂玉匣，轻轻打开。

小臭和韩麻子凑过去，看着里面的那东西，脸上的表情格外复杂！

"搞了半天，就这东西？"尤其是小臭，显得失望无比。

玉匣之中，污血之内，竟然是两颗珠子。

这俩珠子，鸡蛋大小，通体呈墨绿之色，黯淡无光，灰头土脸，十分难看。

"费了老鼻子劲，我以为是什么稀世珍宝，原来就是俩破珠子！"小臭这个气呀。

魏老道更气："破珠子?！瞎了你的狗眼！你知道这是什么吗？你知道金鱼池里的那怪物，是什么吗!?"

"珠子我不知道，那怪物不就是个大王八嘛！"

"王八？你家王八能长成那样！"魏老道鼻子都快气歪了，"那叫鼋！真是个棒槌！"

"鼋？什么东西？"

魏老道翻了个白眼："鼋，大鳖也……"

"还是个王八！"

"不是一般的王八！"魏老道一嘴粥喷了出去，"王八常见，鼋难得！这东西，乃是鳖中异种！水中万物，鳖最通灵，鼋乃鳖王，是龙王之子，普通的鳖能长个百八十斤就不错了，但鼋可以一直生长。这种东西，一般只有黄河中才有，是黄河大王的真身。"

"黄河大王？"

"嗯。黄河的主宰，黄河大王能将十几丈高的堤坝拍垮，能将几层楼高的大船打翻，能让黄河改道，它老人家，就是一只从上古就存活下来的巨鼋！咱们今晚弄死的这位，也就是生活在金鱼池里，如果在黄河中，无论如何也不可能遭咱们的毒手。"

"那它怎么会落在金鱼池里呢？"

"我怎么知道？只能说是我等运气，才得了这样的宝贝！"魏老道看着玉匣里的那两颗珠子，口水直流。

"那这珠子……"

"鳖宝。"

"我知道你是干憋宝的，我问的是这俩珠子是……"

"这珠子就叫鳖宝！老鳖的鳖。我们这行当——憋宝，是憋气的憋。"

"鳖宝……"小臭点了点头，"这鳖宝，怎么就是宝贝了？"

魏老道咕哝了一下嘴，不肯说。

小臭软磨硬泡，魏老道最后撂下一句话："具体你就别问了，我只能告诉你们，这玩意儿是天地人三宝中的天宝，虽然是下等。"

123

"天宝！我的乖乖，这么两颗破珠子，竟然是天宝？"小臭目瞪口呆。

"钱你收下了，五百大洋，够你们二人过好日子的了。"魏老道喝完了粥，剔着牙，看着小臭嘿嘿直笑。

"有话你就说，别这么阴阳怪气地笑，笑得还这么难看，臭爷我反胃！"

"嘿嘿嘿嘿。小臭呀，道爷我还算说话算话吧？"

"还行吧。"

"一晚上赚了五百大洋，道爷还有件事，是个天大的买卖，你若是答应，跟我一起去，保证你一生荣华富贵，几辈子都吃喝不尽，干不干？"魏老道眯着眼，赔着笑，满脸期待。

"拉倒吧，我这命里，就没有大富大贵。"

"道爷说你命中注定有横财，那肯定就是！"魏老道拍了拍手，"我见你十分不错，才找你的，一般人求我都没门儿。这个买卖，你最合适，只要你答应，金山银山就在你面前……"

"你说得天花乱坠，我也没那福分，赶紧吃，吃完滚蛋，我还得和二哥去救我大哥呢！"小臭站起身来，将支票放在口袋里，穿上了衣服，带着宝儿，和韩麻子一起出了门。

"咱们商量下呗？"破屋里传来魏老道的喊声，"真的是天大的一笔买卖！金山银山呀！"

"您还是哪凉快哪待着去吧，臭爷我没那工夫！"小臭呵呵一笑，大摇大摆离开了家。

揣着五百块大洋的支票，小臭和韩麻子心急火燎来到了警局门口，让人通禀了一声，将徐狗子叫出来，带到了对面酒楼的包厢之中。

小臭将那支票取出，塞到徐狗子手里："狗子哥，这是五百块大洋的支票，各大洋行都能取，劳烦您去打点，如果有剩余，您买包烟抽。"

小臭塞出了银票，心中踏实：只要蛤蟆头平安无事，钱算个屁呀。

哪料想徐狗子脸色怪异，接过那支票，叹了一口气，将支票又放回到了小臭面前。

小臭和韩麻子不禁愣了一下：这是几个意思呀？

"狗子哥，怎么，嫌少？"小臭忙道。

徐狗子点了一根烟，摇了摇头："五百大洋，一点儿都不少。"

"那您这是……"

"唉。"徐狗子长吁短叹，"两位兄弟，事到如今，我也是没办法了，别说是五百大洋，你们就是拿出五万大洋，恐怕也没人敢掺和这件事情。"

"怎么回事？"小臭心里一沉。

"原先以为蛤蟆头不过是偷了溥五爷的东西，东西找到了，顶多就是个偷盗而已，让我姐夫找人，说说情，花花钱，也就行了，可怎料到半道儿出了幺蛾子……"

"狗子哥，这到底怎么一回事？您给我哥儿俩说清楚呀！"小臭差点儿急死。

"蛤蟆头偷的那个金匣，是溥五爷丢的，找到之后，自然是要原物奉还了，可拿到东西之后，溥五爷不干了，说他这金匣被打开了，里面的东西没了。"

"金匣里面有东西？"小臭直起了身子。

"是呀！那金匣，虽然不大，但制作极为考究，周身上下横九道、竖九道的金格，都能转动，就跟银行的密码锁一般。溥五爷说，他买了这金匣之后，里面是有东西的，但他研究了一天都没本事打开，所以睡觉时就放在了自己的床头。可他接到金匣，发现金匣已被破解，里面的东西不翼而飞，就是个空壳……"

"那和我大哥有什么关系？"韩麻子问道。

"东西是蛤蟆头身上的，当然和他有关系。从他身上搜出来之后，就作为证物装进了袋子里，谁也没动，送还的时候，还是我们巡长过的手。你说呢？"

"我大哥怎么说？"

徐狗子呵呵一笑："我算是佩服你俩这位大哥了。从一开始，他就死扛说他没偷溥五爷，说东西是从南锣鼓巷的一个年轻人身上顺来的。问他金匣里面的东西去哪儿了，他说不知道，拿到手就是那样的。"

小臭和韩麻子面面相觑。

"狗子哥，那金匣里面到底是什么东西？"小臭问道。

徐狗子摇摇头："我也不知道。但溥五爷说里面的东西非同小可，十分的金贵，简直是价值连城，所以必须要严肃追查，还给市长打了电话。市长劈头盖脸骂下来，从上头到局长再到我们巡长，一个个被骂得狗血淋头，这案子如今已经成为头号大案，别说我姐夫了，就是局长本人都不好使。所以，这五百块大洋你们赶快收了吧，兄弟我没能耐……"

小臭和韩麻子听了，原本的欢喜荡然无存，真是分开两片顶阳骨，一盆凉水浇下来！

徐狗子不敢久留，说完了就匆匆离开。

小臭和韩麻子坐在包间里，你看看我，我看看你，欲哭无泪。

祸从天降，蛤蟆头这回怕是凶多吉少。

二人饭都没吃，失魂落魄地往回走，到了破屋，发现魏老道还没走，拽了把椅子在院子里晒太阳呢。

"小臭，道爷给你送的富贵，考虑得怎么样了？"魏老道跷着二郎腿，笑道。

"富贵你奶奶个腿儿！"小臭心情坏透了，"我大哥都要死了，你就是金山银山臭爷也没兴趣！"

"你大哥要死了？怎么回事？不应该呀，你天生的五绝横命，无牵无挂才对。"

"你大爷的……"小臭坐在魏老道对面，一五一十将蛤蟆头的事情说了一遍。

"老魏，你毕竟比我多活了几十年，又是跑江湖的，有经验，你给我参谋参谋，这事情该怎么办呀？我大哥还有救吗？"小臭仰着脸看着魏老道。

有道是死马当活马医，小臭现在没办法，想听听魏老道的意见。

魏老道听完，眯起眼睛，呵呵一笑："我以为是什么大事呢，就这么个屁事？"

"你有办法？"小臭兴奋起来。

"山人自有妙计。"魏老道捋了捋胡须，"想救人，不难，道爷可以帮你忙，可我不能白帮忙呀……"

小臭把那支支票拿出来，递了过去。

"贫道有的是钱，不稀罕这仨瓜俩枣的。"魏老道坐直了身子，斜着眼睛看着小臭，"小臭，我帮你把你大哥救出来，你答应跟我跑一趟，干一票大事，如何？"

"就你说的天大的富贵、金山银山？"

"嗯！"魏老道大嘴一咧，"干了这一票，老道我就可以金盆洗手，你也可以一生荣华富贵！"

"天下没有白吃的宴席，这么大的富贵，我看怕是凶险无比。"

"那是自然了，金山银山不能凭空掉下来。不过，你放心，你我联手，这事情有惊无险，手到擒来。"

"行，我答应了。"小臭想了想，点了点头。

"三弟，你……"韩麻子吃了一惊。

"二哥，我想好了。我们兄弟三人，当初对天发誓同生共死，我不能眼睁睁看着大哥丢了性命，便是刀山火海，我也得闯。"小臭说得义正词严。

"够爷们儿！"魏老道竖起大拇指。

"够你大爷，赶紧说怎么办！"小臭道。

老道双目微闭，陷入沉思。

"我看要不这样，就像当初你救程五爷他爹那样，深夜劫牢，冲进去，把我大哥救出来……"小臭道。

“拉倒吧！”魏老道胡子都快竖起来了，“当年是什么情况，现在是什么情况？！当年看守的牢卒手里头是大刀长矛，现在则是洋枪洋炮，一梭子子弹打过来，道爷我道行再深也得身死道消！”

“你认识的人多，找几个有身份的，说句话？”

“再有身份，能有北平市长有身份？”老道翻了个白眼，顿了顿，道，“你说的两个法子都不行，所谓解铃还须系铃人，这事儿吧，我觉得还得去找那个溥五爷。”

“溥五爷？”

“是了。根儿出在他这里，他要的，是金匣里的东西，咱们去找他，摸摸门道，盘问清楚了，把东西找到还他，不就得了？”

“说得是。”果然姜还是老的辣，小臭觉得魏老道的主意不错。

“道爷我帮人帮到底，跟你们一起去会会这位什么溥五爷。”老道笑着说。

事不宜迟，三个人简单收拾了一下，出了门。

魏老道叫了三辆黄包车，风驰电掣往北飞驰而去。

溥五爷这样身份的人，家太好找了。这位爷，住在北海旁边，原来住在一座王府里，后来王府被他盘给了北洋政府，自己则搬进了一座五进的大院子，照样过着爷的生活。

到了地儿，三个人下了车，来到门口，早有门房挡在前面。

“喂，你们三个，站住！干什么的？”门房看了看三人的穿着打扮，吆五喝六。

“找人。”魏老道不卑不亢。

“真是稀罕！知道这是什么地方吗？还找人？赶紧滚蛋！”

"我们真找人!"小臭急了。

"给脸不要脸!这里是你们这样的穷鬼能进去的地方吗?也就是现在你们还能站在这里,这要是搁大清,早判你们一个忤逆之罪砍你们脑袋了!滚!"

三个人要进,门房阻拦,正掰扯着呢,蹲在小臭肩膀上的宝儿不乐意了,双腿一蹬,纵深跳到了门楼上,然后嗖的一声不见了踪影。

然后就听见院子里面唧里咣当、鬼哭狼嚎的声音传来,随后大门咣当一声打开,宝儿左手拿着个翡翠鼻烟壶,右手抓了个女人的半截蕾丝袜大摇大摆走了出来。

随后,打院子里头呼啦啦出来一二十个彪形大汉,一个个身上、脸上满是抓痕,中间簇拥着一个胖子。

这胖子,四十来岁,一身绸子面的长袍马褂,头戴瓜皮帽,脚底下是进口的意大利牛皮鞋,身材竖着量能有一米七,横着量估计也有一米六,简直太胖了,浑身上下全是肉,走起路来波浪翻滚。搂着一个小娘儿们,姿色不错,穿着一件粉红色的旗袍,前凸后翘,涂脂抹粉,秋波荡漾,一看就是个风尘女子。

这两人,同样是狼狈不已——胖子马褂被撕出好几个大洞,瓜皮帽歪戴,女子则是披头散发,旗袍前面被整片撕下来,一只袜子只剩半截,露出无限的春光。

"打死这三个混账东西!"门房一看,这还得了,拎着棍子就过来了。

那一二十个彪形大汉,同样是咬牙切齿,拎起家伙就要动手。

"慢着,"胖子摆了摆手,喝退众人,来到小臭面前,指了指宝儿,"这猴子,你的?"

"是我的。"

"爷，这三个挨千刀的说是要在咱们府里找人，我没放进去，结果那猴子就蹿进去了，我一不留神，让您老人家受惊了，奴才真是罪该万死！"门房赶紧跪倒磕头谢罪。

"起来。"胖子笑了笑。

门房站起来，低头哈腰。

啪！胖子甩手就给了一个大嘴巴子："狗眼看人的混账东西！"

门房挨了这一巴掌，蒙了："爷……"

"贵客临门，还不快请进来！"胖子怒道。

门房虽然还搞不清楚，但麻溜儿地引着小臭三人进府。

到了客厅，三人坐下，自有人端茶倒水，摆上了果盘糕点，送上了水烟洋火，伺候得周到备至。

三人等了一会儿，胖子换了衣裳，走了进来。

三人站起施礼。

"客气啦，坐吧。"胖子倒是和蔼，坐下，看着三人道，"三位怎么称呼？"

"我叫张小臭，这位是我二哥韩麻子，这位是魏老道。"小臭介绍了。

"你们来这里，找谁？"

"找溥五爷。"

"哦，找我有什么事？"胖子愣道。

原来名震北平的溥五爷，就这位呀！

"敢情您就是溥五爷呀！给您请安！"小臭急忙施礼，又道，"我们这次来，是为了……"

"且打住。"溥五爷摆摆手，对宝儿招了招手。

宝儿不怕人，摇摇晃晃走到跟前，蹿到了溥五爷的大腿上。

溥五爷将桌子上的瓜果递给宝儿，宝儿吃得汁水四溅，搞得胖子身上乱七八糟。

这胖子不但不恼，反而很高兴，眯着双眼，看着宝儿，真如同看着自己孩子一般。

"你刚才说这猴子是你的。"

"嗯。我的。"

"卖吗?"溥五爷看着小臭道。

小臭大急："爷，您可千万别说这个字，再说它会抽你大嘴巴子! 这猴子就是我的命，不卖。再说，即便是我乐意，它也不乐意。"

"那太可惜了! 苍玃我先前只在内务府的一本藏书中看到过，没想到竟然能够遇到一只活的!"溥五爷惋惜不已，"灵物呀! 小兄弟，你真的是有大福报!"

小臭苦笑："福报什么的，不敢奢望，爷，今儿来，是想求您老人家手下留情，放我大哥一条活路!"

"此话怎讲?"溥五爷吃了一惊，"你我乃是初次见面，你大哥……"

"是这么回事……"小臭简单地把蛤蟆头的事情说了一遍。

溥五爷听了，呵呵大笑："原来如此呀!"

"五爷，我大哥虽然是个小绺，可盗亦有道，他说那金匣不是从你这里偷的，那肯定就没偷，他说没拿金匣里的东西，那就肯定没拿……"

小臭话还没说完，溥五爷摆了摆手："小兄弟，看来你还不了解我。一般人眼里，我生在帝王之家，身份尊贵，自然应该是权势滔天，金银无数，欺男霸女，无恶不作。呵呵，实际上呢，我顶看不过那一套。人这一辈子，短短几十年，权势也罢，金钱也罢，身份也罢，生不带来死不带去，究竟是大梦一场。所以我对世人追求的那些东西不感兴趣，唯一感兴趣的，就是个玩儿。至于为人处世，不管你是什么身份，哪怕就是个乞丐、混混，只要看对了眼，照样奉为座上宾，从来不仗势欺人。"

溥五爷说得真诚无比，喝了一口茶，又道："这件事，其实是误会。我从来没有要你大哥性命的想法，我想要的，是金匣里的东西。至于你大哥，他是什么人，我不知道，你说的，可能是实情，但我也不能听你的一面之词。金匣是不是他偷的，里面的东西是不是他拿的，不重要，即便真是他做的，也没什么，只要他把东西还我就行，我可以既往不咎。金匣里面的东西，极为重要，他拿着也没用，若是还我，我可以给他万儿八千大洋，够他买房娶媳妇儿了。"

话说到这儿，足以显示溥五爷的为人。

"可东西的确不是我大哥拿的呀。"小臭性子就较真儿，急得如同热锅上的蚂蚁。

这时候，魏老道说话了："五爷，你说金匣里的东西极为重要，能不能把那金匣拿出来，让我们开开眼，或许能有什么线索呢。"

溥五爷闻言，打量了一下魏老道，想了想，道："这东西照理来说不能随便给人看，但我对你们印象不错。福寿，把东西拿给这几位看看。"

旁边的一个仆人赶紧从旁边的书房将东西取出来，放在了桌子上。

小臭接过来，仔细打量了一番。

这金匣，是个立方体，也就巴掌大小，通体鎏金，工艺精湛。徐狗子说得不错，金匣周身横九道，竖九道，分割出众多格子来，每个格子上都写着数字，每一道都能转动，转动时会发出清脆的声响，有点儿类似密码锁，但比密码锁可高级多了。不过似乎已经被破解了，上头的几个格子翻开，露出里面黑洞洞的内部。

在匣底的一处，刻着五个小字——"大西国御宝"。

第七章　大西金匣

　　手里的这个金匣，不光是材质、制造工艺还是上面的题款都十分的古怪。这般的东西，小臭以前就没接触过，所以看了一会儿，递给了韩麻子。

　　韩麻子接到手里，出于职业习惯，放在鼻子底下闻了闻，随即脸色大变："五爷，这金匣，是土货！"

　　"土货？"溥五爷眉头一挑，"想不到麻子兄弟能耐不小，竟然能够光凭鼻子就判断了此物的底细。"

　　"这金匣不光是土货，而且出来不久，味道挺大，我估摸着，顶多不超过一周。"韩麻子一边说，一边将金匣递给魏老道。

　　魏老道拿着，也仔仔细细看了一圈。

　　"三位，看出了门道没有？"溥五爷端起了茶盏。

　　"东西是个好东西，我粗人一个，看不出什么来。"小臭笑了笑，又道，"不过这底下刻着的五个字，我好像有印象。"

　　"哦？"溥五爷似笑非笑。

　　小臭挠了挠头："好像在哪里听说过，一时想不起来了……"

韩麻子倒是记得清楚:"三弟,咱们去琉璃厂,姓李的说过,这大西国,是张献忠建立的国家。"

"是了!"张小臭拍了一下手。

"这件东西,还真的来头不小。"魏老道放下金匣,道,"这开天辟地以来,国号称大西的,只有八大王张献忠那一个,错不了。御宝二字,也只有皇上才能有。如此看来,这件东西,是张献忠曾经拥有的东西。"

"不错,"溥五爷满意地点了点头,指着金匣道,"这个金匣,真名叫九转混元奇门锁,横九道,竖九道,蕴藏着无穷的变化。"

"这玩意儿,是锁?"小臭想不明白。

溥五爷继续说道:"此乃极其稀罕的不传之秘,很少有人能打造出来。有宝贵的东西,怕别人染指,就放入其中。这锁的中缝,是钥门,只有转动金格,让正确的金格全部对准中缝,锁才能打开,有点像现在高级的密码锁,但如果你转错了一格,匣子里面的装置就会将里面的东西破坏掉!"

小臭吐了吐舌头:"这么多金格,有无数的组合,转错了一格都不行,那岂不是……"

"这就意味着,能够打开这个金匣的,只有知道正确密码的人才行。"

"五爷,这就更证明和我大哥没关系了。他就一个普通的小绺,怎么可能知道张献忠的密码!"小臭道。

"可东西在我手里的时候,是没有被打开的。"溥五爷摊了摊手。

"那就肯定是张献忠开的!不对,张献忠估计早死了,肯定是他家里人开的!"小臭道。

溥五爷哈哈大笑："小臭兄弟，你对张献忠，知道多少？"

小臭张了张嘴，终究没说出来话。

他大字不识几个，听闻张献忠的名头，也不过来自偶尔江湖艺人的评书说唱，哪里搞得清楚。

溥五爷放下茶盏，坐直了身子："也罢，今儿我就好好跟你们说说这张献忠的事儿。"

溥五爷兴致很高，清了清嗓子："明朝末年，政治腐败，官逼民反，加上天灾不断，所以各地纷纷造反，张献忠就是其中之一。此人，生于陕西定边，出身贫苦，打小就聪明刚硬，先是跟着父亲做小生意，也当过捕快，后来到了延绥镇当了一名边兵，结果得罪了上峰，差点儿被砍了脑袋。

"崇祯三年，张献忠在米脂聚众造反，自称八大王，英勇善战，手底下又有一帮武勇之人，所以很快打出了名头，并且与李自成一起，归附在高迎祥的帐下，成为其左膀右臂。不久，张献忠和李自成开始闹分裂，李自成攻打黄河流域，张献忠攻打长江流域，并驾齐驱。

"崇祯十年，张献忠被明军大败，受了招安，投了降，后来等恢复了实力，又再次造了反，四下纵横，屡败明军。他这辈子，安徽、河南、江苏、湖南、陕西、四川……转战各地，战绩赫赫。他攻占过中都凤阳，把大明朝祖坟都掘了，破襄阳，杀襄王朱翊铭，据武昌，自称大西王，鲜有敌手！崇祯十七年，张献忠率部进军四川，杀死瑞王朱常浩，八月破成都，杀死成都王朱至澍、太平王朱至渌，十一月称帝，建国号'大西'，改元'大顺'。"

溥五爷滔滔不绝："明末起义军众多，枭雄无数，能够登基称帝、建国改元的，也就只有他和李自成，何其了得！"

"可即便再了得，也是死翘翘。"小臭道。

"是了。张献忠占了四川不久，明朝就灭亡了。我大清入关，先是灭了李自成，然后由豪格统兵入川清缴。这场仗，打了几乎整整一年，辛苦得很。后来还是靠着张献忠手底下的叛将，豪格才逐渐占据上风。张献忠见收不住成都，将自己的子女、妻妾全部杀光，领军退走川北。豪格带领鳌拜等八旗护军，轻装简从，一路追击到川北凤凰山，趁着张献忠查看营地的空当，派一名神箭手一箭将其射死！

"张献忠亲生子女皆被他自己杀了，他死后，大西军被他的四个养子控制，这四个养子，降的降，死的死，最终全部覆灭，大西国，也就成了过眼云烟。"

溥五爷说了一通张献忠的事，听得小臭心潮澎湃，此人虽然最终身死，可也算得上是个真正的枭雄！

"五爷，即便是他的亲生子女都被杀了，那也有养子，以及手下吧，也有可能是他们的后代偷的盒子吧。"小臭问道。

溥五爷闻言，摇了摇头："不可能！"

"为什么？"

溥五爷沉吟了一下，道："方才麻子兄弟已经说了，这个金匣是土货，来自墓中。"

"的确如此！"韩麻子对自己的判断十分有信心。

溥五爷叹了一口气："所以说不可能。"

小臭不明白溥五爷什么意思。

溥五爷仰头向天："我方才说过，清剿张献忠的，是豪格。凤凰山那一战，射死了张献忠。可即便张献忠死了，他的手下也是浴血奋战，所以那一仗打得十分艰难。胜利之后，首要的便是寻找张献忠的尸体，这是最大的功劳，但找遍战场都没有，最后还是靠着张献忠身边的一个侍卫的指点，才找到了他的尸体。当时他的尸体，被用锦缎裹着，匆忙埋在地下。这个金匣，就是从张献忠的尸体上搜出来的。"

溥五爷喝了一口茶，继续道："张献忠的尸体连同这金匣，都被送到了豪格的军帐。剿灭张献忠之后，豪格带着张献忠的人头班师回京，自然也就带回了这个金匣。"

"豪格对这个金匣极为重视，据他留下来的私信中记载，这个金匣中装着大西国的一个巨大的秘密，"溥五爷苦笑一声，"豪格本人对此十分有兴趣，但九转混元奇门锁乃是神技，不知道正确密码，不但打不开，反而会毁了里面的东西，所以他回到北京之后，准备派人寻访有这门手艺的奇人异士，怎料到刚回来就被多尔衮下了大牢，没多久就死在狱中。"

小臭点了点头，豪格这事儿，李黑眼说过。

"豪格死后，金匣随他下葬，自此也就消失在历史之中。知道这件事的人，极少极少。我也是因为无意中翻阅过祖宗之物，才知道一二，"溥五爷看着小臭，"至于金匣子里到底藏着一个什么秘密，我不能告诉你。"

溥五爷说完，房间里死寂一片。

"所以，你现在明白我为什么如此重视此事了吧？"溥五爷笑了笑。

这时，一直没怎么说话的韩麻子开了腔："溥五爷，当初卖你金匣的那人，长什么模样？"

"三四十岁，又瘦又矮，哦，嘴角还有个肉瘤。"

韩麻子愣了愣，道："五爷，我想我应该有点儿线索了。"

"哦，快快道来！"

"这事儿一时半会儿说不清楚，我得赶紧去办，"韩麻子站起身，对溥五爷抱了抱拳，"五爷，若是你信得过我等，先把我大哥放出来，这件事情他也知道一些情况，我兄弟三人一定将您的东西找回来！"

溥五爷看了看韩麻子，又看了看小臭和魏老道，考虑了一会儿，道："也罢，我这就给金巡长打个电话，先让他把人放出来。"

"五爷，您不怕我们哥儿仨跑了？"小臭道。

溥五爷哈哈大笑："你们跑，我是无能为力，不过金海青恐怕不会放过你们。"

"多谢五爷！我们这就去办事。"韩麻子施了一礼，三人起身离府。

出了大门，小臭一把将韩麻子扯了过来："二哥，你搞得什么名堂？"

韩麻子笑道："三弟，平时你最聪明，怎么刚才反而迷糊了起来呢！那金匣，是从豪格墓中所出，豪格的墓，谁盗的？"

小臭当即目瞪口呆。

"盗墓的主使是一帮神秘人，而具体去干的，则是刘德志和田福禄。我刚才问了溥五爷，卖给他金匣的，按照溥五爷的描述，正是刘德志！"韩麻子微微一笑，"我猜测，刘德志肯定是将那金匣私底下藏了起来，然后再取出卖给了溥五爷……"

"那和金匣被盗、里头的东西丢失有什么关系？"小臭道。

魏老道咳嗽了一声："小臭，你可真是棒槌！盗墓的主使，那帮家伙，十有八九是为了这金匣而来，刘德志卖给了溥五爷，他们自然要偷了！"

"道长言之有理！只要我们找到刘德志，挖出这帮神秘人的底细，说不定就会有结果，"韩麻子笑道，"方才之所以卖关子，是为了先把大哥给弄出来。找到东西还好，若是找不到，我们哥儿仨索性远走高飞。"

"我看这样行！"小臭对韩麻子竖起大拇指，"二哥，看不出来，你平时稀里糊涂，原来粗中有细呀！走，接大哥去！"

三人离了溥府，等来到警局门口，已经晌午了。

通报一声，进了局子，左拐右转，进了一间办公室，里面有一位已经等候多时。

这人，年纪三十不到，极为高大，个头约有一米八，身材健壮，长相英俊，梳着大背头，披着警服，大马金刀坐在椅子上。

"巡长好。"小臭打了声招呼。

"溥五爷刚打了电话来。"被称为"海东青"的金海青打断了小臭下面的话，冲旁边的副手点了点头。

时候不大，听到外面传来脚步声。

小臭转过脸，看到蛤蟆头被带了进来。

虽然在局子里没待多少天，可眼前的蛤蟆头太惨了。他以前虽然是小绺，但极为讲究，一向西装革履、风度翩翩，现在是破衣烂衫，头发鸡窝一般，身上血迹斑斑，形容憔悴。

看到小臭和韩麻子，蛤蟆头扑过来，放声大哭："二弟、三弟呀！我以为再也见不着你们了！我苦呀！我冤枉呀！"

小臭也是火大，对金海青道："你们怎么能滥用私刑？"

"没办法，他嘴太硬。"金海青面无表情。

"我根本就没从那什么溥五爷家里偷金匣，里面的东西我也不知道是个什么玩意儿！他们冤枉我，不给我吃的，还不让我睡觉……"蛤蟆头诉着苦。

"行了，别号丧了，"金海青站起来，"溥五爷交代，说你们有了线索，先把这位放出去。他大人有大量，我却得忠于职守，在没捉到犯事者之前，这位不能摆脱嫌疑，所以，自今日起，你们的一举一动都不能瞒着我。"

"这是我们的事！"小臭也有些火大，"我们会把东西找回来，您还是自己个儿忙着吧。再说，你穿着这一身皮，我们怎么办事情？"

"那你就不要管了。"金海青脱掉身上的警服，换上了一件外套，"不是说有线索嘛，走吧。"

说完，迈步出去，语气之中，没有一点儿商量的余地。

"这孙子！"小臭气得大骂。

"算了，胳膊拧不过大腿，先让他跟着。"韩麻子怕他跟金海青杠起来，急忙拉住。

一帮人出了办公室，边走边说。

小臭细细问了蛤蟆头，蛤蟆头所说，果然和先前掌握的情况一样：金匣是他在南锣鼓巷从一个年轻人身上顺的，当时盒子就已经打开了，至于那个年轻人，他根本不认识，对对方一无所知。

"看来只能去找刘德志和田福禄了。"小臭道。

"上车再说。"四个人说着话，一辆车子停在面前，金海青在里面招了招手。

小臭也不客气，带着众人上了车。

"去哪儿？"金海青叼着烟。

"房山，黄土场。"小臭道。

车子发动，绝尘而去。

个把钟头之后，来到了房山的黄土场。

韩麻子下车，问了一下黄土场的伙计，很快走了回来。

"怎么了，二哥？"小臭问道。

"说是自打上次我们来过之后，就没见过田福禄。真是奇怪了，田福禄平时可一年都不会旷工的。"韩麻子纳闷。

"那如何是好？"

"去他家里看看。"

一帮人又开了十几里的车，到了一个小村子。韩麻子前头领路，来到一个院子前面。

普通的农家村舍，几间茅草房，外面围了一层篱笆。

韩麻子拍了拍大门，喊了几声，没人应声。

"不会不在家吧？"小臭道。

"除了黄土场，他没别的地方去。"韩麻子使劲推开了柴门，道，"田福禄老婆和他掰了，带着儿子回了娘家，除此之外，家里就只有个生病的老娘，干完活儿，他就会回家照顾，人还算孝顺。"

一帮人进了院子，韩麻子来到正房跟前，见大门虚掩，推开进去，惊叫了一声："我的天！"

小臭听出韩麻子声音不对头，跟着进去，看清之后，也是呆若木鸡。

房间之中，一片凌乱，显然是打斗过。田福禄全身是血仰面朝天倒在地上，喉咙被割断，双目圆睁，五官扭曲。不远处的床上，他的那个老娘趴在被子上，后背插着一把刀。

一对母子，惨死家中。

这种场面，金海青见得多了，上前勘查现场，检查尸体。

"谁他妈的这么缺德！"韩麻子对田福禄印象还不错，大骂不已。

"这下手，够狠的，"魏老道四处看了看，"来的人怕是有好几个，身上都有功夫。"

金海青检查了一会儿，站起身，点了根烟："死亡时间大概在昨天晚上，凶手对田福禄进行了拷问，身上多处伤痕，腿上割掉了好几块肉，手段残忍。然后一刀毙命。他老娘倒是没受多少苦。"

说完这些，金海青死死盯着张小臭："怎么回事？你们找人，人就死了。"

小臭将田福禄和刘德志盗墓的事情说了一遍，然后又说出了自己的判断。

"这么说，田福禄的死，是那帮盗墓主使所为？"金海青皱了皱眉头，想了想，又点了点头，"我看有可能。他们看中豪格墓中的金匣，找田福禄和刘德志帮忙，刘德志私自藏了金匣，然后卖给了溥五爷。溥五爷丢了金匣，而且金匣里面的东西不翼而飞，这事情那帮人想知道不难。所以他们就怀疑金匣里面的东西在刘德志和田福禄手里，这才上门杀人……不好！"

金海青说到这里，丢掉了烟头："刘德志住在哪里？"

"什么意思？"韩麻子问道。

"赶紧过去，那家伙估计也凶多吉少！"金海青道。

一帮人飞快上了车，在韩麻子的带领下，来到了刘德志的家，闯进去之后，发现刘德志并不在家，倒是把他媳妇和几个孩子吓得够呛。

"那死鬼，好多天都不沾家了，天知道他跑什么地方去了？对我们娘儿几个不闻不问，死了倒好！"刘德志媳妇抹着眼泪。

从刘德志家里出来，金海青看着韩麻子："除了家，他还能去什么地方？"

"那就多了，赌坊、烟馆、窑子……"韩麻子直摇头，"这狗日的吃喝嫖赌样样精通，金匣卖了那么多钱，还不赶紧去快活？"

"那就一点儿一点儿找！"金海青道。

一帮人开着车，找遍了刘德志平时常去的地方，踪影全无。眼见得日头偏西，只能先回城。

金海青开着车把小臭等人送到天桥破屋，刚进门，就见徐狗子坐在院子里。

"巡长，可算是等到您了!"徐狗子叫道。

"怎么了?"

"咱们辖区，出现了凶杀案。"徐狗子道，"就在前门王皮胡同，死了俩。"

"哦。"金海青从徐狗子手里接过案宗，翻了翻，突然停了下来，对小臭道，"你们找的那个，叫刘德志，对吧?"

"对。"

"行了，别忙活了，死的就这家伙。"金海青苦笑了一声。

前门，王皮胡同。

这个胡同，位于大栅栏东部，俗称王八胡同，并不长，拢共也就二三百米，因为临近大栅栏那个人流密集的热闹地方，所以有很多妓院，其中还有几家一等妓院。

出事的，不是妓院，而是一间民宅。

进了门，里头的警察正在忙活，十分凌乱。

"怎么回事?"金海青皱着眉头。

徐狗子赶紧回报，这家民宅，看着像个住家，其实是藏污纳垢之地，说白了，就是暗娼馆。所谓的暗娼馆，自然和那些一、二等妓院有别。一、二等妓院，里头的姑娘一个个年轻貌美，不少琴棋书画精通，去的自然是有钱有身份的人。那些没钱的普通嫖客，去不了那些地方，只能流连于暗娼馆。这种地方，有大有小，一般说来，都是租赁一个民宅，有那么几间房子，老鸨找来几个女人，就能开张，只要给钱，你在里头干啥都行。

徐狗子汇报完，领来了一个老太太，五六十岁，穿红戴绿，脸上的白粉涂得有一尺厚，一看就知道不是什么正经人。

据老太太所说，刘德志一有钱就会到这里来，和一个叫红儿的妓女关系很好，来的次数也没有规律，有时候一两个月不见人影，有时候能在屋里待上十天半个月。

前几天，刘德志来找红儿，和以前大不相同，不仅穿戴一新，人模狗样，而且出手阔绰，不仅让老鸨买酒买肉，还给红儿置办了不少金镯、翡翠之类的稀罕货，连老鸨都赏了十块大洋，并且还说过几天高价给红儿赎身，老鸨自然乐得合不拢嘴。

昨天晚上，老鸨像往常一样，买来了酒菜，送入房中，然后就回屋睡觉。后半夜，听到院子里有响声，怀疑有小偷，开门出来查看，被人捂住嘴巴，捆在了屋里，然后脑袋上挨了一下，就昏倒了。

等醒来时，已经天亮了。老鸨好不容易磨断了绳子，跑到屋里，看到刘德志和红儿死于非命，这才赶紧报警。

"这位长官，你可得为我做主呀！我这是人财两失……"老鸨干号道。

"那帮人，你看清楚了吗？"

"都穿着黑衣裳，蒙着面，根本看不清模样。"

"有几个人？"

"三四个。"老鸨抹着眼泪。

金海青不耐烦地支开老鸨，带着众人进了正房。

房间里血腥味扑鼻，一地凌乱。红儿死在床上，身上并没有伤痕，脖子紫青，舌头吐出，应该是勒死的。刘德志被绑在梁柱上，全身赤裸，身上满是刀伤，连裤裆里的东西都被割了，死状极惨。

金海青查验清楚，把琐事交给徐狗子，带着众人回到了车里。

"从伤口判断，杀死刘德志和田福禄的，是同一帮人。"金海青点了一根烟。

小臭道："应该是那帮盗墓主使，错不了。他们以为金匣里的东西在刘德志身上，先是找到田福禄询问刘德志的藏身之地，杀了田福禄之后，再找到刘德志……"

"刘德志和田福禄死得够冤枉，那金匣卖给溥五爷的时候，根本就没有打开过。"韩麻子叹口气，又道，"不过，那帮家伙应该知道金匣不是一般人能打开的呀？"

"即便那什么九转混元奇门锁变化无穷，可凡事都有可能，万一刘德志走狗屎运恰巧就打开了呢？"金海青抽了一口烟，"那帮人只知道溥五爷的金匣被打开了，里头没了东西，卖东西的则是刘德志，光凭这些信息，他们足可以行动了。"

"这么说来，那帮盗墓主使并不是偷溥五爷金匣之人，否则他们不会费这么大的劲。"魏老道沉思道，"也就是说，盗匣者，另有其人。"

"这事情精彩了。"金海青挠了挠头，"知道这金匣的人，并不多，既然不是这帮盗墓主使干的，还会是谁？"

魏老道冷笑一声："看来这金匣还真是不一般，沉寂了一两百年，刚一露头就引出了一番腥风血雨。"

老道清了清嗓子："既然田福禄、刘德志这边的线索断了，那就只能换一换。"

小臭算是听明白了："老魏，你的意思是，从南锣鼓巷那个年轻人身上着手。"

"自然啦！东西是你大哥从那人身上顺来的，而且拿到手金匣就已经打开了。那年轻人最有嫌疑！"

蛤蟆头哭丧着脸："我就和那人打了个照面，几乎连长什么样都没看清楚，怎么找？"

一车人都沉默了。

北平城这么大，找这么一个连模样都不知道的人，根本就不可能！

沉静之中，魏老道干笑了一声："我记得，你从那年轻人身上除了金匣，还顺了一个钱包，对不对？"

"那个钱包里头除了几张钞票，什么有价值的信息都没有，否则我早动手了。"金海青道。

魏老道摆摆手："哈哈哈，有这么个钱包，足够了！"

众人不知道魏老道的葫芦里到底卖什么药，魏老道却不慌不忙地对金海青道："金巡长，借那个钱包一用。"

钱包属于证物，所以被放置在警局。金海青让徐狗子回去了一趟，时候不大，将钱包带了回来。

魏老道接过来，将钱包取出，又对小臭道："借你那猴子一用。"

"宝儿？"张小臭一愣。

老道来到小臭跟前，对宝儿道："好猴儿，今儿能不能找着那个人，就看你的通天本领了。"

言罢，对宝儿又是抱拳又是作揖，宝儿坐在小臭肩头，一脸的不情愿，魏老道说了无数的好话，宝儿龇牙咧嘴笑了一下，表示同意了。

"蛤蟆头，你说是在锣鼓巷偷的那个年轻人，对吧？"魏老道问。

"是。在街口。"

"走，去街口。"魏老道挥了挥手。

一帮人上车，金海青开得飞快，没过多久来到了锣鼓巷的街口。

"就是这个地方，当时人多，那家伙戴着个礼帽，在这里拦了一辆黄包车，我偷东西，擦个身就得手了。"蛤蟆头指认了地点。

众人齐刷刷看着魏老道，想知道这老道到底会用什么办法。

魏老道将钱包拿来，放在宝儿鼻子底下。宝儿深吸了一口气，使劲闻了闻。

金海青看到这幅场景，立马笑了："我以为什么高明手段呢！老道，光凭钱包上的气味就能找到人？这也太扯了，即便再厉害的警犬，恐怕都没办法完成。何况事情发生了这么多天，这里人流量这么大，气味恐怕早就散光了……"

魏老道直起身，笑道："金巡长，我不知道你说的什么警犬不警犬的，对那些不感兴趣。你看到的这位猴爷，那可不一般……"

"再不一般，不就是只猴子吗？难道摇身一变，就是齐天大圣了？"

两个人站着斗嘴，猴儿却是看着白痴一样对他们翻了个白眼，然后大摇大摆朝巷子里走去。

小臭哥儿忙紧紧跟着，最后连魏老道和金海青也跟了过来。

宝儿走得不紧不慢，抬头挺胸，背着双手，闲庭信步，那谱儿，简直如同王爷巡街一般，大着呢。

一边走，猴子一边嗅，时而皱眉，时而喜笑颜开，穿过了锣鼓巷，又兜兜转转，约莫过了个把钟头，它兴致高昂，却把后面一帮人累得够呛。

"有谱儿没谱儿？走了这么长时间，我看没什么结果嘛。"蛤蟆头有点儿失望。

对这种局面，金海青似乎早就料到，摇了摇头。

"放心吧，跟着宝儿走，准错不了。"魏老道却是信心满满。

又溜达了半个多小时，宝儿似乎也累了，冲魏老道招了招手。

"宝儿爷，您老人家有什么事，尽管吩咐！"魏老道卑躬屈膝，孙子一样。

宝儿打了个哈欠，指了指自己的两条腿。

"您老人家，累了？"

宝儿使劲点了点头。

"那咱们是歇着还是……"

宝儿摇了摇头，双手合成个圆圈，比画了一下。

其他人都不怎么明白，魏老道却是懂得很："您老人家是想在车上，一边开车一边找？"

宝儿点了点头。

"嗨！成精了！"金海青算是见识了，哈哈大笑，"成，我今儿就给你这猴子当司机，你要是能找着人，以后我就管你叫爷！"

"我看你这声爷，是叫定了。"魏老道大笑。

金海青开来汽车，众人上车，宝儿一个跟头翻到了车头，一屁股坐下，咣咣拍了一下车身，示意赶紧开车。

车子发动，一溜烟驶出了胡同。

金海青开车，眼睛死死盯着宝儿，顺着宝儿手指的方向，一会儿左，一会儿右，路上的行人见了，也是纷纷指指点点，乐得不行。

车子一路向西，约莫个把钟头，停在了西珠市口胡同。

宝儿示意金海青停车，跳了下来。

"怎么来八大胡同了？"金海青愣道。

八大胡同，分别是百顺胡同、胭脂胡同、韩家潭、陕西巷、石头胡同、王广福斜街、朱家胡同、李纱帽胡同。北平胡同众多，多如牛毛，但都不如八大胡同有名，因为这八条胡同乃是风月之地，北平城数一数二的妓院，几乎都在这里。清朝没灭亡之前，连官员都往这里进，不管白天还是晚上，那是丝竹之声不断，燕舞莺歌，无比的奢靡。

"宝儿爷，你确定那小子就在这里？"魏老道也是傻眼了。

这八大胡同，离得老远就能闻到浓重的脂粉味，一个个花枝招展的女子、龟公、老鸨游走招揽生意，来来往往的客人更是摩肩接踵。

宝儿点了点头，背着双手，迈开步往里走。

"前面的人都给我闪开！"金海青生怕人多挤坏了宝儿，大喝一声，前面顿时呼啦啦闪开一条道，纷纷往这边看过来。

金海青在北平扬名已久，很多人认识，但这个场面，却是头一回瞧见。

"稀奇了嗨！海冬青竟然亲自为一只猴子保驾护航！"

"谁说不是呢！金巡长何其了得，怎么会沦为那猴子的小跟班？"

"这猴子不简单呢，你看那派头！"

"稀罕！"

……

行人议论纷纷，金海青面红耳赤，低声对宝儿道："你这猴子，今日若是有了差池，我非剐了你。"

宝儿摇头晃脑，一边走一边从旁边的摊位上扯根糖葫芦、拿个苹果、取个栗子，免不了金海青跟着付钱。

吃着走着寻着，又过了个把钟头，宝儿在一家妓院门口停了下来。

这妓院，名为怡香院，看似不大，却名头很响！这曾经是赛金花住的地方。当年八国联军进京城，烧杀抢掠，当官的都跑了，留下老百姓遭殃，据说，还是赛金花一介苦命女子挺身而出，劝服了联军总司令瓦西里不要大开杀戒，才让京城百姓少受了屠戮，所以她曾经居住过的这怡香院，声名远扬。

宝儿丢掉了手里的半个苹果，冲着怡香院的大门撒了一泡尿，然后对魏老道点点头。

"行了，找到了。"魏老道笑了一声。

"这里？"金海青却是十分怀疑，大步流星走了进去。

"哟，这不是金爷嘛！您老人家怎么来了？姑娘们，快出来接客！"老鸨招呼一声，只听得四下齐声应是，一片片姹紫嫣红簇拥而至。

金海青不仅家里有权势，人有能耐，还长得帅，这般的男人，哪个女子不爱？

"今儿爷有公干！"金海青被围得水泄不通，心里直骂娘。

那边小臭等人跟进来，正要去解围，宝儿拍了拍蛤蟆头，往前指了指。

大门拐角，一个房间门口，有个男人正从屋里面出来，似乎喝了酒，脚步踉跄，弯腰在那里吐。

151

蛤蟆头走过去，打量了一番，一把扯住了对方："孙子，北平城找遍了，总算是把你给翻出来了！"

第八章　钟楼横尸

警局，审讯室。

噗的一桶凉水浇下，被绑在柱子上的男子惨叫一声，醒了过来。

这男子，二十多岁，典型公子哥儿的打扮，西装革履，油头粉面，模样虽然不错，但脸色青黄，一看就是属于吃喝玩乐得多了，纵欲过度的那种。

睁开眼，见面前乌压压坐满了人，又见自己被绑着，顿时嚷起来："怎么了这是？他妈的谁绑老子？"

金海青叼着烟，冷笑一声："醒了？"

男子看清了金海青身上的警服，愣了一下："这里是警局？"

"你以为呢？"

"这位警官，出入八大胡同，不犯法吧？"

"自然不犯法，不过我把你请到这里，自然说明你犯事儿了。"金海青指了指蛤蟆头，"这人你认识吗？"

男子摇了摇头。

金海青又从桌子上拿出了那个金匣："这东西，你应该认识了吧?"

看到这金匣,男子双目圆睁:"这是我的东西。前两天被偷了,我正找呢!警官,我是失主,怎么反而被绑着?!"

听了这话,金海青脸上那叫一个精彩——一会儿青,一会儿红。

青,那是被这男子气的,红,那是愤怒和羞愧。

真没想到,这么难找的一个人,叫一只猴子给找着了!不但如此,按照之前自己打下的赌,金海青得管猴子叫声爷!

长这么大,金海青目高于顶,还从没有喊过别人一声爷呢!

正气得哆嗦呢,宝儿背着双手来到金海青面前,拍了拍金海青的大腿,又指了指自己,那意思:赶紧的吧,爷等着呢!

众目睽睽之下,金海青恨不得找个地缝钻进去。

可他向来一言九鼎,只得打落牙齿往肚里咽,憋得满脸通红,喊了一声:"宝儿爷!"

宝儿吱吱吱怪笑一声,继续啃它的苹果去了。

喊完了这一声,金海青噌地站起来,举起手里的鞭子,对着那男子,狂抽一气。

男子被抽得鬼哭狼嚎:"这位长官,到底怎么了?别打人呀!"

"说,东西哪儿来的?"

"这我自己的东西!"

"我看你是皮痒!"

"哎呀,妈呀,别打了,疼死我了!"

……

一口气抽了十几鞭,男子老实了,终于一五一十交代。

这男子,叫曹庆海,土生土长的北平人,二十五,打小儿不学好，骗吃溜喝混混一个。家里拿他没办法，就断了他的零花钱。这哥们儿只得偷家里东西出来卖，然后继续醉生梦死。

据曹庆海交代，这个金匣，是从他爹曹德旺书房里顺的，当时就放在书桌上，看着金光闪闪的，应该挺值钱。哪知道出门之后，在锣鼓巷叫个黄包车的工夫，连金匣带钱包，都让小绺给偷走了。

"你从你爹那里拿的时候，金匣有没有被打开过？"金海青问。

"打开了。我拿的时候，就是这个样子。"曹庆海道。

金海青站起来，看了看小臭一帮人，道："算是找着人了。"

一帮人押着曹庆海，去曹家。

曹家住在张旺胡同，这地方临近钟鼓楼，地段好得不得了，能住在这里的，也都不是一般的百姓。

到了曹家门口，众人下了车，小臭闪目观察了一下这户人家，主人似乎生活得不错，是一个独门独院的大四合院，门口收拾得干干净净。

上前叫了门，走进院子，里头早站满了一二十口子。

为首的一个年约五十的中年人，穿着绸缎马褂，身体健硕，打扮不俗，见到曹庆海被押着，又看见金海青面色严肃，吓得不轻，忙过来道："官爷，犬子这是犯了什么事儿？"

"他没犯事儿，倒是你，犯了事儿。"金海青冷哼一声，"进去说吧！"

一帮人被迎进了客厅，中年人喝退了闲杂人等，亲自给金海青倒了一杯茶："到底是何事，还请官爷明示！"

"你是曹德旺？"

"鄙人正是！"

金海青喝了一口茶，将金匣丢窃案仔细说了一遍："曹德旺，行呀你，看着挺斯文，竟然是个飞贼，半夜盗走了溥五爷的宝贝不说，还将里面的东西据为己有……"

金海青话还没说完，曹德旺扑通一声跪倒在地："巡长，金爷！我冤枉呀！你也太看得起我了！我哪有飞贼的本事？再说，溥五爷谁不知道，我就是全身是胆，也不敢偷他的东西！您明鉴！"

金海青目光死死盯着曹德旺："真不是你干的？"

"真不是！"

"那这金匣，怎么会在你手里？"

曹德旺长叹一声："这话，说起来可就长了！"

"没关系，我们有的是时间，你站起来说。"

曹德旺颤颤巍巍站起来，抹了一把额头上的冷汗，道："实不相瞒，这金匣，是我在钟楼上捡到的。"

"钟楼？"曹德旺这话，众人全都愣起来。

在北平，提起钟鼓楼，那可是无人不知无人不晓。钟鼓楼位于地安门外，是北平城中轴线的最北端。钟楼原址是元大都天寿万宁寺的中心阁，后来，到了大明朝，用了十八年建成。清乾隆十年（1745）重建，十二年才竣工。钟楼占地六千多平方米，高近五十米，为重檐歇山顶建筑，和鼓楼一起，不单是北京城最重要的风水布局之一，而且也与老百姓的日常生活息息相关。

这么说吧，元明清三朝，钟鼓楼就是这座大城的报时中心，明清时期，钟鼓楼每天两次鸣钟，寅时的称为"亮更"，戌时的称为"定更"，戌时开始，在每个更次击鼓，直到次日寅时，所谓"晨钟暮鼓"指的就是这个。这种报时，主要的目的是给老百姓发宵禁信号，皇城的地安门、东安门、西安门以及城里的一千多个栅栏都按照钟鼓之声启闭，治安的军队也按照钟鼓信号盘查夜行之人，所以钟鼓之声对百姓来说很是重要。

民国十三年，也就是1924年，政府取消了钟鼓报时，取而代之的是鸣炮，放炮的地点就在宣武门和安定门的城楼上，一南一北。自此之后，延续了几百年的钟鼓之声，消失在北平上空。

清朝没灭亡之前，钟鼓楼都是专人看守，是国家的重要机构，民国建立后，同样也是有专人负责，即便是取消了钟鼓报时，钟鼓楼也是被封闭，根本不允许一般人上去。

曹德旺却说金匣是他在钟楼上捡的，这就蹊跷了。

或许意识到众人的诧异，曹德旺急忙解释道："诸位有所不知，历朝历代，钟鼓楼都有专人负责，大清时设置钟鼓使，也就是专业敲鼓撞钟的。我祖上，就是干这个的，一代传一代，直到我这里。"

众人算是听明白了。

"民国十三年，政府取消了钟鼓报时，我的差事也没了。不过，他们说钟鼓楼算是历史文物，不能就那么荒废了，就给我安排了新的差事，就是维护、看守。"曹德旺顿了顿，道，"其实没什么活儿，就是有事没事去转悠转悠，看看什么东西坏了没有，打扫呀什么的。我呀，不稀罕那点薪水，托祖上的福，家里有些产业，日子还过得去。可是吧，打小儿我就在钟鼓楼转悠，全家多少代都干这活儿，所以对钟鼓楼有感情，这活儿，我喜欢干。政府要求我一周去一次，我呢，以前几乎是天天去，后来就三五天去一次、一两周去一次，这半年以来，我则是一两个月去一次，甚至干脆就不愿意去了。"

"为什么？你不是喜欢那里吗？"小臭问道。

曹德旺苦笑一声："喜欢是喜欢，可是不敢呀！"

"怎么了？"

"鼓楼倒是没什么，钟楼里面……闹鬼！"曹德旺低声道。

"闹鬼？"金海青差点儿把茶水喷了，"这是哪门子说法呀，胡扯八道，哪里有鬼?!"

"金爷，我怎么敢骗您！真的有鬼！"曹德旺哭丧着脸。

小臭插话道："这事儿，我还真信。"

"你就别添乱了！"金海青头大。

小臭道："金爷，你别忘了，钟楼里有那口大钟呀！"

"费话，没大钟，那能叫钟楼吗！"

"那大钟里，可有'钟娘娘'呢！"

"钟娘娘？"金海青听了，面色一变。

钟楼里面的钟娘娘，老北平人都知道，这里有个非常有名的传说。

金海青说得没错，没有钟，那就不能叫钟楼了。北平钟楼里，悬挂着一口巨大的铜钟，钟声浑厚有力，洪亮绵长，敲一下，全北平城都能听得清清楚楚，堪称钟王。钟娘娘的传说，就和这口大钟的铸造有关。

想当年，也就是大明永乐大帝的时候，钟楼上原来有一口铁钟，皇帝嫌钟声不够洪亮，就命令工部召集天下的工匠前来重新铸造一口大铜钟。这么大的铜钟，谁也没铸过，三年的时间过去，屡铸屡败。皇帝龙颜大怒，斩了监铸的大臣，命令八十天内必须将大钟铸好，否则将全体工匠处斩。

工匠的领头师父，名字叫华严，接到了旨意，愁得茶不思饭不想，三年都没铸成，八十天怎么可能？眼见铸钟的这些人都要没命了。华严一遍一遍检查铸造程序，程序没错，又检查铸造的炉子，也没差池，原材料也还好，不知道出在什么问题上。

华严为此耗费心血，一夜白头。这情景，被女儿看在眼里。女儿叫华仙，刚十六，出落得如花似玉，穷人的孩子早当家，华仙娘死得早，全靠父亲拉扯长大，父亲铸钟，她也跟着琢磨。有一天，华仙找到父亲："爹，大钟铸不成，是不是因为火候不到？"

华严一拍大腿："是了！炉温不够，铜汁里就会有杂质，最后一步就会出问题。可如何能够提高炉温呢？"

华严百思不得其解。

华仙说："爹，到时候，你把我带过去吧，我看看。"

眼见得铸钟这天到了，监铸的大臣、朝廷的太监、刽子手、大小工匠都到了，可炉温依然上不去，眼见大钟又要功亏一篑，穿着一身红衣的华仙快步来到跟前，纵身跳到了炉中！刹那间，炉火升腾，铜水翻滚！工匠们忍着悲痛，将炙热火红的铜汁倒入模型，最终铸成了大钟。

这口大钟，经历了几百年的时光，钟声日日回荡在城市上空。为了纪念舍身铸钟的华仙，人们都尊称她为"钟娘娘"，而每到风雨之夕，那钟声总是多了一份凄惨，北平的人听了，就会跟自家孩子说："那是钟娘娘在哭呢。"

这个传说，很多人都知道，金海青自然也清楚，但他是警察，而且留过洋，素来不相信鬼神之说。

"曹德旺，不要装神弄鬼，到底怎么回事，说清楚！"金海青冷着脸。

曹德旺道："金爷，钟楼里真的闹鬼，而且就在这半年，尤其是最近这段时间。"

"说！"

"刚开始吧，每天午时三刻的时候，钟楼顶上就冒青烟，真的，不光我看到过，很多人都看到过。为这事，我还专门勘查过，里头根本就没有东西燃烧过的痕迹。这事儿搞得人心惶惶，太阳一落山，周围的人都不敢从下面经过。后来就更邪门了，"曹德旺缩了缩脖子，"钟鼓楼平时都是上锁的，钥匙只有一把，在我身上。我隔段时间就会去检查，可每次去检查，就发现钟槌滚落在地上。你们想想，钟楼上根本不可能有别人去，钟槌那么重，平时都是放在一张长桌子上的，怎么会滚下来呢？每次我都重新放好，可下次去，照样发现它从桌子上滚了下来！"

客厅里极为安静，大家都听得屏声静气。

的确有些蹊跷！

"我是吓坏了，所以能不去那地方就不去。"曹德旺摇了摇头，"可也不能一直不去，万一里面出了差错，上头怪罪下来，我如何承受得起？前几天，和往常一样，我又去了，那时天蒙蒙亮，我觉着天亮了，应该就没事了。"

曹德旺咽了一口口水，道："开了锁，上了楼，发现钟槌又滚了下来。我想把它弄到桌子上赶紧离开，却在弯腰的时候，发现铜槌旁边的角落里，有个金光闪闪的东西，取出来，发现是个奇怪的金匣，就带了回来。"

"当时钟楼上没有人？"

"一个人都没有！钟楼上面就那么大，一眼就看清楚了。"曹德旺摇摇头，"回来之后，我就把金匣放在了书房，出去吃早饭，吃完早饭回来，金匣就不见了。"

金海青眯起眼睛："你得到金匣时，有没有被打开？"

"打开了。我还看了看，里头是个空心，什么都没有。"曹德旺说完，抱了抱拳，"金爷，该说的我都说了，句句属实，如果有一个字的瞎话，您把我给毙了！"

曹德旺把事情一五一十说完，小臭等人陷入了沉思。

曹德旺不像是说谎，而且他说白了，就是一个打更的，实在也干不出这等事情来。

"金爷，金匣既然是老曹从钟楼上捡到的，我觉得咱们得去看看，说不定有线索呢。"小臭提议道。

这个提议，和金海青想到一块儿去了。

众人离开曹家，直奔钟楼。

张旺胡同距离钟楼并不远，也就十几分钟的工夫就到了。

众人一阶一阶上了台阶，又爬了很高，到了钟楼的大门，曹德旺从腰里掏出钥匙，吧嗒一声开了锁。

小臭四周看了一下，钟楼就这么一个门，其他地方都十分高大、陡峭，一般人根本就不可能进得来。

开了门之后，曹德旺在前头领路，众人往钟楼上爬。里头的光线很是昏暗，而且夹杂着浓浓的灰尘的味道，毕竟是十几年没用过的地方。

到了钟楼上，小臭喘了一口粗气，放眼望去，见里头并没有想象中的宽敞，甚至还有些狭小，最显眼的就是那个大钟了，矗立在正中，旁边则是一些乱七八糟的用具，一个大桌子横在旁边，沉重粗大的鼓槌落在地上。

金海青在四周游走勘查，小臭则站在垛口欣赏外面的景色。钟楼五十米高，立于其上，整个北平几乎就在眼前，远处的城墙都能够看得一清二楚，大风吹来，也是令人心旷神怡。

金海青细细勘查了约莫半个小时，走了过来。

"有发现没有？"小臭问道。

金海青摇了摇头："没有，本来地方巴掌大。我连铜钟都钻进去了，也没发现什么线索。"

这时候，站在供桌旁边的魏老道说话了："曹老弟既然在这里捡到了金匣，那说明金匣是被人带到这里的。"

"这不废话嘛！"

"金爷之前说过，偷盗溥五爷的，乃是一个飞贼，这地方我觉得就很符合飞贼的秉性呀？"

"老魏，咱们说人话行不行？"小臭炸毛道。

魏老道呵呵一笑："所谓的飞贼，那都是绿林大盗，干的不是一般的买卖，专对有钱有势的人下手，比如先前的燕子李三。这样的人，一般都会有个藏身之地，他们并不喜欢住什么客栈旅馆之类的，越是偏僻没人的地方，越好。这钟楼，平常也没人来，是最好的藏身之地。虽然门是锁了，可对于飞贼来说，飞檐走壁不在话下，照样能够蹿上来。"

"别说，道长你的话相当有道理！"金海青对魏老道刮目相看，"可是那飞贼既然费尽心思偷了溥五爷的金匣，为什么又会丢在这里呢？"

魏老道皱了皱眉头："那我就不清楚了。或许他打开了金匣，拿了里面的东西，金匣对他无用便丢了呢。"

"即便是拿了里面的东西，那金匣本身也不是凡物，丢了实在可惜，我觉得……"

金海青话还没说完，便被蛤蟆头打断了："你们两位在这里瞎推断，如果这里是飞贼的藏身之地，那肯定会留下什么生活痕迹吧，刚才你也检查过了，根本没有。再说，曹老哥先前来的时候，也没有发现嘛。"

"大哥说得有道理。"小臭点了点头。

金海青四处看了看，对曹德旺道："老曹，这里还有什么房间没有？"

"房间？没有了，就这么大地方。"

金海青皱着眉头，四处转了转："不对呀，如果这里是飞贼的藏身之地，那他应该有个地方住呀。"

一边说着话，金海青一边仰着头，看着上方："这上头，有地方吗？"

曹德旺也往上看了看，道："上头？上头那就是顶棚了，应该有个隔层，可从大清那会儿就没开过了，听我爹说都是盛放着一些杂物之类的，也上了锁。"

曹德旺指了指，小臭果然看到厚厚的灰尘中，有一枚大锁。

金海青眯着眼睛看了看，道："有古怪！"

"怎么了？"

"你们看，周围都是厚厚的灰尘，那大锁却是十分干净，这不符合常理呀！老曹，这里有梯子吗？"

"有，"老曹从大钟后头搬出了一个梯子，金海青噔噔噔爬了上去，到了顶上，看了一会儿，呵呵大笑，"果然不出我所料，这大锁根本就没有锁上，而且周围有浅浅的指印！"

魏老道拍了拍曹德旺的肩膀："看来这里并没有闹鬼，先前你遇到的钟槌从桌子上滚落的事儿，定然是那飞贼故意吓唬你的，你不来上面溜达，正合他意。"

曹德旺恍然大悟，随即又道："可午时三刻楼顶冒烟又是怎么回事？"

正说着呢，金海青已经打开了上头的阁门，闪身钻了进去，随后下面的一帮人听见他在楼上叫了一声："他妈的！"

众人相互看了一眼，纷纷顺着梯子往上爬，等到了上头的隔间，全都傻了眼。

曹德旺说得没错，上头空间并不大，一个人站起来，几乎能碰着头，里头乱七八糟的东西很多，但被收拾得干干净净。

几十平方米的空间里，铺了一床褥子，旁边放着几个大罐子，还有一个缸，估计是用来盛放清水的，地上是一层用来包装熟食、糕点的油纸，一片狼藉。就在褥子上，躺着一具尸体。

一身的黑色夜行衣，年纪三十五六岁，个头不高，瘦脸龅牙，胸口有处深深的刀伤，流出来的血浸湿了褥子，都已经变成了黑褐色。

楼上很干燥，到了秋天，天气也冷，加上阁楼顶上还有个出口，呼呼的风往里灌，所以尸体并没有明显的腐烂。

地板上，全是脚印，密密麻麻，周围的东西也都横七竖八，看来是经过一场激烈的打斗。

"怎么有个死人呀！"韩麻子弯着腰往前走，碰到了大缸，里面嗡的一声，飞出无数的蚊子，多得直撞脸，冲着上头的出口飞出去。

魏老道仰着头道："曹老弟，你所谓的午时三刻钟楼冒烟，应该是这群蚊子。"

"蚊子？"

"嗯。蚊子太多，午时三刻天气暖和，所以它们集体飞出去找吃的，远远望去，不就像是一股青烟嘛。"

"原来如此！道长高见！"

"你们两个能不能别说废话了！"金海青气得不行，这里都死人了，两个二货还在那里扯什么蚊子、青烟。

魏老道和曹德旺赶紧闭嘴。

金海青查看了一番尸体，细细勘查了阁楼，又来到那个出口跟前，往上看了看，摸了又摸，这才拍了拍手上的灰尘："死者死亡时间有几天了，具体时间得尸检。阁楼中发生了争斗，凶手只有一人，他杀死了死者之后，从出口蹿了上去，离开。"

"那事情就很明显了。"小臭插着双手，指着尸体道，"这人穿着夜行衣死掉的，应该是他从溥五爷家里偷走了金匣，回到这里之后，凶手进来了，之所以发生争斗，我觉得是为了争夺金匣，打斗中，金匣掉到了下面，才被老曹后来捡到。凶手杀死死者后，关上了阁门，从上头的出口脱身……"

"既然他杀死了死者，金匣掉在了下面，他应该下去拿呀……"韩麻子提出了异议。

"事情不明摆着的嘛，老曹捡到金匣的时候，金匣已经是开着的了，说明二人争斗之时，金匣已经被打开。凶手杀死死者，定然得到了里面的东西，对他来说，金匣已经没用了，又或许，他闹出了动静，急着脱身，自然就顾不了没用的金匣了。"小臭解释道。

"小臭言之有理。"金海青点了一根烟，"幸亏来到了这里，案件总算是有了重大的进展，只要查明这具尸体的身份，我想会有结果的。"

"是的，死者是个飞贼，想查明身份不难，而凶手既然知道这么隐蔽的地点，那说明双方肯定有联系，顺藤摸瓜……"小臭拍了一下手，道，"巡长，这事儿足以说明我大哥是冤枉的吧？"

"我也是被冤枉的！"曹德旺道。

金海青笑了一声："事情没查清楚之前，你们这帮家伙无法洗脱嫌疑，且等着吧。走，下去，忙了一天，饿得肚子咕咕直叫！"

一帮人下了楼，曹德旺回家去了。金海青开着车带着一帮人以及那具尸体，回到了警局，立刻忙活他的事情了。

小臭等人在警局门口下了车，也回了天桥。

金海青让小臭哥儿仨在家里等消息，有什么事情，还得找他们。

哥儿仨和魏老道疲惫不堪地回到了天桥破屋，买了酒菜，大吃大喝，心情很好。

吃饱喝足，上床休息，一夜无话，自是不提。

第二天，小臭带着蛤蟆头去洗澡，洗掉他一身的晦气，然后和蛤蟆头、魏老道听戏、喝茶，玩耍了整整一天，到了傍晚，刚在酒楼里点了一桌子菜，金海青上来了。

"别吃了几位，赶紧跟我走。"金海青着急忙慌的。

"怎么了，有结果啦？"小臭不乐意，"刚点好，筷子都没动，有什么事儿不能明儿再说嘛。"

"就这破酒菜，还他娘的宝贝一样。赶紧走，保准你们好吃好喝。"金海青笑道。

四个人垂头丧气下了楼，钻进了金海青的车。

"我说金爷，事情到底怎么样了？"小臭坐在副驾驶上，扭头问道。

金海青把烟点上："回去我们就开始调查死者的身份，忙得焦头烂额，费尽周折，最后总算是查出来了。这个人，名字叫马六儿，一身功夫了得，是个大飞贼！"

"马六儿？金爷，北平的偷儿，我还是熟悉的，可没听说过有这么一号人物呀。"蛤蟆头说道。

金海青笑："从此人身上搜出来几样东西，其中一样是汇票，汇往成都的，凭着这个，才查出他的真正身份。在四川，他是出了名的飞贼。"

"原来是四川的飞贼，怪不得。"蛤蟆头点头。

"四川的飞贼，怎么跑到北平来偷东西？"小臭道。

金海青叹了一口气，道："小臭问到了点子上。一个四川的飞贼，跑到北平来偷东西，而且死于非命，其中自然有问题。四川那边，对马六儿了解不多，所以我去拜访了李君之李老爷子，请他帮忙摸查情况。他是洛阳八宗的总铲头，江湖威望甚高，各省都有人，他这么一打探，呵呵，发现这里头水太深了。今晚，老爷子在泰丰楼专门设宴，请我们过去。哦，溥五爷也过去了，说是把这件事情彻底搞清楚。"

"李老爷子也去!?"小臭很高兴，"那太好了！我和他很有缘分，正好敬杯酒。"

"停车！停车！"聊得正起劲，后排的魏老道突然叫了一声。

"怎么了?"金海青急忙停车，转脸往后瞧，看见魏老道老脸发黄，趴在车窗上想吐。

"晕车?"

"不是，老毛病犯了，我这病一犯就生不如死。"

"那怎么办？去医院!"小臭道。

"不用，别妨碍了你们的正事，你们把我撂下来，我找个黄包车回天桥，吃个药丸，躺一下就好。"老道捂着肚子，无比痛苦。

"这样行吗?"

"没问题。你们忙你们的。"

众人只得丢下魏老道，帮他找了辆车，安排走了，这才火速赶往泰丰楼。

泰丰楼在大栅栏最热闹的那条街上，是名噪京城的"八大楼"之一，以"清鲜脆嫩"为特色的菜肴享誉四九城，是从清末就立起名号的老店。孙中山、袁世凯等党政要人都曾经光顾过，北平政界、商界各行各业的知名人物，都喜欢在此设宴款待客人，这地方，可不是一般人能来的。

金海青把车开到门口，停了车，带着众人走进去。

早有伙计迎上来："金爷，您这是……"

"哦，李老爷子在哪儿？"

"李老爷子呀！哎呀，跟我走，他老人家能来，那是给我们泰丰楼的脸！我们掌柜的知道他喜欢清静，把整个二楼都清了！"

伙计一边说，一边领着大家往楼上走。

小臭听得只吐舌头：泰丰楼这地方，听说订个位子没十天半个月都下不来，一桌客人那就是一桌的现大洋呀！这位掌柜的倒是看得开，听说李君之来了，不但有钱不赚，连客人都得罪了——整个二楼都给清了，那起码也有几十桌人的订单给取消了！这李老爷子的威望，也太高了吧！

上了二楼，果然见和楼下的熙熙攘攘不同——所有的多余桌椅都被撤下，又加了两层屏风，彻底隔了音。中间搬了一张巨大的紫檀八仙桌，旁边桌椅板凳、躺椅沙发，一应俱全，此外还有琴、棋、书案，搞得清新淡雅，连莲花都摆上了，这哪里是饭馆呀，分明就是书房了！

太师椅上，李君之正襟危坐，端着紫砂茶壶面带笑容，泰丰楼掌柜的弯着腰和李君之聊天。仆人德生站在李君之身后，他那个十几岁的孙子李重九坐在榻上正和溥五爷斗蛐蛐，二人年纪差距甚大，却玩得不亦乐乎，没大没小。

看到金海青领着一帮人进来，李君之徐徐起了身，呵呵一笑："等你们多时了。"

"抱歉，老爷子，来晚了。"金海青对李君之极为尊敬，行了一个晚辈之礼。

"不晚，不晚。这几位小兄弟，倒是给老朽面子。"李君之看着小臭三人道。

"老爷子，咱们之间就甭客气了。哦，这是我大哥，蛤蟆头。"小臭介绍了一番。

"既然人都来齐了，那就落座吧。"李君之抬了抬手，对泰丰楼掌柜的道，"继堂，请他们点菜吧。"

掌柜的拿过了单子："老爷子，我擅自做主，已经给您老人家点了，厨房也提前备上。您看还有什么加的？"

李君之哈哈大笑："你亲自安排，自然不会有什么问题，就是我突然过来，一定给你添麻烦了。你看你，弄了这么大一个排场……"

"老爷子，您说这话，不是让我跳楼吗！不是我在您面前才说的，这北平，换第二个人来咱们泰丰楼，也不会这样的安排，市长来了都不行！为什么呀？还不是您老人家对我们的恩德，没您老人家，能有我们泰丰楼的今天?!"掌柜的真诚无比。

"行，我谢谢啦，赶紧的吧。"李君之笑起来。

"得嘞，您老人家就瞧好吧！伙计，上菜，伺候不好老爷子，我给你们好看！"

"来喽！"伙计们齐齐应了一声，飞快上菜。

那一道道菜，真是色香味俱足，不同凡响！

金海青看着桌面，对小臭笑道："我没骗你们吧？你们点的那桌酒菜，也能算得上酒菜？这泰丰楼我来过不知道多少回了，从来就没吃过这样的！也只有老爷子来，我才能沾上光！"

"你这个猴崽子，有吃的都堵不上你的嘴！"李君之大笑，举起筷子，"都别愣着了，吃吧。"

众人开动。

席间觥筹交错，你来我往，自然十分热闹、欢快。

尤其是小臭哥儿仨，哪见过这样的排场、这般的酒菜，一个个狼吞虎咽、风卷残云，吃得满嘴流油。

酒过三巡，金海青敬了李君之一杯酒，道："老爷子，这酒也喝得差不多了，您老人家总该说事儿了吧。"

　　"你这急性子，始终改不了。"李君之放下杯子，坐直身子，看了看在座的众人，道，"诸位，那我就说了。"

　　"您说，我们听。"溥五爷欠了欠身子。

　　即便他身为曾经的皇室显贵，在李君之面前，也如同晚辈一般，不敢有丝毫的放肆。

　　"你们摊上的这件事儿，够麻烦。"

　　老爷子一句话，让房间里顿时死寂一片。

第九章　献忠宝藏

李老爷子枯瘦的手指，在扳指上擦摸了一下。

那是枚碧绿的翡翠扳指，晶莹剔透，种水皆好，犹如秋日的一泓碧水，明艳可人。

"人老了，就会发现江湖上的事儿越来越新鲜。"李老爷子呵呵一笑，"干我们这一行的，规矩很多，但从来没听说过一边挥着洛阳铲一边去做飞贼的。"

"老爷子，您这说的，是那个马六儿?"小臭道。

老爷子点了点头："小金让我去盘盘这个叫马六儿的底细，我们洛阳八宗自唐代就创下了堂口，无数的年月，已经长成一棵参天的大树，根系深深扎在华夏各处，即便是最偏僻的地方，也会有我们的人。但盘查马六儿，倒是费了一些工夫，多多少少让我觉得意外。"

众人都坐直了身子，洗耳恭听。

"此人不是我们洛阳八宗的人，虽然也是个倒斗儿的，但一向喜欢单干，而且胆量过人、本事不小，二十出头的时候就曾经倒腾过四川那边的一座大墓，闯出了名堂，后来又组织了一帮人，成立了一个小小的团伙。这人倒斗的功夫纯粹是自学，早些年是个飞贼，加上心黑手辣，所以这个团伙迅速发展壮大。人在河边走，哪有不湿鞋？前几年，马六儿折了趟儿，不但手底下的兄弟死伤惨重，还被政府给抓了。他干得这些事儿，足以枪毙。关键时刻，也是他命大，有个贵人看中了他的本事，出面担保，饶了他一条性命。"

李老爷子咳嗽了一声，继续道："此人，叫杨鹿，是如今四川政府的秘书长，权势甚大。"

"老爷子，是那个'青麻眼'的杨鹿?"溥五爷问道。

"正是。清朝没亡的时候，他在四川官场就崭露头角，后来政治投机，成了一号人物。"

"我和这家伙倒是打过交道，也曾经有恩于他，是个八面玲珑的老油条。"溥五爷笑道。

"我派人去了小五子的宅子，你们侦查的时候，只注意房间和外头，却忽视了房顶。虽然小五子府里面镖师云集，可马六儿轻功了得，翻墙越脊来到房上，揭开瓦片，先吹入迷药，然后下去盗了金匣，再原封不动地将瓦片恢复原状，这手段，一般人还真看不出来。"

"老爷子，马六儿大老远从四川跑到北平偷金匣，到底所为何事呀?"小臭忍不住问道。

李老爷子深吸一口气："来北平的，不单是他一个人，他只不过是个工具而已。"

"还有谁?"

"领头的叫杜金生，是杨鹿的心腹，官任成都水警局局长，还有一帮打手，"李老爷子顿了顿，道，"他们之所以来北平，是为了豪格的墓，也就是里面的金匣。"

众人面面相觑。

"北平这地方，虎踞龙盘，所以到了之后，他们并没有立刻动手，毕竟我在这里，北平周边但凡有什么大墓风吹草动，瞒不过我的眼睛。马六儿虽然倒斗的本事不小，可他不敢单独行动，所以就找到了那两位。"

"刘德志和田福禄。"金海青道。

"嗯。田福禄倒是无所谓之人，刘德志此人和我们八宗负责东城的人有些关系，所以他动手掏堂子，也就睁一只眼闭一只眼。倒了斗之后，金匣并没有找到，杜金生一伙人以为情报有误，很是失望，正打算返回成都，却突然听到小五子买了一个金匣的事情，这才发现被刘德志骗了，所以派马六儿行盗。"

"老爷子，杀死马六儿的，是谁？"小臭道。

"这就不知了。可能是黑吃黑，也有可能是另有隐情。"李老爷子点起烟斗，"我说了这么多，你们听明白了没有？"

众人不吭声。

"这事情背后的势力，不是你们能惹得起的。杨鹿位高权重……"李老爷子笑了笑，"所以你们就不要纠缠下去了。"

"那不行，眼下死了人，我一定得把杜金生抓住！"金海青疾恶如仇，是个一根筋的人。

"小金，这事不是杜金生的事儿，也不光是杨鹿的事。其中牵扯到大西国的一个重大秘密，连川军高层都惊动了，势在必得，你追查下去，岂不是找死？"

"可我实在想不通，到底是什么重大秘密，能让他们不远千里来到北平，如此处心积虑？"金海青沉声道。

"想知道？"老爷子乐了。

"不光他，我们都想知道！"小臭道。

老爷子吧嗒吧嗒抽了几口烟，点了点头："既然没外人，告诉你们这帮猴崽子也无妨。张献忠，不用我多说了吧？"

"七七八八也知道一些。"小臭道。

"嗯。"老爷子面色变得严肃起来，"一介贫民，揭竿而起，锋芒毕露，南征北战，辗转了大半个中国，大明朝对其束手无策，后来攻入四川，建立大西国，登基称帝，堪称一代枭雄。虽然后来败于豪格之手，身死国灭，但并不是因为清军强大，而是完全在于他自己。此人一生，十分蹊跷，前半生英明睿智，体恤爱民，后半生却杀人如麻，喜怒无常，也是怪哉。"

老爷子感慨了一番，道："张献忠陨落凤凰山，大西国灭亡，虽然后来他留下来的人马扶持南明抵抗清朝，可最终还是被扑灭了。大西军，逐渐成了过眼云烟。但这么多年过去了，大西国的一个重大秘密，始终让很多人念念不忘。"

"什么秘密？"小臭问道。

"宝藏！"

"宝藏？"

"嗯，"老爷子磕了磕烟斗，"张献忠除了嗜杀之外，最大的能耐，在于掠财。他辗转南北，攻陷的地方无数，其中就有很多藩王的府邸，每到一处，第一件事就是将官府、宗王、富户的财产搜刮一空，攻入四川时，这些巨额的财富也被他带到了成都。张献忠有多少财富？恐怕连他自己都说不清楚。我说件事，你们就明白了——当年攻下武昌后，张献忠将明朝的楚王塞入竹轿之中，抛入湖中溺死，然后尽取王宫中金银上百万，载车数百辆！这些钱对他来说，简直是九牛一毛。他有个本事，就是找宝。不管是宗王还是寻常的富户，战火当头，都会藏银，可那些银子即便被藏得再隐秘、埋得再深，他都能找到，而且一两都不会少。

"攻入四川后，整个四川的财产都归他一人所有，所以后来有人做了个简单的估量——大明的崇祯皇帝，他的国库和张献忠相比，完全就是个'小户'，张献忠手里头至少有几千万两白银，这还不算其他的宝贝。有传言说，张献忠攻下成都后，曾经大肆封赏功臣，他直接领着大臣、将军们来到自己的一处行宫，上百间房子里装得满满的都是各种奇珍异宝，任凭手下搬取。"

"真有钱！"小臭咂舌，如同听天书一般。

李老爷子又道："可惜大西国建立不久，豪格率军入川，张献忠身死凤凰山，曾经的权势和风光化为泡影。豪格攻入成都后，做的第一件事情就是派人接收大西国的国库，但奇怪的是，国库里面空空荡荡，搜遍了整个成都、四川，也没有找到张献忠的那笔巨大的财富，就像凭空蒸发一般。也正是因为这个原因，多尔衮怀疑豪格私吞了，才在他回京之后栽赃罪名将其处死。"

"不对呀，那么多的金子银子怎么会蒸发？"小臭道。

"是呀，金子银子自然不会蒸发，所以只有一个解释：张献忠把它藏了起来。"老爷子笑了。

"那藏在了什么地方？"小臭问道。

这话，让其他人都直对小臭翻白眼。

白痴问题！这么大的秘密，即便老爷子知道，能说吗？

可李君之却是哈哈大笑，很喜欢小臭的直脾气，道："张献忠藏银何处，有很多种说法，其中最出名的，就是江口沉银。"

"江口沉银？"

"嗯。顺治三年，清军大兵压境，张献忠觉得不妙，组织了一次大规模的战略转移。当时，他率领大西军十万人马，乘坐上百艘木船，顺着锦江南下，到了锦江汇入岷江的江口时，突然遭到了明朝故将杨展的袭击。"老爷子顿了顿，又道，"这个杨展，也是个了不得的人物，崇祯十年曾经得过武进士的第三名，官封华阳侯，崇祯十七年，张献忠攻四川时，他率精兵三千守城，城破被俘，他夺刀砍索，跳入江中才逃脱。后来，杨展奔走四川，起兵反抗张献忠，屡败大西军。张献忠这次的大转移，被他提前知道，所以在江口做了埋伏，大败张献忠，纵火焚舟，逼得张献忠不得不退回成都。"

"这和宝藏有什么关系？"小臭问。

"那百十艘大船呀！传闻，那些船上装运的就是张献忠的宝藏，战败之后，宝藏就随木船沉入江中。后来的各种史料中记载，张献忠出成都时，曾经召集无数木匠做了许多木头的夹槽，然后将银锭放在里面，作为伪装。江口之战时，木船大部分沉入水下，杨展并不知情，后来还是从张献忠部下逃脱出来的船夫口中得知，便组织士兵在江口打捞沉银，因为是木鞘藏银，所以他们用长枪'钉而出之'，所获巨大，有了这一笔横财，杨展从此富甲于川中诸将。不过，他这笔财富，被人惦记上了。顺治六年，杨展就被杀害，瓜分他地盘的诸侯，随即展开了搜索，但并没有找到传说中的巨额财富。"

老爷子侃侃而谈，声音不紧不慢："自此之后，江口沉银被很多人觊觎。乾隆五十九年，江口有渔夫打捞出黄金刀鞘一具，当地官员禀告给总督孙士毅，孙士毅组织人在江口打捞，获得白银一万多两，还有一些珠玉玛瑙之物。

"咸丰三年，当时长毛贼闹得太凶，财政困难，咸丰帝想起了这档子事，派人到江口打捞，一无所获。至于各种势力私下打捞、寻找，那就更多了。不过，始终都没有发现太多的东西。"

老爷子喝了一口酒："江口沉银，尽管最为出名，但我认为，并不是张献忠的宝藏。为什么这么说呢？原因有很多，其一，张献忠之后，官府、地方、老百姓都曾经打捞过，规模巨大的打捞更是有好几次，虽然有收获，可并没有多少。其二，有人说大部分的财宝被杨展得到了，可杨展死后，同样没有发现他手头有这笔宝藏。其三，也是最主要的，那就是很多人说张献忠是故弄玄虚。想想也是，领着十万军马，乘着上百艘战船，而且出发前还大张旗鼓地找来工匠做木鞘，若是转移那笔关乎大西国基业的宝藏，太过张扬，也不符合他的性格。还有，杨展虽然是突然袭击，可手底下不过是几千兵马，张献忠原本就能征善战，手底下当时十万人马，怎么可能会仓皇败走？"

"那就是说……"小臭听明白了。

"那百十艘大船上，的确有财宝，但只是张献忠手里的极少极少的一点，而且我估计，并不是什么好货，无非是银锭、抢来的粗金首饰等物，故意战败，扔下这些东西在江里，所有人都认为他的财宝没了，这么一来，真正的藏宝，就安全了。"

"真是打得好算盘！"小臭叹为观止。

"那是自然，如果心思不缜密，城府不深，张献忠也不叫张献忠了。"老爷子笑起来。

"那除了江口沉银，关于他的宝藏，还有什么说法？"小臭听得津津有味。

"除此之外，有一种说法，说是张献忠的宝藏藏在了青城山的普照寺。"李老爷子说得口渴，让德生倒了一杯茶，"这种说法，起源于同治年间，当地的知县钱璋去游览普照寺，寺里的和尚告诉他的。"

"青城山，那里可离成都远着呢。"小臭道。

"说得也是，但这个传说有鼻子有眼，"李老爷子道，"普照寺并不是什么有名的寺庙，当年被张献忠焚毁，康熙初年的时候，和尚重新恢复，也不过是占地半亩的小庙罢了，可是到了道光年间，普照寺突然暴富，大兴土木，成了占地400亩、364间堂舍的巨大寺院。附近的人都很奇怪，寺里没有什么田产，也不见和尚出去化缘，更没有什么大施主资助，修这么大的庙，花费可不是小钱，钱从何处来？"

"是呀，钱从何处来？"

"知县钱璋去游览的时候，就问过庙里的和尚，和尚开始不肯说，后来问得紧了，说是什么精诚所至，天示神奇，山裂石出，石头、建材自动而来。"

"这是胡扯。"

"当然是胡扯。钱璋回来后，翻阅史料，有所发现。当年张献忠有个手下，叫张可旺，是他的心腹，曾经率兵驻扎在青城山附近，并且搜获周围的很多石匠，说是进山采石，后来进去的石匠一个都没有出来。很多人就猜测，当年那些石匠是在深山中挖掘山洞修建地宫藏宝，然后被杀人灭口。还有人说张献忠的一个义子李定国专门派部下伪装成和尚在此护宝。而普照寺的兴盛，可能就是和尚无意之间发现了宝藏，"李老爷子笑了笑，"这个传说看似有理有据，其实也不靠谱。青城山距离成都太远，张献忠不会把那么重要的宝藏藏在那里，即便是宝藏在那里，这笔富可敌国的宝藏竟然只能修400亩的寺院，那就有点儿不像话了。

"还有传说，说是张献忠的宝藏藏在了青城山的神仙洞，有的说藏到了雅州，类似的说法很多，但更是无稽之谈了，"李老爷子捋了捋胡须，道，"这笔宝藏，江湖上很多人也暗中打探，但都没有什么结果，说实话，我也曾认真研究过，我觉得最可能也是最可信的，是沉在了锦江之中。"

"哦？"小臭兴奋起来，"沉在了锦江？"

"嗯。锦江，又叫府南河，绝大部分的河段都在成都境内，一南一东将成都城拥入怀里，两河在成都的东南角汇聚，然后浩浩荡荡向南，最终和岷江合流。这条江，河面宽阔，水也深，就在成都之下。很多人认为，张献忠的宝藏，被他沉在了锦江之中。清朝官修的正史《明史·张献忠传》记载：张献忠用法移江，涸而阔之，深数丈，埋金宝亿万计，然后决堤放流，名'水藏'，曰：'无为后人有也！'"

老爷子清了清嗓子："听起来很玄乎，其实就是出动大量人力物力，在锦江上筑起高堤，让江水暂时断流，接着在泥沙之中挖出大坑，将无数的金银财宝埋进去，再重新放水，彻底淹没。这种办法，张献忠干得出来。类似的记载，有很多，除了《明史》，很多的私家著作也都这么说。"

"那这是真的吗？"小臭问道。

老爷子沉吟了一下："我觉得在所有关于张献忠宝藏的传说中，这个最可信。其一，张献忠藏宝，只能发生在大西国的后期，也就是豪格入川之后，那时候他意识到政权岌岌可危，所以才会将宝藏藏起来，即便是战败了，日后也能取出招兵买马。豪格入川，进展神速，很快就打到了四川的腹地，临近成都，青城山、雅州之类的地方，距离成都太远了，那么大的一笔宝藏，运输不便，所以不可能藏在远的地方。其二，张献忠率领十万大军在江口被杨展击败，上百艘大船沉入江底，如果宝藏都在船上，你想想那么大的一笔宝藏，又说装在木槽里，岂不是满江都是？我之前就说了，杨展死后别人并没有发现他手里有那么多钱，所以这个十有八九是张献忠布置的疑阵，可能的确有些金银，但绝对不是真正的宝藏。而当所有人都认为宝藏沉入了江口那地方的江底，他就可以把真正的宝藏藏在另一处江底了。有人去寻宝，即便打探到宝藏沉江，也会去江口那边找。其三，就是地利。锦江就在成都边上，干什么都方便。而且锦江宽而深，将宝藏藏在下面，比藏在任何地方都安全。其四，当年我在成都待过一阵子，当然了，不是为了宝藏，但听说了之后，也抱着好奇的心态走访了一圈，我发现了当年参与修建堤坝的那些人的后代，他们说当时的确在江上修过堤坝，截断过江流。"

李老爷子说到这里，顿了顿："所以，张献忠宝藏沉在锦江之下，可能性最大。但锦江那么长，藏在什么地方，就没人知道了。"

说了这么一通，一帮人听得惊心动魄。

小臭沉思了一会儿，道："老爷子，有件事我就不明白了，你说杨鹿、杜金生那帮人来北平，是为了豪格墓中的那个金匣，又说他们为了宝藏，也就是说，金匣和那宝藏，有关系了？"

"你这家伙，果然聪明。"李君之哈哈大笑，"其中的秘密，我也是刚听说不久。说是张献忠为了藏宝，专门派了一个最为信任的手下负责此事，完成之后，将藏宝地点的地形，画成一图，装入了金匣之中。这金匣，名为九转混元奇门锁，十分复杂，只有知道了密码，才能够打开，否则里面的装置就会将地图毁掉。张献忠的亲生子女，都年幼，成都被攻破时都被他杀了，所以四个养子就是他的继承人。金匣的密码，只有这四个养子知道。而金匣，则被他本人保管。我估计，张献忠此举，有两个目的，其一，如果自己能够逃脱清军的围剿，那么就能回来重新掘出宝藏，东山再起，如果义子有背叛他的，也不知道确切的藏宝地点。其二，如果自己不幸死了，那么就将宝匣送给自己认定的接班人，也就是四个义子中的一个，由其开启宝藏，继续和清军战斗。可惜，张献忠在凤凰山遭到了豪格的偷袭，被团团包围，自己也被射死，这金匣落入了豪格之手。"

说到这里，李君之皱起了眉头："张献忠有四个养子，分别是李定国、孙可望、艾能奇和刘文秀。后来我调查了很久，有个特别的发现，那就是张献忠派去负责筑坝截流、藏宝的那个心腹，竟然是艾能奇。此人，我推测，在张献忠的心中，将他暗暗选定为其接班人。"

"这艾能奇既然是他的四个养子之一，又负责藏宝，即便没有金匣，张献忠死后，也能去取宝吧？可为什么……"小臭道。

李君之笑笑："当时张献忠被袭击时，四个养子都在附近，但皆被打散，艾能奇逃脱，后来辗转各地，几个月后就被东川的土司杀死，他根本就没时间。至于其他三个养子，只知道宝藏和金匣密码，具体藏宝地点却不知晓。"

老爷子说完，众人纷纷点头。

"自张献忠死后，大西国宝藏几百年间不知道多少人惦记，但从来没有人真正找到过。其中凶险太多，各方的势力也众多。这一次，四川那边竟然军、政大员齐齐出动，想来怕是知道了什么确切的情报。这么大的一笔财富，谁都会心动，所以他们势在必得。人呀，要有知足之心，宝藏虽好，但也要有实力、有机缘才行，你们如果揪着这事儿不放，恐怕身家性命都有危险。"李君之端起一杯酒，"我比你们多活了几十年，事情经历得多了，也就知道轻重。娃娃们，之所以今晚把你们叫过来，是想告诉你们，这件事情，到此结束，不要再追究下去，也不要过问了。"

众人纷纷端起酒杯。

"老爷子，我回去就把案子销了，再不多问。"金海青一饮而尽。

"金匣到了我手，还能让人偷了，这说明我和宝藏无缘。老爷子说得对，宝藏虽好，也得有命去享受，我这人，还没过够呢，想多活几年。"溥五爷呵呵一笑，也仰脖把酒干了。

李君之看了看小臭哥儿仨。

"老爷子，你看我们干什么？这事情本来就和我们屁的关系都没有！你也说了，我五绝横命，注定不得大富大贵，我能不死就已经不错了。"小臭也把酒喝了。

见众人如此，李君之很高兴："那我就放心了，来，喝酒，吃菜！"

说完了事情，众人没了心事，开怀畅饮。

一直喝到半夜，都醉醺醺的，这才结束了酒宴。

出了泰丰楼，金海青和溥五爷先行告辞，小臭哥儿仨也要走，被李君之叫住了。

"怎么了，老爷子？"小臭有些纳闷。

"镇魂杆，你从小四那里弄到了没有？"李老爷子喝得有些大了，说话都不甚清楚，德生搀着，身体摇摇晃晃。

"弄到了，也用完了，真不愧是一件宝物，好用！放心，明天我就还他。"小臭乐道，"原本是为了挣五百块大洋救我大哥，没想到我大哥没事，这五百块大洋就落我口袋里了。嘿嘿，有了这笔钱，我先买个院子，再做个生意，保准两三年就成大富翁！"

"德行！我说了你命中无财，还是别做生意了，那笔钱留着糊口吧。"李君之打了个酒嗝，"小臭，你小子对我脾气，我得提醒你，憋宝这行当，你最好别干，明白吗？虽然你的命格极为适合这行当，但其中凶险，你根本不清楚……"

小臭心想，我能不清楚吗？金鱼池里面的那个大怪物，差点儿就把我给吞了!

"放心吧,老爷子,我对那玩意儿没兴趣。"

"嗯。往后对身边的人,要多留心。害人之心不可有,防人之心不可无。"

"知道了。您可真够啰唆的!"小臭没大没小,贼眉鼠眼地凑过去,道,"老爷子,宝匣被打开了,里面的东西也被抢了,我觉得十有八九,宝藏的地图是被四川那帮家伙得着了,有了地图,又有人有枪,那么大的一笔宝藏,岂不是到手了!"

"怎么,你动心了?"

"可不是嘛!别说得了宝藏,就是随便抓一把,这辈子也吃香的喝辣的了!"

"那你也干看着!这事儿,你想都别想。"李君之变得十分严厉,"留着你的小命!别掺和这事!"

"我就过过嘴瘾而已。"小臭呵呵一笑,跟李君之告辞,带着蛤蟆头和韩麻子扬长而去。

"这个臭小子!"看着小臭的背影,李君之苦笑不止。

"老爷,这小子,可不是个安分的主儿。"德生道。

"你还真说对了。"李君之眯起眼睛,"我昨日专门为他打过一卦,命格之卦,倒是十分蹊跷。"

"哦,稀罕!老爷,这天下打卦的功夫,可没几个人比得上你。我已经有二十年没见过你打卦了吧,而且竟然是代表一个人一生的命格之卦,你可真够待见他的。"

"窥探天机,自然不好。但为这小子,值。我实在是好奇,不知道这小子究竟会怎样。"

"那卦象怎么说?"

"上卦,坤,上六……"李君之沉声道。

德生听了,倒吸一口凉气:"龙战于野,其血玄黄!老爷，这可是极为凶险的卦象呀！那下卦呢？"

"乾，九五。"

"飞龙在天，利见大人！"德生更呆了，"竟然又是少有的吉卦！老爷，命格之卦，竟然上卦是坤，下挂是乾，乾坤之相，少之又少！"

"是呀，所以说这小子注定不是池中之物。"

"又是凶，又是吉的，他的命，到底怎么样？"

"天生五绝横命，一生剑走偏锋，九死一生，却终究会成为非凡之人。"李君之看着远处的张小臭，笑道，"我一直想让他安生过日子，他也答应得好好的，看来，他终究会走上那条路。"

"哪条路？"

"德生，你今天问得太多了。赶紧回家，我累了。"李君之打了个哈欠。

德生嘟囔着嘴："每回都这样，一说到关键时就转移话题。"

……

回去的路上，小臭很高兴。

虽然经历了一番折腾，搞得鸡飞狗跳，但蛤蟆头平安无事，自己又得了五百块大洋，想起以后的日子，小臭心里可开了花。

"大哥、二哥，这五百块大洋，你说我们哥儿仨怎么花？"小臭搂着蛤蟆头和韩麻子。

蛤蟆头感动不已："为了我，你俩受苦了，尤其是三弟……"

"是呀，这钱是你用命换来的，留着娶媳妇！"韩麻子道。

"胡扯八道！"小臭瞪着眼，"咱哥儿仨可是对着关老爷磕头拜把子的，有福同享有难同当，还分什么你我！这钱呀，我看，先买个院子，一人一间，再也不住那破屋了，我们也算有个家。"

"我看行！"韩麻子也不客气。

哥儿仨都是穷得叮当响，落脚的地方都是狗窝。

"剩下的，给大哥、二哥找靠谱的姑娘，娶上，哎，这院子里就更有滋味了。我嘛，天生横命，克父克母，妨妻碍子，媳妇就不娶了，该吃吃该喝喝。"小臭畅想着，"城外买几十亩地，坐着收租子，再盘下个铺面，卖糕点吃食。再然后嘛……"

小臭看着肩头上的宝儿："给宝儿买个漂亮的小母猴，下一窝崽子，宝儿，你说好不好？"

吱吱吱吱！宝儿一个劲点头，乐得花枝招展。

哥儿仨大笑。

说说笑笑，回到天桥破屋，推开门，见魏老道盘腿坐在炕上，正抽烟呢。

"哟，老魏，好了？"

"老毛病，吃点药躺一躺就好了。"魏老道放下烟锅，"酒宴完了？"

"完了。"

"都说了什么？"

小臭把事情说了一通，道："总算是完事儿了，他大爷的，这些天，把臭爷累死。"

言罢，往床上一躺，伸了个懒腰。

"事情完了就好，收拾收拾，明儿我们该走了。"

"哎呀呀，你看你，再住几天呗，我陪你北平玩一玩……等等！"小臭一骨碌爬起来，"我们该走了？什么意思？"

"嗨！孙子，你不会要耍赖吧！"魏老道急了。

“耍什么赖？”

“你忘了？你答应我的，如果我帮着把你大哥救出来，你陪我走一趟，挣个金山银山的大富贵！”魏老道跳下炕，站起来，“君子一言，驷马难追，说话不算话，那可是孙子！”

小臭一下子瘪了，魏老道说得不错，蛤蟆头能被放出来，魏老道功劳不小。

“我是答应了你，”小臭挠了挠头，“臭爷答应的事，自然会做，但是老魏，咱们得把丑话说在前头，伤天害理、作奸犯科的事，臭爷可不做！”

“放心吧，这事情既不伤天害理，也不作奸犯科。”魏老道笑道，“我们俩联手，走一趟，绝对是一场大富贵，金山银山！”

“你这话，我听得耳朵都起了茧子。说，到底是什么富贵？”小臭问道。

老道看了看韩麻子和蛤蟆头。

“他俩是我大哥二哥，比亲兄弟还亲，这事儿，要是能干，我们仨得捆在一块。”小臭道。

“是了，有福同享，有难同当！”蛤蟆头和韩麻子齐齐点头。

魏老道舔了舔嘴唇：“我是憋宝的，憋宝这行是干什么的，先前也跟你说过。这一次，不是一般的宝，而是……”

魏老道压低声音：“而是一个富可敌国的宝藏！”

“宝藏？富可敌国？”小臭看着魏老道，乐了起来，“老魏，该不是张献忠的大西国宝藏吧？”

“正是！”

哈哈哈哈。小臭差点儿没笑死：“得了吧，别听了几耳朵，就起了贼心思！那宝藏是不错，可轮得着我们吗？四川的高官，还有川军的高层，哪一个不是厉害的人物？人家要人有人要钱有钱要枪有枪，对了，手里还有金匣里面的藏宝地图，那是势在必得。你要去弄宝藏？老魏，你一个憋宝的，就算加上我们仨，四个人，凭什么呀！还有，你手里没藏宝图，你知道宝藏在什么地方！"

小臭的一番话，说得韩麻子和蛤蟆头都笑。

"原本以为你说的富贵是啥好事，原来是这个。道长，你别胡扯八道寻我们开心了。"韩麻子道。

"我看是穷疯了，听了这么一耳朵，就要去夺宝。"蛤蟆头直摇头，"人家动动手指头，就能把我们捏死。"

三个人冷嘲热讽。

魏老道不羞不恼："你们仨，真是棒槌！小臭，你仔细想想，道爷我跟你说要给你一场大富贵在前还是你们知道这宝藏在前？"

小臭一愣，细细想了想，魏老道说得不错，金鱼池憋宝成功之后，老道就说要送小臭一场大富贵，然后小臭才去见了溥五爷，接着才知道大西国宝藏的事儿。

这么说来，魏老道要弄宝藏，是早就有了这主意的。

"老魏，四川那帮人的事儿，你也掺和进去了？"小臭有些吃惊。

老道哈哈大笑："我一个憋宝的，说白了就是个走江湖的，他们那么高的地位，怎么会和我有联系？"

"既然如此，你怎么会知道宝藏？"

"张献忠的宝藏，在四川哪个不知道？"老道乐得不行，"成都附近，三岁孩子都会唱一首童谣：'石牛对石鼓，银子万万五，谁能识得破，买尽成都府。'说的就是张献忠的宝藏。"

"这歌谣什么意思？"

"不知道什么时候传出来的，也不知道谁传出来的，反正传了几百年了，是民间寻找张献忠宝藏的唯一密码，传说解开了这个密码，那就能找到他的宝藏。"魏老道说道。

"这四句话，就是个谜，根本没头绪。"小臭道。

"废话，要是那么容易就有了头绪，宝藏早就被人找到了。"

"你说我俩联手去寻找宝藏，就光凭着这首童谣，那不是瞎猫找死耗子吗！"小臭直摇头，"人家四川那边，手里都有了藏宝图了……"

"藏宝图的事情，我不知道，不过我寻思着，即便是有了藏宝图，他们也得花时间去按照藏宝图一点点找吧。"魏老道神秘一笑，"而我，却是知道宝藏的埋藏地点。"

"你知道宝藏埋在哪里?!"小臭哥儿仨差点蹦起来。

"自然！"魏老道得意无比，"我说的，可不是大致的方位，而是确切的埋藏地点！确切地点，你明白吗？只要我们行动快，肯定先得手！"

187

小臭像看着一个怪物一般看着魏老道："这么隐秘的地方，你又没有藏宝图，怎么会找到的。"

魏老道看着窗外："说起来，可是一桩奇遇呢！"

第十章　江下传闻

魏老道点了烟锅，佝偻着身子，面色阴沉。

"那还是好多年前的事了，"魏老道抽了一口烟，不紧不慢道，"干我们这一行的，走南闯北，大部分都是人迹罕至的地方，大江南北，黄河上下，大漠戈壁，飘忽不定。后来，身上的毛病犯了，我就跑到四川养病，毕竟那个地方很养人。"

"听说好吃的东西特别多。"小臭笑。

"我这人呀，闲不住，有时间就四处溜达，有时候呢，顺手也憋点小宝，过过瘾。有一年冬天，嘴犯了馋，就想吃点鲜鱼。贫道我嘴刁，一般的鱼入不了法眼，想吃的，是一种无鳞大鲤鱼。"

"怎么会没鳞呢？"小臭不信。

"要不怎么说你是棒槌呢。这种鱼，只有成都外面的锦江才出产，极为罕见。生长在极深、极冷的水下，肉质细嫩、鲜美，收拾干净撂进大锅中，放上最鲜美的猴头菇炖，再搞上葱花、调料，来一坛上好的老酒，嘿嘿，给个神仙也不换。"

小臭被说得口水直流。

"这种鱼，成都城里有卖的，但都不新鲜，一定要刚捕上来，趁它身上的那股子生气还没散，就下锅，那样才够味。贫道突然想起了这口儿，真是百爪挠心，奔出城外，顺着锦江，一路追寻。"老道笑了起来，"正是冬天，那年天气特别冷，打鱼的少之又少，即便是有，船舱里也没有这种稀罕货色，所以老道我寻了四五天，找了几十个渔人，都没找着。这人呀，越是吃不着，越是想吃，所以我顶风冒雪，一定要吃到这口。"

"你还真行，我算是服了。"小臭直摇头。

"顺着江，也不知道走了多久，来到了一处地方。那地方，风景不错，丘陵环绕，视野开阔。有个渡口，人迹寥寥。我冻得不行，见渡口旁边有个屋子，就进去取暖，"说到这里，魏老道咧了咧嘴，"里面一老一小，老的有七八十岁，小的才二十出头，是一对爷孙。四川人本来就豪爽好客，渡口冬天很少见到客人，见我孤身一人，爷孙俩热情招待。他们守着江过日子，靠摆渡为生，空闲也捕鱼捉虾卖点钱。我往他们那水缸里面一瞧，嗨，真是踏波铁鞋无觅处，得来全不费功夫！里头竟然有一尾鲜活的无鳞大鲤鱼！"

"让你赶巧了。"

"谁说不是呢。年轻人说刚打上来没半个时辰呢。"老道舔了舔嘴唇，"我给了他们五块大洋，让他们赶紧给我做了。五块大洋，可把他们乐坏了，立刻将鱼捞出来，下锅烹煮，老头子又拿出了一坛老酒，晚上吃着鱼，喝着酒，对着大江，嘿嘿，真是人生一大享受！"

小臭被他说得直咽口水。

"那顿饭，吃得极为快活。一条二三十斤的大鲤鱼，大部分都进了我的肚子，很是满足。酒也喝了不少，晕晕乎乎，畅快！"魏老道吐了一口烟，"酒喝多了，尿就来了。我推开门，走到江边撒尿。天寒地冻，江水并不像春夏时那般汹涌，水面回落不少，又出了月亮，照得白茫茫一片世界，所谓山高月小、水落石出，指的就是这个，景色，美！"

小臭拎起破茶壶，给老道倒了一杯茶。

"尿撒完一半，我一抬头，哎哟，顿时愣了！"老道喝了一口茶，"那渡口周围，都是几丈高的土峰，极为陡峭，悬崖一般，上面树木葱茏，江面也宽，起了白茫茫的水雾，就在江面之中，水雾里面，闪烁着一股极为浓重的宝气！"

"宝气？什么宝气？"小臭听不明白。

"这个，你们自然不懂。凡是有宝贝的地方，都会涌现出一股宝气，宝贝不同，宝气各异，宝贝多少，宝气大小也不一样。我们憋宝的行走各处，就是寻找这些宝气，看到了，就知道找到了宝贝，然后再想办法憋出来。江中的那团宝气，五光十色，竟然还有一股紫色，浓郁无比，铺展了整个江面，这情景，我还真没见过！这江面之下，藏着巨宝呀！"

"宝气还有颜色之分？"

"自然了。天地人三宝，本就不同，最低的是白色，那是一般的金银，最高的便是浓紫。那江面之下，宝气呈现五彩之色，不但有一件天宝，更有数目庞大的其他宝贝。"

"照你所说，那么奇异，那对爷孙为何没发现？"小臭问道。

"宝气，只有我们憋宝人才能看到，常人很难看见。"

"大家都长着一双眼睛，凭什么就你们能看得见。"

"我们憋宝的人，自打生下来，就会被关进地窖里，一直等到十岁才能出来。为的是在不见天日的地方，修炼那一双眼睛。十年练成，就能看到宝气。所谓'憋宝先看气'就是这个道理，不然怎么找？金鱼池里面的那个怪东西，也是我看到了宝气，才知道它在里头。"老道磕了磕烟袋锅子，道，"一般来说，看宝气晚上最好。为什么？晚上阳气消融、阴气滋长，而且人都休息了，光线又暗，所以宝气才能看得真切。"

小臭连连点头。真是三百六十行，行行出状元，不管哪个行当，都有讲究。

"看到那股宝气，我连尿都忘撒了，提起裤子就回到了屋里，"魏老道重新把烟锅点上，"鲜美的无鳞鲤鱼放在嘴里味同嚼蜡，一门心思就想着江里的宝贝了。"

"那是自然，人为财死鸟为食亡嘛。"

"这地方我不熟，所以得向那爷孙俩盘盘道儿。这是憋宝人常用的手段，憋宝有'望闻问切'之说，望就是望天文地理山川水脉望宝气，闻就是打听奇闻异相，问就是询问有宝气的地方的情况，切，那就是定宝、憋宝了。"

"打听出来什么没有？"小臭道。

老道嘿嘿一笑："对付那俩爷孙，手到擒来，不一会儿，底儿就被我给刨了出来。据老船工说，这一带江流极为怪异，别的地方，都很平稳，到了这里，别看江面上平静，水底下暗流涌动，不仅有巨大的漩涡，还有复杂的礁石，一不小心就会船毁人亡。更为怪异的是，有人曾经看到水底下有东西，巨大的活物。以前渡口也有摆渡的，除了白天摆，晚上有时候也开船，可有一次晚上，一船的人都没了，都说是被水底下的怪物吃了。所以几十年来，老船工从来不在晚上摆渡，给再多钱也不行。"

魏老道顿了顿，又道："渡口周围没什么人活动，顶多就有些打鱼的、砍柴的，几年前有人偶尔会在江边捡到碎银子，有大有小，小的跟个手指头，大的足有一二十两。所以当时周围的人传言江中有宝，一些大胆的就半夜划着船跳进江里捞银子，结果就没有活着出来的。老船工有一次曾经看过一具捞银人的尸体，很是吓人，像是被长着巨口的东西咬过，残破不缺，而且皮肉呈紫黑之色。闹腾了一段时间之后，再也没人下江了。江底到底是个什么情况，无人知晓。"

魏老道喝了一口茶："那晚都喝大了，老船工的孙子说其实他下过江面，这事情他谁都没告诉过，连老船工都不知道。有一次，小船工划着船在江上捕鱼，用的是一张大网。一网下去，往上拉的时候十分沉重，里头是条大家伙，小船工一个趔趄就被扯了下去。那条大鱼有他身体那么长，劲大，带着网就往江底下游，小船工慌乱之际，被渔网裹住，逃不出来，也跟着快速沉了下去。也不知道往下沉了多深，小船工憋不住了，连喝了几口水，心想：'我命休矣！'蒙蒙眬眬中，看见昏暗的水下，有一个庞然大物，像是石头雕刻的，形状是头牛。小船工很诧异，江底下怎么会有这么大的一头石牛呢，正想着呢，忽然间水下涌上来一大团黑水，其中有什么东西一口将那大鱼给吞了！鱼死网破，小船工漂上来，这才留得一条性命！"

小臭哥儿仁听得目瞪口呆。

"聊到了后半夜，我们各自上床歇息。我哪睡得着。江底下不但有巨宝，而且还有一头石牛，这让我不由自主就想到了那首流传在四川的童谣'石牛对石鼓，银子万万五，谁能识得破，买尽成都府'。张献忠江底沉银，我是听说过的，这里不但有石牛，而且那么磅礴的宝气，也只有他的那个宝藏才会与之相匹配！"魏老道眯着眼睛，"一想到张献忠的宝藏就在江下，可把我的心勾起来了！等那对爷孙睡着之后，我悄悄起身，解开绳索，把船划到了江面。"

"你下去了？天寒地冻，水下可是有怪物！"小臭吸了一口凉气。

老道笑了一声："天寒地冻不假，江水寒冷也不假，可那难不倒我。贫道吃了丹药，换上了'探水衣'，一个猛子就栽了下去！"

"可见到了宝藏？"蛤蟆头和韩麻子围了过来。

魏老道皮笑肉不笑："原本我以为，凭借我的功夫，肯定能够一探究竟，哪知道，他娘的，那江里面太复杂了！"

"怎么了？"

"老船工说得不错，江面上风平浪静，底下却是暗流涌动，到处都是漩涡，而且还有尖利的礁石，被漩涡裹进去或者撞到礁石上，肯定死翘翘！江水极深，贫道我水性一向不差，水底下可以憋气十分钟，可这十分钟的时间，我得来回躲闪那些漩涡，还得往下游，愣是没有扎到江底！"

"水又那么深？"小臭愕然了。

"不只是江水深，除此之外，那江底，还有一个巨大的洞口！"

"洞口？江底下怎么会有洞呢？"

"我怎么知道？洞口很大，直径起码有几十米！黑黝黝的，深不可测。在洞口两侧，我看到了两样东西！"老道一字一顿，"左边是一个巨大的石牛，右边，则是一个巨大的石鼓！"

"石牛对石鼓！"小臭惊叫起来。

老道点了点头："见了石牛和石鼓，我就确定此处就是流传许久的张献忠的藏宝之处了！正看着呢，忽然见那洞口涌动出无尽的黑气，吓得我赶紧游了上来！"

"你没见那黑气之中的怪物是什么？"

"没有。"老道摇摇头，"上岸之后，我就连夜离开了那个渡口。这些年，我四处游荡，为的就是寻找到几样东西，再去取宝。"

"寻找东西？什么东西？"

"其一，自然是对付水底怪物的宝贝。向来有宝贝的地方，都会有灵物、恶物守护。张献忠那么稀罕的宝藏，藏在江下，自然会吸引来江中的怪物，借此吞咽宝气修行。水底下的怪物，我倒是清楚不少，对付它们的手段，也知道。找了不少地方，最后总算是得手。

"其二，要想取宝，必须要平安进去。张献忠太狠了，把宝藏藏在江底，而且还在江底挖了那么深的洞，我估摸着从水面到下面，没有半个小时的时间，根本不可能！"

"半个小时！一般人哪能憋得了那么长时间！"

"是呀，所以我得找到破解之法，"魏老道指了指自己的包裹，"费尽千辛万苦，走遍了大江大河，总算是在北平城得了这家伙。"

"金鱼池怪东西肚子里的鳖宝？"

"正是！"老道点了点头，"这东西，别看不起眼，可极为有名！我们行里，管此物叫'分水珠'，如果割开自己的腿部，将珠子埋进去，再缝合，只需几日，珠子便会和人体融为一体，入水如同平地，别说半个小时，你就是在水底下待着不出来，都没问题！"

"如此神奇！"

"我有必要骗你吗？"魏老道白了小臭一眼，"如今贫道是万事俱备，就等着你点头答应了。"

小臭愣了一下，挠了挠头，道："老魏，你知道宝藏的地点，又有了对付水底下怪物的办法，还有了'分水珠'，自己都能干了，为什么非要我跟你一起去？"

"这事儿，还真少不了你，"魏老道仰着头，"能让我碰到你，也算是天意！小臭，别的都还好说，这割开双腿放入'分水珠'，可不是一般人能承受得了的。鳖宝乃是天地精华孕育而出的灵宝，若不是命硬之人，放进去就死翘翘。你则不一样，你是五绝横命，霸道得很，即便它是天宝，进入你的体内，也得乖乖听你的。老道我，真是羡慕你！"

"原来如此。"小臭算是明白了。

"小臭，这是老天要成全我们，让我知道了张献忠的藏宝之地，又有了鳖宝和你。只要你答应，我们联手，下进江中，张献忠大西国的那笔宝藏，可就是我们的了！那可是金山银山！只要干完这票，几辈子都花不完！得了宝藏，里头的那件天宝，归我，我只要这一样东西，其他的，都给你！老道对天发誓，说到做到！"魏老道激动起来。

不光是他，小臭哥儿仨全都激动得嘴角抽搐，双腿直抖。

那可是富可敌国的宝藏呀！

小臭正要说话，被蛤蟆头挡住了。

"老魏，你说了这么多，我们都信你。不过，那江底之下，不但漩涡涌动凶险无比，水洞之中还有怪物！小臭若是下去，九死一生，可是要丢性命的！宝藏虽好，也得有命拿才行！"蛤蟆头担心小臭的安危。

"是。小臭，性命要紧！"韩麻子也是同样有顾虑。

老道笑了笑："不错，这一趟是有凶险。可所谓富贵险中求，你们躺在天桥，金山银山就能凭空掉下来不成？不过，你们放心，怪物，我自有办法对付，没什么危险，至于江底的漩涡、暗礁，只要小心，倒不成问题。小臭五绝横命，哪有那么容易就死了？"

魏老道说完，转脸看着小臭："怎么样，想好了没有？"

小臭沉思良久，啪的一声拍了一下桌子："大哥、二哥，我想好了。小臭我自小就是个弃儿，烂命一条，能活着，全靠老天爷赏脸，而且我过的什么日子，你们也看见了。大哥、二哥，你们就想整天吃了上顿没下顿、受人讥讽看人脸色吗？我是不想！尤其这般浑浑噩噩，不如豁出去，求个荣华富贵！"

"你决定了？"蛤蟆头颤声问道。

"我决定了！跟着老魏，去四川憋宝！男子汉大丈夫，生于世间就得轰轰烈烈！"

"壮哉此言！"魏老道竖起了大拇指。

"成，既然你决定了，我也不阻拦。"蛤蟆头站起来，对魏老道说道，"老魏，我们兄弟三个，虽然不是一奶同胞，但胜似亲兄弟，小臭要去，我们也去，若是取到宝还好，若是不成，死也死一块！"

"大哥说得是！上阵亲兄弟，打仗父子兵，我也去！"韩麻子大声道。

"好！真不愧是对着关老爷磕过头的拜把子兄弟！我答应！"魏老道极为佩服，站起身来，取过了他的那个包裹。

包裹放在桌子上，魏老道扬了扬眉头，从里面取出那个玉匣，打开，两颗珠子显露于眼前。

魏老道掏出一把锐利的尖刀，对小臭道："小臭，你可想好了？分水珠就这么两颗，我再也没地方找了，你一旦下定决心，就不能反悔。"

"臭爷我吐一口唾沫落地就一根钉，想好了，来吧！"小臭咬了咬牙，撸起裤腿。

"好小子！"魏老道点了点头，蹲下身来，举着刀子，硬生生在小臭的双腿腿肚子上，割出了两条伤口！

伤口深可见骨，血流如注！

小丑疼得钢牙咬碎，五官扭曲！

老道手脚麻利，飞快地将两颗分水珠塞入小臭腿中。

珠子入体，小臭倒吸了一口凉气，很快又惊讶地"噫"了一声。

这珠子，极为清凉，塞进去，不但没有任何的肿胀、硌塞之感，反而如同自己的皮肉一般！

"赶紧缝合！"韩麻子见小臭的血，流了一地，手忙脚乱找针线。

"用不着那玩意儿！"魏老道站起身，从包裹里小心翼翼取出个不大的玉瓶，打开塞子，一股浓郁的药香飘荡而出。

"金疮药？"蛤蟆头道。

"金疮药！"老道笑死，"再好的金疮药，在我这药面前也是一堆狗屎！这东西，是我保命用的，乃是用五种地宝制成，可令白骨生筋！再深的伤口，抹上，转眼就愈合结痂，两个时辰就能活蹦乱跳！"

老道一边说，一边用一根小小的银勺从瓶里面掏出黑漆漆的膏状物，抹在小臭腿上的伤口处。

也是奇了！药膏抹上，血流顿止。小臭就觉得伤口又热又痒，低头看去，被割开的皮肉以一种肉眼可看的速度快速愈合！

老道找来干净的布，裹上，这才长出了一口气："躺在炕上，睡一觉，保准你醒来跟没事儿一般。明天一早，咱们就走！"

小臭走到炕边，躺下："说得是，事不宜迟，咱们必须赶在四川那帮人之前得手！"

"怎么走？"蛤蟆头问魏老道。

"越快越好。"魏老道点了烟斗。

"那就是坐火车了！从北平经过山西，再到洛阳、西安，接着入川，一路到成都。这个最快。"蛤蟆头经常在车站跑，熟悉路线。

"明儿就走，车票怕是不好买。"韩麻子道。

蛤蟆头笑起来："买？有我在，放心吧，明儿我们起来就去车站，到时保准有票。"

四个人又简单商量了一下事情，各自休息，一夜无话。

第二天天还没亮，都早早起来了。四人兵分两路，魏老道带着韩麻子准备吃的穿的以及路上用的，小臭和蛤蟆头收拾行囊，去车站。

魏老道和韩麻子走后，小臭简单收拾了一下包裹，穷家破业的，也没啥收拾的，箱子都没装满，小臭打量了一圈，将那本《宝鉴》取出，放入箱中，然后拎着箱子，顶着宝儿出了门。

"虽然是破屋一间，可打小儿就生活在这里，这一去，也不知道能不能回来。"站在院子里，看着屋子，小臭微微有些心酸。

人呀，就是这样，天大地大，别的地方再好，也不如自己的狗窝。

"走吧，若是此行成功，回来咱们那可就是大财主了。"蛤蟆头安慰小臭。

"是了。"小臭咬了咬牙，转身出门。

二人在巷子口叫了两辆黄包车，一溜烟直奔前门火车站。

一路无话，等到了车站，天还没亮。

进了车站，只见里面人山人海，熙熙攘攘。

这年头，火车一票难求，除了旅客，里头卖吃的、喝的，乞讨的，送行的，什么样人都有，乌烟瘴气，摩肩接踵。

小臭来到售票的地方，挤上去一问，票头十天就卖光了。

"大哥，怎么办？"小臭道。

"早跟你说不用买，你还不信。"蛤蟆头笑，理了理大背头，"在这里等着我。"

言罢，大步流星而去。

小臭找了一个旮旯儿，把箱子放下，点了烟，一边抽一边等。

一根烟还没抽完，就见蛤蟆头从人流中走了过来。

"怎么样？"小臭忙问道。

蛤蟆头从口袋里掏出一沓车票："看见没，还是头等车厢！哈哈哈！"

"真有你的！"小臭乐得不行。

"他俩还没来？"

小臭四下望望，笑道："喏，那不是吗？"

蛤蟆头转过身去，看见魏老道和韩麻子走了过来。

魏老道在前，换了一身马褂、皮帽，戴着一副墨镜，瞅着像是个做生意的掌柜，韩麻子在后，一身伙计打扮，一手拎着一个箱子，背上还背个大包裹。

蛤蟆头和小臭迎上去，赶紧把东西接下来。

"怎么倒腾这么多东西？逃荒呀！"小臭哭笑不得。

"路途遥远，该准备的一定得准备好了。"魏老道取下墨镜，"票呢？"

"早准备好了。走吧，马上发车！"蛤蟆头看了看表。

四个人一溜小跑，分开人群，到了检票口，验了票，进了站。

进站时，就见一帮西装革履的家伙正在和警察争吵，说自己票丢了，小臭笑得嘴歪眼斜。

匆匆忙忙到了月台，把票给检票员，检票员看了看票："四位先生，你们是头等2号车厢，在前头。哎，不对啊，你们是十个人，包了整个2号车厢呀，怎么就四个？"

"哦，剩下的有事儿。"蛤蟆头道。

"行。你们赶紧上车，五分钟之后，就要开车了。"对方把票递过来。

四个人急匆匆上了车，一进去，韩麻子叫了起来："大哥，你搞的这是什么票？太阔气了吧！"

整节车厢，是个整体，外面是客厅、餐厅，里面是卧室，哪里是火车，简直就是把豪宅搬了上来。

"没见识了吧，这才叫头等车厢！"蛤蟆头吹了声口哨，"没身份的人，有钱都坐不了。"

"不错，贫道也是头一回坐，嘿嘿，跟着蛤蟆头，算是享福了。"魏老道也笑得花枝招展。

四个人放下包裹，刚坐下，就听见一声汽笛响，火车缓缓开动。

随着车子离开车站，看着车窗外逐渐远离的高大的正阳门，小臭嘀咕了一声："再见了，北平，等臭爷回来，那可就不一样了喽！"

火车咣当咣当开出北平，一路向南，又转而向西。

车上的时光，漫长而无聊，尤其是小臭哥儿仨，平日里四处逛荡闲不住的人，刚开始还对车厢很新奇，这儿瞧瞧那儿看看，后来推牌九摇骰子，再后来，也是厌倦了，大眼瞪小眼，躺着看着车窗外的风景。

火车进入了山西境内，土壑丘陵连片起伏，景色单一，看得小臭只打哈欠。

"大哥，再这么下去，我真要疯了，整天关在这么个车厢里，闲得蛋疼。"韩麻子嘴里撕扯着个鸡腿，一屁股坐在了小臭和蛤蟆头对面。

"这又不是在天桥，你还想怎么着?"蛤蟆头也是无聊得很，对小臭道，"要不，我们到其他车厢里逛逛?"

"我这两天，也许是闲下来躺的，身体疲软，懒得不行，你们去吧。"小臭一边和宝儿玩耍一边道。

"那我们去逛逛。"蛤蟆头和韩麻子穿上衣裳，打开车厢的门，出去了。

"还有多久能到成都呀?"小臭问魏老道。

魏老道这几天十分安静，除了吃喝拉撒，不是在睡觉就是在闭目养神。

"早着呢。"老道眼观鼻、鼻观心。

小臭应了一声，躺下迷糊。

睡了一个多小时，醒来，见韩麻子和蛤蟆头还没回来，小臭担心这二人惹下麻烦，跟魏老道说了一声，起身去找。

这列火车很长，前面三节是特等车厢，再后面是三节一等车厢，再往后就是十几节平民老百姓的普通车厢了。

小臭顶着宝儿，往后走，经过几节车厢后，来到了最后一节一等车厢，一抬头，就见后半截车厢里，原本两排并对的座位被彻底打通，弄来了一个桌子，上面竟然架起一个火锅，炭火烧得正旺，坐着四个人，一边喝酒一边在里面涮羊肉，香味飘荡得一车厢都是，其他的乘客有的直流口水，有的捂着鼻子直翻白眼。

这四个人，喝得满脸通红，叽叽歪歪。蛤蟆头和韩麻子上身脱得几乎就剩个背心了，兴高采烈。

对面坐着的那俩人，一个胖子，一个瘦子，小臭都认识。胖子是溥五爷，瘦子是李黑眼。

"你们怎么会在这车上?"小臭挤过来，看着火锅，也是眼直了。

地地道道的老北京铜皮火锅，羊肉是山西的特等雪花羔羊肉，这叫一个肥美。

"哎哟，正准备叫你呢。赶紧来一口，忒地道！"蛤蟆头给小臭让了一个位子。

小臭坐下来，筷子舞动得如同失火一般，风卷残云。

"你看你那德行，又他妈的没人跟你抢，能不能慢点？汤水溅了我一脸！"溥五爷是个讲究的人，实在看不了小臭这嘴脸。

"你们可真够享受的，坐火车竟然还搞这个！"小臭秃噜着嘴。

"废话！出门在外，别的地方都能不讲究，唯独不能亏待了自己的五脏庙。"溥五爷跷着兰花指，夹了一块羊肉，鼻尖上冒着汗。

"这几天，天天吃火车上的那些玩意儿，有盐无味的，今儿可算是逮着了。"韩麻子笑道。

小臭滋儿一声喝了一杯酒，啧了啧舌头："我说两位，我刚才的话，你们没听见吗？你们怎么会在这车上？"

李黑眼双眼上翻："屁话！这你家车呀？就你能坐，我们不能坐？"

"我不是那个意思。"小臭笑道，"这么巧。"

溥五爷摸出一块花格子手帕擦了擦汗："我们出去玩一趟。"

"玩一趟？看景儿？"

"景儿？爷我什么景儿没看过？不稀罕。"溥五爷举起杯子，和小臭撞了一下，"在北平待腻了，跟着李掌柜的出来见识见识。"

小臭看着李黑眼。

李黑眼放下筷子："我不是在琉璃厂开了一间铺子嘛，这一年光顾着卖了，一件东西没收进来，眼见坐吃山空，我琢磨着这不行呀，得赶紧补货去。"

"我明白了，敢情您两位是去倒腾古董?"

"正是!"李黑眼叹了一口气，"干我们这一行的，表面上看着光鲜亮丽，实际上累着呢，风餐露宿，四处漂泊……"

小臭乐了:"得了吧，你还真把自己当成开古董铺的了。"

"怎么，不信?"

"我是不信，您两位，像倒腾古董的吗? 一般的东西，也入不了你俩的法眼。不会是去干那个的吧……"小臭伸出手指，做了个下铲的动作。

"有这位跟着，就这身材，你觉得可能吗?"李黑眼指了指溥五爷那大腹便便的身板。

小臭觉得也不可能，就溥五爷这两三百斤的架势，别说倒斗了，就是走路都喘。

"这一趟，真是他妈的倒霉，"李黑眼直摇头，"原本一帮朋友去贩货，让他们帮着一起给买了特等车厢的票，结果他妈的被偷了! 他们没上来，我和溥胖子托站长给临时弄的车票。你们看看，这是人坐的位子吗?!"

"李掌柜，您原先那车票……"

"2号特等车厢!"

噗! 小臭一嘴的羊肉沫子喷了对面溥五爷一脸。

"你大爷的，一边吃一边吐，有你这么糟蹋东西的吗! 这可是特级的雪花羊肉，一块大洋一盘!"溥胖子这个气呀。

旁边蛤蟆头脸上早就一阵青一阵紫了，赶紧端起酒杯:"二位爷，我敬你们一杯，老话儿说得好，出门遇故知，此乃人生最大的得意!"

"这话我爱听。"溥五爷一边收拾身上的脏东西，一边端起酒杯，对蛤蟆头道，"你们哥儿仨这是干吗呀?"

蛤蟆头蒙了。

小臭机灵，赶紧道："嗨，孩子没娘说来话长，我们哥儿仨呀，这些年存下了点本钱，琢磨着不能像以前那么混下去了，决定做点小生意。"

"小生意？什么生意？"李黑眼喝了一杯酒，两眼直勾勾看着小臭。

"贩点茶叶。"小臭信口胡扯。

"贩茶叶，去哪儿贩？"李黑眼问道。

"成都。"

"成都？"溥五爷乐了，"你们仨棒槌吧！天底下谁不知道茶叶最好的不是在苏杭就是在福建，你们跑去成都贩茶叶。"

小臭咳嗽了一声："溥五爷，那些茶叶是你们这些显贵喝的，普通人怎么喝得起？我们本钱小，西湖龙井、武夷山的红袍，我们也弄不来呀。听说四川本地的土茶味道够浓，价钱也不贵，所以才想去贩点儿。"

"倒是巧了，我们也去成都。"溥五爷呵呵一笑，"同路！"

"你们去成都倒腾古董？"

"嗯。"

"你俩棒槌吧！天下谁不知道倒腾古董要么就是洛阳西安，要么就是江浙，你们跑去成都能倒腾什么？"

"这你就不懂了，"李黑眼瞄了小臭一眼，"你说的那些地方，东西的确好，可他大爷的贵呀！只有成都这样的地方，位置不错，价格也不高，所以收来的东西，利润才大，这叫铲地皮。"

"哦，明白了。"小臭点头。

一帮人坐着火车吃着火锅，扯了一通。

"哎，小臭，你们哪节车厢？后头的？我等会儿跟车长说一下，让你们搬过来，这里虽然是一等车厢，不像个样子，但比你们在后头的普通车厢要宽敞多了。"溥五爷心善，笑道。

"这个，倒是不麻烦了。我们在前头。"

"前头？特等车厢？"溥五爷白痴一样看着小臭，"你们哥儿仁真能显摆唉！出门坐小买卖，他大爷坐特等车厢！？"

"我们那里宽敞得很，您二位要是不介意，过去和我们一起住，人多，也热闹。"蛤蟆头端起酒杯，"我先给你们赔罪。"

"赔罪？赔什么罪？五爷我感激你们还来不及呢！别喝了，赶紧走吧！"溥五爷胖子一个，坐在座位上早觉得憋屈了，站了起来。

李黑眼和小臭也站起来，手忙脚乱拿了行李就往前面走。

"嗨！我说，这火锅咋办？这么好的东西，还有羊肉？"韩麻子举着筷子道。

"你傻呀，连锅端呀。"蛤蟆头道。

兄弟两个，一个端着火锅，一个捧着羊肉，一路走过去，满车的羊肉味！

到了特等车厢，溥五爷进来一瞧，乐得眉开眼笑："这才是人待的地方！哈哈哈，这几天可把我苦坏了，等会儿爷得好好补个觉！"

"行呀，不错，整个车厢都被你们包下来了。这车厢……不对呀，溥胖子，是2号特等车厢呀！"李黑眼算是明白了，指着小臭，"我们那车票，敢情是你们偷的呀！孙子，不带这样的！"

"哎呀呀，反正偷了也偷了，你们爱待不待。不愿意，回去！"

"凭什么呀！我不回去！"李黑眼舒舒服服在客厅沙发上坐下来，"真舒坦！"

蛤蟆头和韩麻子也跟着进来，火锅重新摆上，一帮人再次开吃。

正闹腾着呢，魏老道从隔间里面推门出来。

特等车厢，外面的客厅是公共区域，每个人都有一个隔间，睡觉的地方。

"哟，这么热闹？"魏老道一愣。

"这哪位呀？"李黑眼第一次见魏老道，站了起来。

溥五爷认识："这不那位去过我家的道长吗？怎么摇身一变，这副打扮了？"

魏老道呵呵一笑，单掌立起："无量天尊，江湖混口饭吃而已，溥五爷见笑见笑。"

小臭赶紧将魏老道和李黑眼相互介绍了一下，二人虚头巴脑寒暄了一阵，一起坐了下来吃肉喝酒。

"道长，你怎么和他仨混一起了？"李黑眼用筷子指了指小臭三人。

"缘分，"耍嘴皮子是魏老道老本行，都不带打草稿的，"贫道在天桥摆摊，得了一场大病，是他哥儿仨心肠好，帮了我一场，所以……"

"所以道长滴水之恩当涌泉相报，陪着我们一起去贩茶叶。"小臭赶紧接过来。

"贩茶叶？"魏老道立马明白了，"是的，贩茶叶，成都茶叶好呀！"

一边打哈哈，一边吃羊肉。

吃完了饭，一帮人点起烟，说着闲话，无非是倒腾古董、各地的特产之类的屁话，接着又聊到了成都的风土人情，再往后，就聊到了张献忠的身上来。

小臭没料到，这么瞎聊，竟然聊出张献忠的一个秘密传说来。

第十一章　蛟腹葬母

车厢咣咣摇动，李黑眼叼着烟，眯着眼睛看着对面的张小臭他们。

"说起这张献忠呀，历史上的咱们就不提了，那都是史官写上去的，不管是大西国皇帝还是什么逆贼，和咱们没关系，我要说的，是老百姓嘴里的传说，"李黑眼抽了一口烟，"这传说，真真假假，很多听起来就是胡扯，是封建迷信，我就这么一说，你们呀，也就这么一听。"

张小臭很感兴趣，竖起了耳朵。

"张献忠一介贫民能够最终建立帝王之业，那是因为他经历了三段传奇，没有这三段传奇，可成不了事儿。要说起这三段传奇，可就有太多的故事了。"李黑眼坐直了身子，开始了他的讲述。

张献忠生于万历三十四年（1606），家在山西定边柳树涧堡，听着名字就能猜到，那是一个鸟不拉屎的偏僻地方，环境恶劣，生活困顿。

张献忠的父母，是贫民，准确地说，是佃农，就是给大户人家种地、干活糊口的最底层的农民。

张献忠未出生时，母亲有天晚上做梦，梦见一头白虎从天而降，跳入了自己的怀里，过了不久，就生下了张献忠。生产时，母亲难产而死，张献忠是攥着母亲的性命诞生在这个世界上的。

母亲死后，张献忠和父亲相依为命，父亲老实巴交，是个三棍子都打不出一个闷屁的人，一把屎一把尿将张献忠拉扯大，见张献忠逐渐长大，指望着他出人头地，就拿出自己的积蓄送张献忠进了学堂。

张献忠呢，打小性格就刚烈勇猛，好打抱不平不说，整日舞刀弄枪，哪里读得了书？所以进了学堂之后，惹得鸡飞狗跳，没两年就被撵了出来。

张父气得跺脚，拿来绳子将张献忠绑在门口的老槐树上抽打，打得皮开肉绽。

也是巧了，正打着呢，来了一个算命先生讨水喝。张父平时就乐善好施，不但给了水，还给了几个馍馍。算命先生见一个几岁的孩子被捆着打得满身是血，不知何故，就问了一番，张父叹着气，一一道来。

算命先生听罢，走到张献忠跟前，替他解开绳索，又取来清水洗了他的脸，微微定神，这么一瞅，不由得目瞪口呆。

"怎么了？"小臭听到这里，插了话。

"那位算命先生也不简单，给张献忠看完相之后，就对张父道：'你这儿子可不简单，乃是白虎星转世，横命一个，克父克母！'"

"那不是和我一样嘛！"小臭忙道。

"人家能和你一样嘛！别打岔！"李黑眼气得够呛，抽了一口烟，接着往下说。

张父听了算命先生的一番话，也是吓得魂飞天外。先生说得太对了，没生他时，自己媳妇就梦见白虎跳入怀中，生他时媳妇难产而死，可不是白虎星转世吗！

张父问有没有破解之法。

算命先生掐指一算，点了点头，又摇了摇头："破解之法倒是有一个，就是将此子杀了，以免将来他荼毒生灵。"

张父听了，直摇头。不可能！自己就这么一个儿子，杀了岂不是绝了后？

算命先生也料到他不可能杀了自己儿子，就掏出钱给张父，让他把张献忠交给自己，自己找机会给他找个好师父，或是出家当和尚，或是当个道士，靠着佛祖、天尊的神威来化解他身上的煞气。

这一条，张父也不同意。

如此一来，算命先生只有长叹而去，临走时，还看着张献忠，摇头道："此子一出，天下将大乱呀！"

长话短说，算命先生走后，又过了几年，张献忠十几岁，别看年纪不大，却成了柳树涧人尽皆知的一个刺头少年。

他常年饥一顿饱一顿，营养不良，个头虽比相同年纪的小伙伴高了一头，可瘦得像根柴火棍一样，脑袋大得出奇，肤色发黄，整日带着一帮人打架斗殴、骗吃溜喝，打起架来更是不要命，所以没人敢惹，时间长了，得了个外号"黄虎"。

有一年，张献忠打架打出了祸事——失手把一个少年打死了。张父一看，这下麻烦了，没有办法，给他收拾了一个包袱，连夜将其送出村子，让他去灵州投奔舅舅。

比起定边，灵州就更偏僻了。那地方在陕西最西北，黄土高原，沟深壑高，风沙弥漫，又靠着黄河，历来为战乱之地，盗匪横行。

张献忠不过是个十几岁的少年，一路上颠沛流离，遇到土匪、野兽这些就不说了，反正是历尽千辛万苦，侥幸得了一条性命，找到了舅舅。

舅舅也是个贫困农民，家里人口也多，本来就难以糊口，哪里能容纳这么个半大小子？所以到了舅舅家不久，张献忠就被送到了几十里外的一个财主家，给人家放牛放羊。

说是财主，其实不过是比寻常百姓多了几十亩田而已，家业也不大。家里最宝贵的，就是那几头牛和几十只羊，加上这位东家又是抠门小气之人，所以张献忠日子不好过——一天到晚要赶着牛羊寻找放牧之地，牛羊瘦一点儿都要挨打受罚，放完了回来，还得干杂活，从早到晚就没有闲的时候，而且还吃不饱。

除了张献忠，还有几个小伙伴和他一起，都是穷苦人家的孩子。

这一天，张献忠和小伙伴赶着牛羊回来，东家见牛羊瘦了，捆起来就是一顿打，让他找水草丰盛之地喂饱了再赶回来。

灵州那地方，原本就荒凉，黄土漫天，赶上这一年又是大旱，哪里去找水草丰盛之地。

张献忠和小伙伴们赶着牛羊，一瘸一拐出了村子，垂头丧气。

"要不，就去落魂岗吧。"思来想去，张献忠觉得也只有那一个地方了。

他如此一说，小伙伴们纷纷不同意。

落魂岗，距离村子很远，位于沟壑深处，不光是穷山恶水、人迹罕至，那里是周围方圆几十里的大坟场，不知从哪朝哪代就埋人，坟挨坟、坟摞坟，白天从那里过都汗毛直竖！不光如此，那里还是豺狼出没之地，那地方的豺狼，向来是吃死人长大，双目赤红，凶恶无比。

"不去那里，周围哪里有水草丰盛之地？"张献忠瞪着眼，"牛羊吃不饱，又得挨打！"

小伙伴们想了想，只能同意。

一帮人赶着牛羊，到了落魂岗，果然见沟壑里头草绿水清。

这地方虽然荒凉险恶，但地处洼地，有一股股的泉水，所以滋养出一片小小绿洲。

将牛羊赶去吃草，一帮人躺在草地上休息，肚子却咕噜噜叫个不停。

东家抠门，他们每个人，平时一天吃两顿，都是稀粥，外加一个杂面馍馍，若是出来放牧，多加一个馍馍。十几岁的少年，正是能吃长个儿的年纪，所谓"半大小子，吃垮老子"，这么点吃的，哪能填饱肚皮。

张献忠也饿得头昏眼花，看着脚下吃草的羊群，计上心来，转身对小伙伴们道："你们想不想吃饱？"

"想呀！做梦都想！可哪来的吃的？"

"我让你们这一次吃得饱饱的，但你们得听我的！"

"行，只要能吃饱，你让我们干什么我们就干什么。"

张献忠从腰里摸出匕首，从羊群里挑出一只最肥的杀了。

这下可把小伙伴们吓坏了。

"你怎么把羊杀了？平时羊瘦一点儿东家都打我们，杀了羊，岂不是会把我们捆了送官府呀！"小伙伴们吓得直哭。

"瞧瞧你们那点出息！听我的，没事！"张献忠嘿嘿一笑，把羊拖到泉水旁边，开膛破肚，又点起了火。

事已至此，小伙伴们也没办法了，纷纷上前，痛痛快快吃了一顿烤全羊。

吃完了羊，放饱了牲畜，张献忠和小伙伴们把自己收拾得干干净净，往回走。

到了地主家中，东家站在门口亲自数数，数来数去少了一只羊，大怒。

"东家，我说找不到水草丰盛之地，你非得让我们去找。这周围只有落魂岗里有水草了，我们就去了那里，哪知道蹿出一群狼，叼走了一只。"张献忠哭哭啼啼，抹着眼泪。

东家五雷轰顶，这等事情，谁料得到？虽然心疼无比，也无可奈何，将张献忠暴揍了一顿，直怪运气不好。

第二日，照常去放牧。过了几天，张献忠如法炮制，又宰了一只羊，谎称被狼叼走了。

东家这次长了心眼：事情哪有那么巧，回回都会狼叼了去。认定是张献忠干的好事，让张献忠去把羊找回来，找不回来就送官，判一个监守自盗之罪，流放充军。

张献忠无法，离开地主家，犯了难。

羊已经吃到了肚子里，哪儿去找？可如果找不到，肯定会被流放充军，那是生不如死。

不知如何是好，四处乱走，走来走去，一抬头，竟然到了落魂岗。

此时天已经黑了，大风呼啸，树影斑驳，鬼哭狼嚎，十分吓人。

张献忠向来胆大，嗖嗖爬上了一棵歪脖子大树，躺在上面，想着先挨过一晚，等天亮再想办法。

躺在树上，昏昏睡去，到了后半夜，被冻醒了。

张献忠想溜下树，点个火堆暖和身子，没想到刚坐起来，就看见月光下，不远处，隐隐约约有个人影。

"这地方白天都没人来，谁三更半夜到这里？"张献忠内心无比好奇，担心是盗匪，立刻俯下身子，暗中观察。

就一个人。看来是个道士，身穿道袍，背着一个巨大的鼓鼓囊囊的包裹，掐着手指，口中念念有词，一边走，一边观察着周围的地势。

这种人，张献忠见得多了，肯定不是盗匪。

可一个道士，半夜在这里干什么？

张献忠溜下树，悄悄跟在道士后面，想看个究竟。

这道士没有发现张献忠，四处打探，好像是在找什么东西。找来找去，就来到了落魂岗的中心地带。

这地方，是乱坟岗子，新坟旧冢，无边无际。

灵州本来就是黄土地，植被很少，雨打风吹，很多棺材都露了出来，棺木腐朽、豺狼扒扯，到处都是骨头、死尸，看得人头皮发麻。

道士却是不怕，不但不怕，反而兴奋起来。

"果然在这里！"道士来到一片平地，哈哈大笑。

这片平地，面积不大，也就八仙桌桌面大小，却是蹊跷！位于乱坟岗子的正中，却是平坦无比，没立坟头。其他地方都是芳草萋萋，唯独这块地方，一根草都没有！

道士一脸兴奋，放下包裹，取出一堆东西。先是掏出几十根长长的锈迹斑斑的铁钉，在那片平地的旁边，一根根钉入地下，组成了一个圆形。

然后，道士在平地周围，撒下了一圈白色的粉末，又从包裹中取出一个巨大木匣，打开，将里面的东西放置在铁钉组成的那个圆圈里。

借着月光，张献忠看到那东西，吓了一跳。

那是一个刚刚生产下来就夭折的死婴，光溜溜的，苍白冰冷。

老道掏出一个瓶子，将里面的一种黑色液体倒在死婴身上。

那液体，不知道是何物，无比的腥臭，张献忠位于下风口，闻了一鼻子，差点儿吐出来。

做完了这些，老道连连后退十几步，蹲下，藏身于深深的草丛之中。

月华如水，四周一片寂静，只能听到大风呼啸以及隐隐的狼嚎。

也不知过了多久，那片平地之下，隐隐传来一阵声音。

声音很低，很沉，也很怪异。就像一个老头的咳嗽声，一声连着一声，听得人脊梁骨直冒冷气。

时候不大，那片不毛之地的正中，土层涌动，从里面跳出个怪物来。

这怪物，张献忠从来没见过。乍看上去，像是一头老狼。狼，张献忠见过，但没这样的！

这头老狼，全身的毛发都已经快要脱落光了，极为稀疏，露出白花花的皮肤，长满了癞子，甭提多难看了。没有尾巴，四爪锋利无比，仿佛钢刀一般。

更怪异的是，这玩意竟然直立行走，像人一样迈着步子！

它从土里爬出来，嗅着鼻子，很快发现了地上的那具死婴，狡猾地朝四周看了看。

这么环顾四周，张献忠看到了它的脸。

哪里是狼呀！分明是个人嘛！不但长着人的耳朵，连那双眼睛都是黑白分明！只不过那嘴巴还是狼的，血盆大口，利齿森然！

像人又像狼，在地下，这玩意儿，把张献忠弄糊涂了。

怪物对着死婴直流口水，却并不走过去，而是反复观察周围，时不时嘀嘀咕咕，好像很怀疑。但最后，终究没有抵挡住

"美味"，走到死婴跟前，捧起尸体，大口吃了起来。

就在这时候，老道突然从草丛中跳出来，大喝一声："天地圆满，阴阳倒合，正雷驱邪，太上老君急急如律令！"

嗖！嗖嗖嗖！

先前钉在地上的那几十根铁钉突然飞出，以迅雷不及掩耳之势，射入怪物体中。

"嗷！"怪物惨叫一声，丢下婴儿，转身就往那块不毛之地跑去。

老道哈哈大笑："想缩回九阴之地，哪那么容易！给我爆！"

轰！

一声巨响，原本撒在不毛之地的那圈白色粉末突然爆裂、燃烧起来，烈焰熊熊！

怪物似乎很是忌惮那火焰，见回不去了，嗷地大叫一声，直奔道士而来。

"小小的孽畜，还敢放肆！"道士冷笑一声，袖子一挥，手中赫然多了一把寒光闪闪的长剑。

"遇到贫道，算你运气不好，还是死去吧！"道士双脚一蹬地面，横空飞起，手中长剑，划出一道诡异的弧线，朝着怪物斩去。

怪物知道自己形势不妙，怪叫连连，也不躲闪，双爪迎着剑光狠狠和老道撞在一起！

张献忠就听见叮叮当当一阵金铁交鸣之声，震得耳朵嗡嗡响，再看去，只见道士和怪物已经分开，怪物身上，满是剑伤，老道那口长剑，竟然断为两截。

"这怪物，真是厉害！"张献忠摸了摸胸口。

"倒是小看你了，"道士笑了一声，"竟然能逼贫道亮出法宝。"

老道一边说，一边从袖中取出一个玉匣来，手指一推，匣盖开启，一道金光从匣中飞出，发出破空之音，射向怪物。

怪物大惊，顾不得许多，张口吐出一物。

那东西，似乎是个珠子，碗口大小，赤红之色，发出耀眼光华，将怪物团团罩住。

"区区内丹，如何能抵挡贫道的法宝！给我破！"道士怒喝一声，就见那金光狠狠射向那光华！

啪！

一声清脆闷响，金光轻而易举射穿了光罩，怪物吐出的那枚珠子，化为飞灰。

电光火石之间，张献忠看到那道金光准确无比地射穿了怪物的脑袋，接着又嗖的一声回到了道士的玉匣之中。

"螳臂当车，自不量力！"看着倒在地上的怪物尸体，道士哈哈大笑，收了宝匣，大步朝怪物走去。

眼见来到怪物跟前，那怪物突然弹起，一双利爪狠狠向老道抓去！

"小心！"张献忠看得真切，顾不得许多，从草丛中站起，弯弓搭箭，用尽全力，射出一箭。

"噗"！

力大箭准，不偏不倚，射入怪物眉心之中！

怪物低低叫了一声，扑通倒在道士脚下。

道士看着怪物尸体，愣了起来。

太险了！刚才自己大意，没发现这怪物并没死透，若不是这一箭，恐怕自己早就身死道消！

"我就觉得背后有人跟着，想不到竟然是个小友，"道士立起单掌，"无量天尊，多谢了！"

张献忠抹了抹额头的冷汗，走了过去："道长客气了，我也只是路过。”

道士笑道：“小友稍等片刻，等贫道忙完。”

言罢，道士从包裹里取出一个大铜瓶，来到怪物尸体跟前，用匕首割开怪物的血管，将黝黑的血液灌入瓶中。

这怪物的血，腥臭无比，令人作呕。

道士一连取了三四瓶血，直到怪物尸体流不出来了，才停下手，生起一堆火，将怪物尸体拖入其中，烧得干干净净，又念了一段超度咒，这才收拾家伙，完事。

张献忠站在旁边，看得丈二金刚摸不着头脑。

“让小友久等了，没办法，这怪物的血得尽快取，等尸体凉了，血凝固了，那便没用了，”老道背起包裹，道，“且找个地方说话。”

二人一前一后，来到先前张献忠藏身的歪脖子大树下，生起火。道士取出干粮酒肉，和张献忠一起吃喝。

张献忠一边吃，一边道：“道长，那怪物是什么东西？你又为何要杀它取血？”

道士笑了笑：“你说你是路过，这落魂岗平日里没人来，你怎么会经过这里？”

张献忠知道道士看穿了自己，只得讲了实话，将自己的事说了一遍。

道士听了，哈哈大笑：“有趣，有趣。小友救了贫道一命，所以方才之事讲给你听，倒是无妨。”

道士放下干粮，道：“贫道不是一般的道士，而是一个憋宝之人。”

“憋宝？”张献忠愣了一下，随即明白了。

他听说过有这么一种人，但一直没见过。

“道长，我听说憋宝，找的都是价值连城的天地异宝，可

217

第十一章·蛟腹葬母

方才那怪物，怎么看怎么也不像是宝呀。"

道士听了，笑道："那怪物，也非是凡物，你听说过地狼吗？"

"地狼？"张献忠摇摇头。

"《尸子》有云：'地中有犬，名曰地狼。'此乃极为凶煞之物，由九阴之地的地煞、怨念凝结而生，附着于五十年不死的老狼之上，潜伏于地下，平日里靠着吞吃尸骸为生，修行百年，便可转化为人形，祸害世间！你方才看到的那东西，再过五年，便凑足百年之数，到时候，这方圆百里的人畜，恐怕要死绝，接着就会成为尸狼，来去如风，再难抓捕。"

张献忠听得汗毛直竖："道长，我们这地方，鸟不拉屎，怎么会出这种东西？"

道士指了指落魂岗："你看，这一带，沟壑连绵，两道沟壑如同两只手臂，长长伸出，直到黄河边上，引得黄河的无边冲煞之气来到这里，此处周围皆是土丘环绕，又是一个凹地，使得黄河煞气无法消散，又有无数的墓穴，煞气与无数的怨念经年累月汇聚于此，就成了九阴之地。"

张献忠连连点头，又道："既如道长所说，这地狼乃是极为凶煞之物，又如何是宝了呢？"

道士又笑："一般憨宝人眼里，这地狼的内丹的确是宝，可也不过是低级的宝贝，我看中的，是它的血。"

"它的血？"

"嗯。此物之血，功用巨大，说了你也不明白。"道士似乎不愿意说明，看了看张献忠，又道，"我观小友，乃是非常之人，为何如此穷困潦倒？"

"非常之人？"张献忠苦笑，"道长，你取笑我了，我穷困潦倒，就是个放羊倌。"

"非也，非也！"道士直摇头，看着张献忠的脸，"小友形容奇绝，面相极好，虽然命中出横，但天生的大富大贵之命！只不过先人墓穴葬得不好，妨碍了你，若是找个宝地，你封爵封侯甚至是迈上九五之尊，也不是问题。"

"封爵封侯？九五之尊？"张献忠乐了，"道长玩笑开得太大了，饿不死对我来说已经足矣，还敢有那么高的奢望？"

道士却是一脸严肃："小友，贫道像是胡乱说谎之人吗？"

张献忠一愣。

"贫道乃是化外之人，权势财富对贫道来说，乃是浮云。也罢，方才小友救我一命，也是缘分。我观天下，即将大乱，小友命相极好，命通白虎，若是荒废一生，实在可惜，贫道送小友一番人间的大功业，倒也不错。"

张献忠之前看了道士手段，知道他的厉害，又见他说得极准，便也相信了。

"道长，如何送我大功业？"张献忠道。

道士看了看他，呵呵一笑："小友，不知你要什么样的功业呢？"

"能有什么样的功业？"

道士想了想："我方才说了，最关键的是为你的先人寻一处风水宝地。我送你的功业，有上中下三等。"

道士伸出三根手指："下等，择一处百年难得一见的葬地，保你成为领兵一方的将军。中等，择一处山水有情、龙虎有力的宝地，助你封侯封爵，青史留名。"

"那上等呢？"

"上等呀，哈哈哈，就是择一处万年一遇的吉壤，助你逐鹿乱世，成就帝业！"老道眯着眼睛，"你愿意选哪一种？"

张献忠被道士说得热血沸腾："贼他娘！男子汉大丈夫，

要做，就做那最上等的！王侯将相，宁有种乎！"

"哈哈，我没看错！"道士仰天大笑，"不过，我提醒你，万年一遇的吉壤，极为难找，不过你很有运气，离此地不远，倒是有一处，不过那地方，被占了。"

"占了？"

"嗯。"道士微微皱眉，"要想成功，恐怕还得付出一番凶险。小友你救我一命，我自然责无旁贷，哪怕拼了贫道性命，贫道也定会圆你心愿，只不过，你要听我的，不得乱来。"

"那便听道长的。"

"眼下最关键的，是你先人的尸骸。"道士沉吟道。

这些张献忠可犯愁了。

他父亲乃是逃荒到了柳树涧，之前的亲人早不知道埋骨何处。所谓的先人，只有父母，母亲亡故多年，父亲身体可是很好呢。

道士伸出手指，算了算："你命中出横，克父克母，父亲还在，母亲已亡故，是否？"

"然！"

"先人尸骸，最好是父系，你父未死……"

"道长，我总不能把父亲杀死吧？"

"你父亲，总会因为你而死的，既然都是死……"

"道长，这等不孝之事，我可干不出来。"

道士点了点头："母亲的骨骸，虽然运旺弱了些，倒也勉强可以。你且去取来。"

张献忠苦笑："道长，我老家在定边柳树涧，距离此处可不近。"

"无碍，我有一匹快马就在岗子口，你骑上，快去快回，七日之后，我在这里等你。"

“然！那我这就回去。”张献忠起身告辞。

到了岗口，果然看见一匹快马。张献忠上了马，一溜烟去了。

长话短说，张献忠一路快马加鞭，到了柳树涧，晚上摸到母亲的坟地，磕头烧纸之后，挖开坟墓，取出母亲的骨骸，装在布袋之中，背在身上，又原路返回。

如此一来一去，辛苦颠簸，终于在第七日回到了落魂岗。

到了晚上，果然见道士背着他的那个巨大的包裹，月光之下，大摇大摆而来。

“取回来了？”道士问道。

“取回了。”

“尸骸完整否？”

“一点儿骨头渣子都没缺。”

“那就好。”道士点了点头，双目闪烁，“随我来，今日我就送你一场大功劳，不过你可听好了，这一趟，九死一生，凶险万分，事事你都要看我眼色行事，听从我的吩咐，否则，不但是你性命难保，贫道恐怕也要身死道消！”

“明白了，道长！”

“走吧！”

道士挥了挥手，带着张献忠，直奔黄河而去！

黄河，养育中华民族的母亲河，同时也是中国境内最邪性的一条河。自星宿海发源，汇聚万千支流，浩浩荡荡，蜿蜒曲折，经过黄土高原，夹带着无尽的泥沙，一路披荆斩棘，撞山吞地，咆哮向东！

进入陕西境内后，或许是借了雄厚的地气和雄气，变成了一个铿锵前行的壮汉，头顶着天，脚踏着地，硬生生在黄土高原上开凿出无数的自然奇观。

灵州地厚，黄河经过时，经年累月的冲刷，在河边形成了无数耸立的土林山岭，险峻异常，也形成了一道连着一道的险湾巨拐。

道士领着张献忠，向着黄河而行，走了一两个时辰，终于来到大河边。

但见月光之下，宽广的河面爆发出龙吟虎啸之声，水流湍急，真如同蕴藏着千军万马，呼啸厉奔！

"道长，咱们来到黄河干什么？"张献忠闻着河水散发出来的土腥味，有些懵懂，中国人讲究入土为安，埋藏尸骨，定然是在地上寻找一块风水宝地，这黄河……

"不要多问！"道长沉喝一声，脸色变得异常严肃。

沿着河边往前走，约莫走了一二十里路，一个巨大的河湾出现在眼前。

在此处，一道山岭雄健无比，蜿蜒而来，正好迎头撞上黄河。水冲浪噬，黄河在山岭下掏出一个大湾，然后极不情愿地转过身，掉头而去。

河湾深且远，三面都是悬崖峭壁，壁高千仞，其上树木葱茏。

"我说的万年吉壤，便在此处。"道长指了指河湾。

"在河湾里？"

"然也！风水上的龙脉，分为山龙和水龙两种，山龙之祖乃是茫茫昆仑山，由昆仑山向东，山脉分出几条龙脉，各处都分布着吉壤。水龙之祖，乃是黄河，沿着黄河，一处处河湾中，也孕育着万年吉壤。你眼前的这个河湾，看似寻常，却大有学问，"道士看着河湾，双目闪烁，"黄河在此受山岭阻碍，不得不掉头，便有极多的雄浑龙脉之气滞留于河湾之中，而这道山岭，自太行山蜿蜒而来，也是一条龙脉，山龙水龙汇聚于此，称之为‘双龙戏珠’，乃是罕见的万年吉壤。”

张献忠不懂风水，听道士这么一讲，也觉得十分有理。

道士带着张献忠来到河湾之中，又往里走了约莫半里路。

外面黄河咆哮，在这里面，却是风平浪静。眼前是群山环绕的一个巨大深水潭，水面广阔，约莫有个几十亩大小。

道士带着张献忠，顺着山体往上爬，爬了约莫一二十米，上面有个平台，周围长着些大树，正好隐藏身形。

在这平台上，放着林林总总不少的东西，看来是道士先前准备的。

“道长，万年吉壤在哪里？”张献忠四处看了看，周围皆是坚硬的山石，根本埋不了人。

道士没有回答他，走到旁边，打开一个木箱，从里面费力地拖出一个东西来。这东西约莫有两米长，一米宽，竟然是个溜光锃亮的铜棺！

“将你母亲尸骸放进去。”道士吩咐道。

张献忠不敢怠慢，慌忙取下袋子，将母亲尸骸放入铜棺之中。

道士从包裹里取出几个瓶子，打开塞子，将里面的液体仔仔细细涂抹在铜棺之上。

张献忠看得清楚，瓶子里的液体，正是地狼之血。

做完了这些，老道凑到了张献忠跟前：“接下来，你要如此如此……”

仔细交代了一番，老道离开平台，往下走去。

张献忠瞪着眼睛，呆呆地看着他。

“听我吩咐，不能出一点儿岔子，不然你我二人都性命不保，明白否？”

“明白。”

第十一章 蛟腹葬母

道士来到深潭旁边，嗖嗖爬上了潭边的一棵参天大树，时候不大，就见从树上倾倒下很多液体来。

原来，老道在树上拴着一二十个大木桶，打开塞子，将里面的东西全部倒入潭水之中。

那木桶里面也不知道装着什么，又骚又腥又臭，熏得在上面的张献忠捂着嘴巴直想吐。

做完这些之后，老道停止了动作，紧紧贴在树干上，屏声静气，如果不仔细看，根本发现不了。

张献忠蹲在平台上，探头往下看。

月华如水，照得潭面波光粼粼。

一点儿动静都没有，只有漂浮在上面的腥臭液体，不断扩散，散发出一阵阵雾气。

约莫等了一炷香的时间，张献忠突然觉得自己脚下剧烈晃动起来，震得山石窸窸窣窣往下掉。

"难道地震了？"张献忠抬起头，发现震动来自水潭深处。

此时的大水潭，深处传出一阵阵低沉的声音，如同战鼓一般，嘣嘣作响，然后水面中央忽然出现一个巨大的漩涡！

漩涡越来越大，到最后，几乎整个深潭的水面都囊括在内。漩涡中央往下看，如同巨大的井口，黑漆漆不见底！

声音越来越大，震动也越来越大，连空气都变得扭曲起来。原本的朗朗夜空，瞬间变得阴云密布，山岭之上，涌动出牛奶一般的浓雾，水汽、雾气笼罩于漩涡之上，很是诡异。

"噗"！随着一声闷响，漩涡之中，有个巨大的头颅探出，接着水面如同开了锅一般翻腾，缓缓浮出一个怪物来！

"我的亲娘哟！"看到这怪物，张献忠脑袋嗡的一声！

这怪物脑袋极大，如同一艘小船，颜色漆黑，分明是一个巨大的蛇头！而这蛇头，又和一般的蛇头不一样，顶上长着两只小角，约莫一两米长。蛇头之下，生长着无数的鬃毛，微微飘荡。

"巨蛇"身体，粗有一二丈，满是黑黑的鳞甲，不知道有多长，盘旋浮动于水波之中，张献忠看得清楚，这巨蛇竟然生出四肢，每一肢，生出四爪，利爪如钩，很是吓人。

长这么大，张献忠哪里见过如此巨大恐怖之物，差点儿吓得尿裤子。

藏身大树之上的老道，无声无息，张献忠更是不敢动。

那怪物，似乎十分愤怒，对漂浮在水面上的液体厌恶异常，翻滚着身体，溅起几丈高的巨浪，将那些液体秽物荡出水潭。做完这些之后，怪物逐渐平息下来，身体逐渐伸出水面，巨大的头颅高高仰起，张开血盆大口，吐出一个珠子来！

那珠子，碗口大小，洁白如雪，光华万道！

珠子一出，周围的水汽、雾气蜂拥而去，一股股吸入珠中，最终，连那月华之光也流溢其上，顿时五彩斑斓，煞是好看！

怪物欢畅无比，搅动着身子，围绕着那珠子嬉戏，发出一声声沉闷的啸声。

张献忠被眼前的奇景震撼得呆若木鸡，正看得痴迷，忽然看到从道士隐身的大树中嗖的一声射出一道紫光！

这道紫光，并不大，却如同离弦之箭，发出尖锐的嗡鸣声，转眼之间就到了怪物的上空，陡然停住！

张献忠看不清那紫光是什么东西，只觉得照得眼睛都睁不开。

吼！怪物发现异样，愤怒地叫了一声。

张献忠伸出手掌，遮了遮，发现在那紫光的笼罩之下，怪物似乎被克制住，无法动弹，只能双目圆睁，怪叫连连。

"嗖！"一道身影从树中飞出，踏浪而行，瞬间来到怪物前方，一抬手，将那怪物的那颗珠子夺下，塞入袖中，又掉头直奔张献忠而来。

那身影，正是道士！

"好宝贝，走！"道士来到岸边，一挥手，那道紫光嗖的一声，射入道士袖中。

紫光消失，那怪物顿时能动了，怪叫连连，愤怒无比，踩浪翻滚，直向老道奔来！

张献忠这才明白，道士取了那怪物的宝贝！

道士速度虽快，但怪物来得更快，张着血盆大口，向道士狠狠咬去。

道士那身体，相对于怪物的巨口而言，简直如同风雨中漂荡的一叶扁舟，不值一提。

"献忠，快！快扔铜棺！"道士披头散发，大叫。

张献忠如梦初醒，转身举起铜棺，朝着怪物的巨口用力投去！

道士向上攀爬，怪物也是仰头向上，那具铜棺不偏不倚，正丢进怪物口中，怪物一扬脖子，直接咽下！

接下来的事，让张献忠呆若木鸡——原本凶狠的怪物，咽下铜棺之后，就如同人咽下了火红的铁柱一般，发出痛苦凄厉的叫声，重重摔入潭中，翻滚哀啸，撞击着山石，生不如死！

"走！快走！"道士拉着张献忠，一溜烟离开了深潭。

"吞了我母亲尸骸的那怪物，是什么？"张献忠一边跑一边问。

"蛟！"道士大声道。

第十二章 蹊跷老丐

车轮滚滚向前，车厢里一片死寂。

李黑眼说到这里，小臭等人一个个惊得魂飞天外！

"这是传说中发生在张献忠身上的第一个传奇，名叫'蛟腹葬母'。"李黑眼喝了一口茶，清了清嗓子。

"这蛟，到底是个什么玩意儿？"韩麻子问道。

"是不是人常说的蛟龙呀？"小臭道。

李黑眼嘿嘿一笑："说蛟也行，说龙嘛，也勉强算。"

"到底是龙是蛟呀？"蛤蟆头打破砂锅问到底。

李黑眼沉吟了一下，道："龙，你们都知道吧？"

"废话！只要是中国人，哪个不知道龙。咱们是龙的传人嘛！"小臭道。

李黑眼哈哈大笑："那你没想过，这龙怎么来的？"

这个问题，把哥儿仨都问住了。

小臭想了想："那肯定是天地初开时就有了呗，大龙生小龙，繁衍不绝……"

"屁！"李黑眼喷了小臭一脸唾沫，"还大龙生小龙，亏你

第十二章 蹊跷老丐

想得出来!"

"那怎么来的?"小臭道。

"龙,之所以神圣,是因为它通阴阳、齐天地,能大能小能屈能伸,呼风唤雨,叱咤日月,说白了,那是得了天道的圣物。但是,你们记住,每一条龙之所以神圣,更重要的是,它们每一个,都经历了无数的苦难、无数的劫数,才能最终幻化成功!"

"你的意思,龙是别的东西变的?"

"当然啦!"李黑眼眨了一下眼睛。

"那龙又是什么东西变的?"韩麻子问道。

"一般说来,不外乎两种。其一,鲤鱼。鲤鱼跳龙门,你们都听说过,不过这种鲤鱼,那可不是一般的鲤鱼,其中的说法可就太多了,今儿咱先不说;这第二,便是蛇!"李黑眼舔了舔嘴唇,"蛇这种东西,那可是万物之中最邪乎的一种,匍匐于地上,吸收着大地精气,一生都不会停止生长,百年巨蛇,便有了道行,离地一尺,踏草而行,到了这个阶段,便迈入了成龙的门槛。首先,要经过三个阶段,称之为炼形、炼气、炼魂。"

李黑眼顿了顿,道:"这炼形,很好理解,就是修炼身体,吞吃万物,不断壮大体格,一次次蜕皮,一次次重生,最终练就铜皮铁骨,刀枪不入,这个阶段,短则百年,长则两三百年。炼形成功之后,便要炼气,往往潜伏于藏风聚水之地,吞吐精气,再一次次痛苦蜕皮,硬生生将庞大身躯一次次缩减,变成手指头大小。这个过程,同样极为漫长。炼形之后,便是炼魂,就是由原本的低劣之物,生出人一般的喜怒哀乐以及思维来,这个过程,是三个阶段中最为艰难的,能不能炼魂成功,是个未知数,成功的概率很小,这么说吧,百万条蛇,能走到这一步的，恐怕也只有那么一两条。"

"炼魂成功之后的蛇，不能称之为蛇了，叫虺。"李黑眼点了一根烟，"辛辛苦苦到达这个阶段之后，虺面前摆着几条路。最光明的一条路，就是朝着成为龙的方向努力，这也是最为凶险的一条路，一百条虺中，能有一条最终修行成龙的，那就算大概率了。"

"怎样才能修行成龙呢？"小臭问道。

"虺很厉害，但不光是在内在还是在外在，它看着都是蛇，和龙没一点儿相像的地方，差距之大，如同天壤之别。一条虺要想成为龙，首先要经历化形劫！"

"什么是化形劫？"

"就是脱离蛇身，朝着龙形转化。"李黑眼笑了一声，道，"要找一个偏僻之地，而且还是要风水好的，开始不吃不喝。与此同时，它的身体会发生巨大变化，伴随着这种变化而来的，是巨大的痛苦！这种痛苦，无法言表，那简直比上刀山下火海都难受，虺要利用尖利之物，将身上的皮肉一点点蹭掉，等于是自己凌迟自己，不是一次，而是一遍又一遍！"

"这么做，图的啥呀！"韩麻子十分不解。

"皮肉全部蹭掉之后，虺会一点点长出新的皮肉，那个痒呀，就如同身体里有无数的蚂蚁在爬，简直生不如死！而伴随着这身皮肉长出来的，是四肢，还有爪子！"

"长了爪子？"

"嗯。长了爪子的虺，就不能叫虺了，而叫作蛟！"李黑眼提高了声音，"从虺到蛟，需要五百年的时间，中间如果出了任何一点儿差错，都会死翘翘。"

韩麻子缩了缩脑袋。

"进化成蛟之后，它还可以继续修行，但一般来说，蛟都会走捷径，就是寻找一处龙脉，借着龙脉的磅礴气息，加速修行、转化。"李黑眼啧了啧嘴巴，"这个过程，称之为'龙盘'，意思就是蛟在那处龙脉之中，绝对不能离开，一旦离开，必死无疑。龙脉这种地方，可是宝地，数量少之又少，一般都会有别的生灵先占据了，蛟要经过血腥的争斗才能抢夺过来，即便是抢夺过来了，也要随时面对接下来的竞争者。

"龙脉有山龙脉和水龙脉之分，一般来说，蛟是不会找山龙脉的，为什么？我接下来会说。"李黑眼咳嗽一声，"蛟在水龙脉之下，吞吐日月精华，吸纳着龙脉的庞大气息，不断转化，生出角、龙须、金鳞，等等，时间越长，和龙越像，因为这时候已经有了龙形，所以勉强算是龙了，称之为蛟龙，但是，和真正的龙，还有着本质的区别。"

李黑眼说得累了，身体后仰，靠在沙发上："在修炼的过程中，蛟开始修炼内丹，称之为蛟珠。这玩意儿，是它的保命符，凝聚着它的大部分的修为，凝结着无尽的精华之气。"

"为什么要保命呢？"

"那是因为要成为龙，必须经过雷劫！"李黑眼咬牙切齿，"那是一条蛇最终变化为龙的过程中，最为凶险也是最难扛的一道难关，辛辛苦苦修炼到这一步，要接受的是天地的考验！扛过去了就是龙，扛不过去，之前的所有努力和凶险都化为泡影！"

"雷劫是什么？"

"就是老天降下九道天雷，威力巨大！这个时候，蛟有两样保命东西，一样，就是水！通过潜伏于深深的水下，可以抵御一部分，这也是蛟为什么不上山而选择下水的原因，但最根本的保命符，则是蛟珠！它会吐出蛟珠，以蛟珠上凝聚的自己无数年的修行之力来抵抗天雷！"李黑眼说得激动起来，"如果它能够顺利地度过雷劫，那么蛟就会四爪生出五爪，成为真正的龙！而那颗蛟珠，则成为大家都知道的龙珠！"

"天！原来成龙这么不容易！"韩麻子感慨万千，"这概率等于芝麻从高空中掉下来，正好落在一个针尖上！"

"那是自然！所以说，一条龙，那代表着无尽的苦难！所以它神圣！"说到这里，李黑眼看着小臭哥儿仨，"道士和张献忠在黄河水湾龙脉处看到的，正是一头修行无数年的蛟龙！那条蛟龙，不但修出了龙形，而且炼成了蛟珠，就等着最后一步度劫成功，便可成为神圣的龙！"

"真是可惜了！"小臭原本还对那怪物厌恶万分，可听了李黑眼的讲述之后，反而对那蛟同情起来。

"自然是可惜！眼见得就可成龙，被道士彻底断了希望！"李黑眼双目露出凶狠之光，"这勾当，做得伤天害理！"

"可道士也是为了张献忠好呀。"韩麻子道。

"李掌柜，我有点儿不明白，"小臭道，"为什么张献忠母亲的尸骸投入蛟的肚子里，就能成就一番大业呢？为什么要装入铜棺而且涂上地狼血呢？为什么那蛟就不能吐出来呢？为什么老道要夺走蛟的蛟珠？那蛟之后又会怎样？"

小臭一连串的问题，把李黑眼问得焦头烂额。

李黑眼抽了一口烟："首先，你们要明白一件事，那老道并不是为了张献忠好，他的根本目的是利用张献忠去夺取那颗蛟珠。至于为什么不是为了张献忠好，我会在下一个传奇里面说。"

小臭倒吸了一口凉气。

"从蛟口中夺蛟珠，那可比虎口拔牙难多了。这么说吧，这世界基本上就不存在什么东西能完成这个'壮举'！"李黑眼也是佩服万分，"道士之所以成功，我想是因为他身上有一个极为牛叉的异宝！能够将蛟镇住，就是从道士袖子中飞出的那道紫光！"

"什么宝贝能把蛟都镇住？不可能吧！"小臭觉得不可思议。

"天地之间，异宝分为天地人三种，蛟珠已经是天宝中的中等了，那能镇住蛟的，只有天宝中的最上等，也是所有异宝中至高无上的存在！这种东西，自盘古开天地，就寥寥可数。至于道士手里头的东西是什么，我也不知道。"李黑眼摇了摇头。

"那他夺蛟珠干什么？"

"废话！蛟珠是什么东西？里面有蛟龙无数年的修行。干憋宝这行的人，中间有极少数因为和异宝打的交道多了，或者因为有了什么奇遇，吞吃了异宝，那身心都会发生巨大变化，变得非人非妖，需要借助这种东西修行，一旦成功，那就能够参透天地造化、通阴阳二界，基本上等于成就不死之身了。"

"胡扯吧！"

"你们就随便这么一听，我也不知道是不是真的，"李黑眼笑了一声，"那老道夺蛟珠，十有八九是为了这个。"

众人沉默。

"将尸骸放入铜棺，是因为铜棺不会腐朽，即便是在蛟的肚子里，也不会烂掉。至于为什么棺材上涂了地狼血，也是有原因的。地狼乃是极为阴煞之物，蛟珠被夺，蛟正是最为虚弱的时候，涂着地狼血的铜棺被吞入肚子，就如同吞了一个鱼钩，地狼血的阴煞之气，会将铜棺永远留在蛟的肚子里，"李黑眼叹了一口气，"可怜那蛟，被夺了蛟珠，成龙化为泡影，再也不能离开那龙脉，又吞了铜棺，吐不出来，只能带着张献忠母亲的骨骸，永远蛰伏在龙脉之中，就如同坐牢一般，还是无期，活生生成为一个肉体的棺椁。而张献忠的先人遗骸，则可以永远受那龙脉之气！"

"真是狠呀！道士一箭双雕！"张小臭道。

"天下的事情，就没有全是好的。"李黑眼摇了摇头，"那么做，的确可以让张献忠成就一番大功业，借着龙气甚至登上九五之尊，但是你们别忘了，那是蛟，不是真正的龙！道士之所以那么讲，说白了，还是为了自己夺蛟珠利用张献忠。"

众人唏嘘不已。

李黑眼说完这个故事，车子已经过了太原。大家都累了，各自回去睡觉。

小臭一晚上辗转反侧，长叹不已。

第二日，众人不约而同起了个大早。

"哟，稀罕了，之前都睡到日上三竿才起来，今儿是怎么了？"小臭看着韩麻子等人，乐得不行。

"哎呀呀，被那混账吊胃口吊得一夜睡不安！"韩麻子拿了根油条，咬了一口，走到李黑眼跟前坐下，"李掌柜，张献忠之后又遇到了什么样的传奇？"

"嗨，行呀你们，把我当成说书的了，"李黑眼哭笑不得，"我说过了，这些都是传说，真真假假，虚虚实实，不一定是真的。"

"反正也是无聊，说说呗。"小臭坐到了对面。

见众人一个个眼巴巴望着自己，李黑眼点了点头，道："行，那我就接着往下说。"

黄河河湾中，张献忠"蛟腹葬母"这件事情干完之后，当天晚上道士就和张献忠分道扬镳。临走之时，道士给了张献忠一笔银子，很是不少，足足有几百两。

捧着这几百两银子，张献忠还做什么放羊倌呀？就想着赶紧回去找亲爹，用这银子盖房子置地，再也不用过苦日子了。

于是乎，张献忠喜滋滋地踏上了回家之路，哪知道半路上碰到了一股土匪，不但将银子抢光了，还将他扔进了山沟。张献忠命大，被悬崖上的一棵树挂住，这才捡了一条性命。

辛辛苦苦回到老家定边柳树涧，和父亲待了一年，不料时局越来越动荡，旱灾也越来越严重，饿殍遍地，盗贼如蚁。日子眼见得过不下去了，没办法，张父将家里所有值钱的东西都卖了，贩了一车红枣，又买了一匹马，准备拉着枣子到延安府去卖。延安府乃是陕西的重地，那里安定些，一车红枣如果顺利，倒是能赚一点钱。

父子两个，一路颠簸，中途躲避灾民、盗贼，风餐露宿，辛辛苦苦自不必说。终于，这一日，来到了延安府。

进得城来，两人推着车子，沿街叫卖，也是运气好，正好碰到一个大财主，家里开着酒馆客栈，愿意出高价将一车枣子买了，把父子两个乐得够呛。连日奔波，张父病了，高烧不止，见人家已经要了枣子，就将车子交给张献忠，让他把枣子给人送去，把钱收回来，自己则先回去城外的栖身地——一座破庙休息。

张献忠推着车子，将枣送到财主家，怎料到财主欺他年少，陡然变脸，扔下四百个大钱，强行将枣子夺了。张献忠与他们分辩，那财主手底下一帮仆人如狼似虎，将张献忠打得遍体鳞伤，连车子都砸了，扔出府外。

"那财主是四川人，从此之后，张献忠对四川人恨之入骨。"说到这里，李黑眼叹了口气。

张献忠牵着马，揣着四百大钱，一瘸一拐，出了财主的门，没走多远，也是祸不单行，遇到一伙官兵，将他那马又抢了去！

可怜张献忠，被抢了枣、砸了车、夺了马，只剩下四百大钱，这笔生意，赔到家了！想着回去无法交差，父子两个恐怕要活活饿死，张献忠心如死灰，没办法，干脆跳河吧！

一瘸一拐，来到护城河，找了个桥，正准备跳呢，忽然间桥边一帮人围着殴打一个乞丐。

那乞丐，骨瘦如柴，一把年纪，抱着脑袋，由着那帮人打。

张献忠原本就是个好打抱不平之人，见这么一帮人欺负个老头儿，很是气愤，走过去问怎么回事。

打人的，是护城河边酒馆的伙计。他们说这老乞丐一连好几天去他们酒馆吃饭喝酒，点的全是好酒好菜，吃完了，人就没影了，因为这事，伙计们被掌柜的打了好多回，今日正好在此碰到，正好教训，往死里打。

"我无儿无女，肚子饿，也是没办法呀！"老乞丐抱着脑袋，嗡嗡地说，样子十分可怜。

张献忠问老乞丐吃了多少钱？

伙计们说起码四五百大钱。

张献忠将身上那四百大钱全部拿出来，都给了伙计，救了老乞丐一命。

那老乞丐也是混账，一声谢都不说，兀自走了。

张献忠见一个老乞丐都知道活命，自己一个汉子，难道真要跳河不成？再说，想起道士跟他说的大功业，也便重新又有了活下去的希望。

孑然一身回到了破庙。张父正烧得打摆子呢，见张献忠两手空空而回，而且伤痕累累，忙问怎么回事。张献忠一一说了，张父听了，顿时哭天抢地，抱头痛哭。

闹腾得累了，父子俩躺在稻草里歇息。

半夜，张父口渴，爬起来，到外面胡乱喝了几口水，进了屋，往稻草堆那里一看，可不得了了！

张献忠躺着的那地方，哪里是他儿子，分明是一只白色吊额老虎！

想起张献忠母亲梦到白虎入怀，又想起算命先生当年说的话，张父心底一片黯然——儿子是白虎转世，克父克母，想来丝毫不差！生下时就让母亲难产而死，跟着自己，转眼把什么都弄没了，这要再跟着他，自己恐怕凶多吉少！

张父想到这里，长叹一声，罢罢罢，不如离此子而去，还能有活命。

于是，趁着张献忠睡着，张父收拾了衣服，偷偷离开了破庙。

不说张父离开，且说张献忠，睡到后半夜醒来，旁边不见了父亲，大惊失色——时局动荡，延安府城外的这一带山林，盗贼成群，父亲莫不是半夜出门撒尿，让盗贼给绑了去？

张献忠起来，摸了弓箭背在身后，大步出庙，在山林中寻找父亲，寻了一两个时辰，果然发现一伙盗贼喧嚣而来。张献忠急忙躲于一旁，看着盗贼从身边飞驰而过，却没有发现父亲的身影。

张献忠跳出林子，又走了几步，忽然见到前方不远处的灌木丛人影晃动，大吃一惊，以为是有盗贼埋伏于此，立刻张弓搭箭，射了过去。

灌木丛中的人，应声而倒。

张献忠奔过去，分开灌木丛，见了那人，却是号啕大哭——被自己射死的，哪里是贼人，分明是自己的父亲！

可怜张父，想要离开儿子，避开那克父克母的诅咒，终究是老天注定，被自己的儿子活活射死！

张献忠哭了整整一夜，天亮了，寻了个地方埋了父亲。

众生芸芸，自己从此孤身一人；天地虽大，却没有自己立锥之地，张献忠无比悲伤，干脆不回定边柳树涧，来到延安府城中，靠着给别人当伙计、卖苦力甚至乞讨，维持生活。

他为人刚猛仗义，又慷慨大方，所以几年之后，名声就在延安府的底层流传开去，提到张献忠，延安府的百姓人人竖起大拇指。到后来，连官府也知道了，延安知县召见张献忠，见他是条汉子，就给了他个差事。虽然是个扫地、干杂活的，可也算是成了公家人，日子倒也勉强过得下去。

这一日，张献忠干完了活，在城里溜达，正走着呢，突然被人拉住。

一回头，却是当年救的那个老乞丐。

老乞丐见了张献忠，十分欢喜，道："那日多亏恩公相救，才能活了一条性命，这些年日日念着恩人的好，总算是碰到了！恩公，若不嫌弃，到我家中做客，也算是我聊表心意！"

张献忠哈哈大笑："些许小事，何足挂齿，不提也罢。"

他当初救人，就没图什么回报，再说，这老乞丐，衣衫褴褛，去他家里做客，能有什么好吃的好喝的？

怎知这老乞丐却是异常坚持，死活拉着张献忠不放。

张献忠没办法，只得跟随老乞丐而去。

老乞丐领着张献忠在城中兜兜转转，也不知道走了多久，来到了一处破土地庙，断壁残垣，破败不堪。

二人进了一间偏殿，老乞丐热情地张罗饭食，满满当当摆了一桌。

张献忠一看，无非是一些剩菜剩饭、粗粮馒头、腐烂水果之类的东西，酒倒是有，乃是山中野果酿造的老醋酒。

老乞丐给张献忠倒了一盏酒，让张献忠赶紧吃菜。

张献忠坐在位子上，看着这些狗都不吃的食物，被一股股馊臭味熏得脑仁都疼，如何下得了口？

"恩公，这些可不是一般的酒菜，好着呢！快吃，快吃！"老乞丐劝道。

张献忠知道乞丐是好意，这些东西，对老乞丐来说或许是难得的佳肴，可对自己来说，闻都闻不下去，只得推脱自己刚吃过，没有胃口，筷子都不曾动一下。

老乞丐叹了一口气，道："可惜了。"

张献忠以为他说的是酒菜不吃可惜了，就赶紧转移话题，随便说了几句，就要起身告辞。

"恩公，先别急，有些事，老丐我想跟你说道说道，"老乞丐摁下了张献忠，一双眼睛在张献忠的脸上打量了一下，道，"恩公，我观你面相，乃是少有的命中出横，白虎转世，克父克母，这种命相的人，往往十有八九都是早早横死之命，极少数一生坎坷，成就不世之功，但结局也不会太好……"

张献忠被老乞丐说得一愣，他原本以为此人就是个普通的乞丐，想不到竟然一眼就能说出自己的底细，不由得暗自惊讶。

"命中出横的人，老丐我倒是遇到过一些，但没有一个像你这般。"老乞丐正色道。

"我怎么了？"

"你，似乎被改命了，"老乞丐道，"横命最难改，而恩公你的面相，却出现大富大贵之相，肯定是中途出了什么变故。"

张献忠见他说得极准，便不再隐瞒，将当年和道士的那些事儿一五一十说了出来，特别是蛟腹葬母。

老乞丐听了，倒吸了一口凉气："难怪！恩公，你的命相，属于火横，就是火命太旺，先人骨骸葬入水地，最为合适。不过，葬于蛟龙之腹，却是……"

"却是怎么了？"

"恩公，蛟龙虽然是难得的灵物，它所在的地方固然是万年的吉壤，但毕竟不是真正的龙！那道士夺走了蛟珠，让修行无数年的蛟失去了成龙的希望，又将地狼血涂抹的铜棺塞入它的腹中，这样固然能够依靠龙脉以及蛟的灵气催发，大富大贵，甚至成就难得的功业，可你想过没有，那蛟该是如何的气愤！冲天的怨气之下，你母亲的骨骸即便是龙脉浸染，即便你因此飞黄腾达，恐怕到头来也会死于非命！"

"死于非命！"张献忠听得直冒冷汗，"那道士可是说我会成为九五之尊的！"

"蛟非龙，九五之尊，怕也有名无实，"老乞丐摇了摇头，"而你，必将结局惨淡，死于非命。"

"这可……如何是好！"张献忠面如土色。

老乞丐叹了一口气："照理说，老丐我不该管这人间烟火事，但那日你救了我一命，所以定当报答于你。恩公，要想摆脱这死于非命的结局，唯有称为化外之人，才行！"

"化外之人？你的意思是让我出家？"

"然也。跳出三界外，不在五行中，一心修道或者悟佛，方能平安一生。"

"不可能。"张献忠摇了摇头，他怎么可能会出家。

"恩公，我是良言相劝，你务必要认真考虑！"

"我这性子，若是出家，还不如死了。"任凭老乞丐如何劝说，张献忠只是不答应。

"也罢！可惜了，真是可惜了！"老乞丐连连摇头，"恩公，那道士并非是为了帮你，我猜十有八九乃是利用你去夺那蛟珠，你不过是成了他的工具而已。此人修为了得，你以后若是再碰到他，可一定要当心！"

"这个，我知道了。"张献忠思来想去，觉得老乞丐说得有道理。

二人又说了一会儿话，张献忠心情不好，起身告辞。

老乞丐站起身来，取了几个大石榴，递给张献忠："几个石榴，送给恩公，解你一时之需吧。"

张献忠暗笑，几个破石榴，能解什么需？

但碍于面子，张献忠还是接过来，塞进了随身的包裹里。

老乞丐送张献忠出门，一边走一边不住摇头，连连说可惜。

"可惜什么？"张献忠不解。

"恩公和仙道无缘，以后将成为人祸。"

"人祸？"

"然也。恩公，你一生，且要牢记我的一句话！"

"什么？"

"遇凤而陨。"

"何意？"

"此乃天意，不可说。你千万要牢记。"老乞丐说到此处，便不再言语。

张献忠出了土地庙，心情不好，回到官衙忙活了一天，回到家中，也不想吃饭，顺手将包裹丢在床上就要睡觉，却听得那包裹砸在床板上，发出咣当的沉重闷响。

"这包裹中都是一些衣物、信札之类的，怎么会……"张献忠纳闷，打开来，却赫然发现里面的几个石榴，金光灿灿，俨然是成色十足的黄金！

直到这时，张献忠才明白自己碰到的根本不是一个乞丐，而是仙人要度他，急忙跑去土地庙，却见里头空空荡荡，那老乞丐早已不知去向。

张献忠虽后悔得要命，却也无可奈何。

不过，老乞丐送给他的那几个金石榴，倒是真的帮上了他的大忙。张献忠将这几个金石榴换成了银子，腰缠万贯，不仅自己日子好过了，还用这些钱四处接济穷苦之人，打点上下，又过了几年，不仅整个延安府的百姓、混混、游侠对其交口称赞，便是官府也觉得他不错，提拔他当了捕快，成了延安府出了名的一号人物。

捕快虽然官职不高，却权力极大，张献忠领着一帮手下，整日里游走各处，缉拿盗匪及为非作歹之徒，日子虽然辛苦，可他如鱼得水，大块吃肉，大碗喝酒，快活无比。

又过了两年，张献忠已经快要将当年的事情忘了。

这一日，张献忠带领手下到一个山村捉拿了几个贼人，事情办得很顺利，当晚就在村中大户家豪饮，酒吃得正好，一个手下匆忙跑来，说是有故人找他。

张献忠认识的人多，自己都记不清有几个故人了，就让人领进来。

手下出去不久，带进来一人，张献忠看了，不由得酒意全无——眼前那人，不是别人，正是当年的那个道士。

"道长，一别多年，想不到今日竟然会在此重逢！"张献忠急忙将道士引入酒宴。

道士也不客气，喝酒吃肉。张献忠问他这些年去了哪儿，道士也是不说。

酒宴结束，张献忠将老道带进了自己的屋子，给他倒了杯茶："道长，此次寻我，莫非有事？"

道士哈哈大笑："贫道游走四方，路过延安府，听说你混得不错，就来看看。"

张献忠笑了一声，却不相信道士的话。

"托道长的恩，献忠如今倒也过得不错，若是道长有用得着我的地方，尽管说。"

"果然是个有信有义的汉子。"道士点了点头，"献忠呀，贫道当年那件事，保你能成就一番大功业，不要着急，只需静待时机，这天下，马上就要变了。"

张献忠点了点头。

"我这些年四处奔波，也是累了，见到你，正好休息休息，你若不嫌弃，这些日子，我跟着你蹭吃蹭喝，如何？"道士笑道。

"道长说笑了。道长能够在我身边，那是我的大福气。"

"如此甚好。"

二人闲谈了一夜，各自睡去。

从这一日起，不管张献忠到哪里，道士都跟着，不离左右，白天如此，晚上也一定要跟张献忠睡一间屋子。

张献忠原本觉得没什么，但后来慢慢发现不对劲。

道士是憋宝之人，干这行当的，一向是行踪不定，绝对不会在一个地方待很长时间，可算一算，道士跟着自己，已经快二十天了，丝毫没有要走的意思，而且每晚执意要和自己同屋而眠。

这就有些蹊跷了。

虽然心中嘀咕，但表面上，张献忠还是对道士言听计从、尊敬无比。

这一日，张献忠回到官衙交差，发现换了个上级。新来的官员，当着所有人的面，给了张献忠一个下马威，一会儿说他事情办得不好，一会儿说延安府盗贼横行，都是张献忠办事不力。

张献忠混了这么多年，明白新官是在暗示自己赶紧送银子。只好问了一下他的师爷，师爷很是实在，让张献忠送二十两金子，不但可以保住现在的官职，还能升上延安府的总捕头。

原先那些钱，张献忠早花完了，他为人慷慨，这些年也没存下钱，莫说二十两金子，就是二十两银子也拿不出来！

从官衙回来，张献忠垂头丧气。

道士见了，问了一通，张献忠实言相告，道士哈哈大笑。

"区区二十两金子，就让你难为成这样？"

"道长，二十两金子！"张献忠大声道。

"莫要烦恼，该干什么干什么，贫道来想办法。"道士微微一笑。

过了几天，新官说延安府东边的几个村镇发现了盗贼，让张献忠前去缉拿，说是事情办不成，严惩不贷。

张献忠领了几个人，和道士一起，快马加鞭，到了地方，发现根本就没有盗贼！这分明是新官成心要对付自己！

当晚住在一户村民家中，吃着饭，张献忠闷闷不乐。

农户都是朴实之人，见张献忠不高兴，就想尽各种办法来逗乐子。

"张捕头，我们这里，可有一件怪事呢，说与你听！"农户道。

"哦，什么怪事？"

"我们村子，不大，拢共也就十三四户人家，村外全是庄稼地。说来奇怪，每年到了庄稼快要成熟的时候，总有一群白猪夜里前来偷吃庄稼！不管我们想什么办法，都逮不着！"

"那肯定是周边村庄养的猪偷跑了。"

"我们原先也这么想，周围的村庄都问遍了，也没有一户人家养了这五头白猪！蹊跷的是，每年都来，这算起来，已经差不多二十年了。"

"二十年！"张献忠睁大眼睛，"不可能，一头猪再怎么着，也不能活二十年！"

"是呀！我们也这么认为。所以大家都说碰到了猪精！"农户笑道，"过几天，我们打算请山上的和尚前来捉妖！"

"你的意思是，眼下又到了它们来祸害庄稼的时节了？"

"嗯。前天还有人半夜看到了。就这几天出来。"

农户的话，一帮人都当成笑话听，吃完了，各自歇息。

张献忠和老道回到屋里，衣服也不脱就躺下，想起如何弄那二十两金子给上头，张献忠闷闷不乐，辗转反侧。

到了后半夜，刚睡着，被道士叫醒了。

"道长，这三更半夜的，作甚？"

"且起来，今晚你那二十两金子有着落了。"道士笑道。

张献忠不知道道士葫芦里面卖的什么药，只得起身，跟着道士出了农舍。

正是深夜，月华如水，村庄外面的麦地里白白的雾气涌动，正是麦子灌浆的时候。

道士领着张献忠，来到一块三角地跟前，蹲在草丛之内。

"道长，你这是……"

"别说话。"道士沉声道。

忍受着蚊虫叮咬，蹲了差不多半个时辰，张献忠困得快要睡着的时候，突然听到麦田之中传来呼噜呼噜的响声。

"来了。"道士微微一笑，往前面指了指。

顺着道士手指的方向，张献忠这么一瞧：嗨！五头白花花的大猪，一字排开，呼噜噜走进麦地，大口大口吃着小麦，欢快无比。

"这谁家的猪呀！竟然全是白猪，而且这么肥！"张献忠想上前捕捉，被道士拦住。

"哪里是什么猪。且看贫道的手段！"道士突然站起来，直奔那五头白猪而去。

听到脚步声，五头白猪发现了道士，掉头就要跑。

"孽障，碰到贫道，算你们倒霉！"道士哈哈大笑，手一挥，就见从袖中飞出一道紫光！

这紫光，张献忠太熟悉了，当年道士对付那头蛟，便是此物！

紫光快如闪电，落于五头白猪上方，放出耀眼光芒。

再看那五头白猪，发出恐惧的呼噜声，动也不能动，随后听得砰砰砰砰砰五声闷响，消失在麦田中。

"还是让它们跑了！"张献忠大声道。

"跑？贫道能让它们跑了？"道士指了指眼前的麦地，"你且过来看看！"

张献忠走过去，发现麦田之中，竟然躺着五个白花花的小银猪，每一个，足有脸盆大小，惟妙惟肖，月光一照，煞是好看！

"刚才分明是大肥猪，怎么变成了小银猪？"张献忠眼珠子掉了一地。

"人世之间，黄白二物，日久便会如此。"道士说。

所谓的黄白二物，指的是黄金和白银。

"这两样东西，其一不易损毁，流通千百年乃是常事。其二，这千百年之中，经过无数人的传递，无数人带在身上，早已吸收了无数的人体精元，日头久了，就会闹事，"道士笑道，"若是再因为某些原因，埋于地下，吸收日月精华、大地瘴气，就会成精，变成金银之宝。这种宝，在我们憋宝行当里，属于人宝中最下等的。"

"原来如此。怪不得我听说富贵人家埋金银，都会用瓦罐装起来，还会在上面系上红绳子。"

"瓦罐隔离精华，红绳子镇煞，也就不会让金银出现这种事。"道士打了个哈欠，"这五头小银猪，够你打点上官的吧？"

"够了！一头就足够了！"张献忠哈哈大笑。

费尽力气，将五头小银猪搬回房间，用大锤敲碎了，装进袋子里，第二日借了辆马车，回到延安府。

张献忠将银子兑换出三十两金子，二十两给顶头上司，十两给师爷，乐得二人眉开眼笑，拍着胸脯说延安府的总捕头非张献忠莫属。

了结了这件事，张献忠心情大爽，心中对道士也是万分感激，出了官衙，在延安府最好的酒楼订了一桌子佳肴，让伙计送入自己家中，又拎了一坛好酒，高高兴兴赶回来，要与道士痛饮一番。

想不到走入房间，却见道士愁眉苦脸，唉声叹气。

"道长，你这是怎么了？"

道士不说话，哭丧着脸，忧心忡忡。

"道长遇到了什么难事？若是如此，尽可告知献忠，献忠不才，定然竭力相助！"张献忠道。

听到这话，道士抬起头，双目垂泪："献忠呀，事已至此，贫道跟你说实话吧。贫道之所以这次来投奔你，是因为摊上了大事。"

"什么大事？"

"贫道行走江湖，得罪了不少人，其中有一伙儿仇家，一直对我穷追不舍，也是祖师爷护佑，屡屡对我出手，我屡屡逃脱。不久前，他们打探到了我的行踪，我估计这一两日就会追来，我命休矣。"

张献忠听了，哈哈大笑："我当是甚事，原来如此！道长不必忧虑，区区几个螽贼，若是敢来，我定然一刀一个剁了，保道长完全!"

道士摇摇头:"这伙儿人,可不是一般人,极为了得!"

"那我便多找一些人,在延安府,我还是有不少的朋友。"

道士摆摆手:"人多了反而不妙,献忠,只有你能救我。"

"道长且说如何救?献忠义不容辞!"

"好,你且如此如此……这般这般……"道士趴在张献忠耳朵上,仔仔细细叮嘱了一番。

张献忠听了,大愕:"就……就这么简单?"

"然也,今晚我的性命,就全拜托你了!"道士说完这话,抬头看着门外,面色复杂。

第十三章 落宝金钱

般若寺，乃是延安府外最古老的一座寺庙。没人知道这寺庙修建于哪朝哪代，历经战乱，早已经破败了，成了一片废墟之地，只有倒塌的巨大殿堂，还显示着它曾经的辉煌。

这一夜，这座荒废了无数年的寺庙，突然亮起了灯。

倾倒的大殿一侧，明晃晃点了两根蜡烛，蜡烛下方，坐着两个人。

一个形容古怪的汉子，一个蹊跷的道士。

“道长，你的那伙儿仇家，到底是何人?”张献忠手里拿着个鸡腿，一边吃一边问。

“这个，你就不需要知道了，”道士苦笑，“知道多了，反而对你不好。”

道士不愿意说，张献忠也就不再多问了。

“睡吧，我叮嘱你的事，千万别忘了！不管听到什么，看到什么，你都不要说话，也不要动！只管躺在这里，绝对不能出了这大殿，明白吗?”道士表情极为严肃，“这关乎贫道的身家性命。”

"道长，你放心吧，我就是死，也不会出殿！"

"那便好！剩下的，就看贫道我的了。"道士点了点头。

吹灭了蜡烛，二人躺倒。

大殿一片漆黑，外面倒是月华如水，亮如白昼。

山风呼啸，林莽涌动，四下静寂无声。

心中有事，张献忠如何睡得着？黑暗中睁着双眼，看着外面。

就这么等了不知道多久，张献忠撑不住了，眼皮越来越重，眼见就要进入梦乡，忽然听到咔嚓一声闷响！

张献忠听得分明，这声响，分明是打了一个雷！

一骨碌爬起来，却见外面原本皎洁的月光，被浓云覆盖，夜空漆黑如墨，涌动的云层相互挤压，越来越低，覆盖于整个寺庙之上。

那闷雷，便是从云层中响起！

"这么快就变天了？"张献忠勾了勾头，见云层越来越大，其间隐隐有电闪之光，也是吓了一跳。

"来了。"旁边的道士低喝了一声，声音颤抖，端坐于张献忠旁边，似乎很是恐惧。

"你的那帮仇家来了？"

"然。记住我之前跟你说的话！"道士不想多说，双手插入袖中，身体如同拉开的一张大弓，紧绷着，做好了随时出手的准备，嘴角微微颤抖。

张献忠和道士相处这么久，还从来没见他如此恐惧过。

咔嚓！咔嚓！咔嚓嚓！

外面天空越来越昏暗，雷声不绝于耳，震得张献忠耳朵嗡嗡作响！

一道道闪电，犹如一把把利剑，自云层中狠狠劈下，击在院中，将一块块顽石炸得粉碎！

张献忠全身冰冷，他看出来了，这雷，这闪，分明是对着大殿而来。

就在此时，只见大殿斜上方，无端生出一股旋风，接天连地，将那云层拉扯而下！

云层距离地面，也就十几丈高，从中传来无数的人马嘶喊之声、兵器碰撞之声！

"孽障在此，死来！"

"这么多年，寻得我等万分辛苦，今日定要将其击杀！"

"天道恢恢，祛魔斩邪！"

"小小孽障，竟也敢有非分之想，今日便让你身死道消！"

从云层之内，传来一声声厉喝，无比的愤怒！

与此同时，张献忠也隐约看到云层中似乎站着很多身影，虽然看不清脸面、装饰，但高大无比！

"道长，他们便是你的仇家？"张献忠再笨，这个时候也能看出云层中的那些人，定然不是寻常之人！

"正是。"道士咬了咬牙。

"受死！"随着一声声呐喊，一道道天雷、闪电，迅疾炸响、劈下，快速奔向大殿，所到之处，石开砖碎，威力无穷。

"这要是挨上，肯定变成肉渣！"天威面前，张献忠也是吓破了胆。

呜！

大风骤起，就见云层翻滚，一个巨大的球形闪电在孕育，目标正是大殿！

"完了，要死翘翘了。"张献忠看了，肝胆俱裂！

咔！

雷声咆哮，闪电正要释放，忽见云层中一阵晃动，接着，一个声音传来——

"且慢！大殿中竟然有白虎星在！若是伤了，天帝必怒！"

"好个狡猾的孽障，竟然拉白虎星做挡箭牌！可恨！"

"然则，如之奈何?!"

"不能再让此孽障跑了！"

"不能伤了白虎星！"

"我看，莫用天劫之击，用雷震！"

"雷震？可！"

云层中讨论了一番，那球形闪电缓缓熄灭，接着一道道天雷，滚滚而下！

这些天雷，乃是一道道水桶粗细的闪电，夹带着风雨之声自半天之中霹下，角度十分刁钻，一点点地击穿大殿，却又没有造成巨大的破坏，游走于张献忠和老道的藏身之处，似乎十分顾忌。

张献忠看着大殿旁边炸开的一道道深坑，看着那在自己身边游走的电光，算是明了了——那帮人要除掉老道，老道把自己当了挡箭牌，似乎是因为自己，那帮人投鼠忌器，不能放手一搏。

这老道，又利用了自己！

想起当年对付蛟龙那一手，张献忠勃然大怒。

他性格刚硬，最讨厌的就是被别人利用。

但即便心中愤怒，此时也不敢乱动。

再看道士，面色如土，瑟瑟发抖，一双眼睛，死死盯着劈下来的天雷。

"这样不行！只有三道天雷了，若是不能击杀那孽障，又要等上六十年了！"

"没办法！再将天雷近些！千万别伤了白虎星！"

云层中人似乎十分焦急，话音未落，一道比先前威力巨大得多的天雷滚滚而下。

轰！

天雷就在张献忠面前一两米处炸开，将地面炸出一个巨大深坑，雷光电闪如同游蛇一般，擦着张献忠的身体呼啸而过！

张献忠虽然没伤着，可全身毛发竖起，面如黑炭，身体更是被爆炸的气息扫着，高高飞起，落于三丈之外。

"好了！白虎星不在身旁，可全力降雷斩了那孽障！"云层中传出欢呼之声。

紧接着，一道天雷带着龙吟之声，滚滚而下！

那气息，带着无比的尊严和威力，压迫得空气都扭曲变形！

此刻的老道，须发皆张，五官狰狞，抬着头，看着天，暴喝一声："想斩了贫道，休想！且看我宝贝！"

言罢，大手一抬，一道紫光飞出，悬于头顶，散发出耀眼的光芒来！

"孽障！若不是这至宝，早将你碎尸万段！"

"斩了他！莫再让他玷污了这至宝！"

"斩了他！"

在愤怒的吼叫声中，那道天雷，轰隆而下！

轰！！！！

天雷咆哮，重重击打在那紫光之上，发出无比的巨大响声。

张献忠被震得扑哧吐出一口鲜血来。

再看过去，发现大殿的一边彻底被炸毁，老道虽然耳鼻出血，却并无大碍，而头顶那道紫光，却是黯淡了几分。

"只有一道天雷了，如何是好！"

"再加大威力！便是毁了这至宝，也要将这孽障击杀！"

"可恨，若是如此，那至宝真是可惜了！"

"谁说不是！自打盘古老祖开天地，这样的宝贝，也没几样！"

"斩了吧！"

云层中七嘴八舌。

与此同时，一道天雷再次孕育。

这最后一道天雷，可非同小可，滚动闪烁，望之可怖！

看着那道天雷，看着道士头顶悬浮的那件至宝，张献忠目光变得灼热起来。

他一生最恨被人利用，道士三番五次将自己当枪使，这让张献忠无比的恼火，又听闻那件至宝非比寻常，当下有了主意。

趁着道士聚精会神盯着空中天雷之际，张献忠闪转腾挪，来到近前，忽然高高跃起，伸手将那紫光抓入手中，接着身子在地上接连翻腾，滚出大殿之外。

变化来得太快，道士目瞪口呆。

就在此时，云层传来大喜之声："好个白虎星！哈哈哈，快降天雷，斩了那孽障！"

轰！

天雷怒吼，滚滚而下！

道士瞳孔收缩，来不及多想，大嘴一张，脖子涌动，吐出一物，光华灿烂！

轰！

两道光芒狠狠撞击在一起，一座大殿化为灰飞！

"斩了吗？"

"不好！那孽障竟然持有蛟珠！"

"功亏一篑！可惜可恨！"

张献忠闻言，吃了一惊，转过脸去，却见飘荡的灰尘之中，立着一个人影。

正是那道士，全身是血，披头散发，那颗蛟珠，碎为无数块，跌落地上，迅速成为尘土。

"虽雷劫已过，可也要斩了这妖孽！"云层中发出破空之声，分出一道寒光，直奔道士而去。

道士转过身，五官扭曲，一张脸比鬼都难看，盯着张献忠，带着无比的怨恨："张献忠！好个忘恩负义之徒！夺我至宝，毁我蛟珠，二十年后，贫道要让你死无葬身之地！"

言罢，道士双脚一跺，身形如电，转眼就不知所踪。

逃了道士，云层中偃旗息鼓，很快夜空朗朗，就像一切都没发生一般。

张献忠呆呆坐在地上，好久才缓过神来。

这一切都像是做梦，唯有面前的一片狼藉证明方才发生的不是虚幻！

张献忠爬起来，摊开手，想看看那至宝到底是何物。

却见自己手心中，躺着一枚小小的大钱！

所谓的大钱，自然是那种天圆地方的流通货币，不过这大钱和一般的铜钱不一样，非金非铜，看不出材质，通体呈现浓紫之色，质地坚硬，气息氤氲。

铜钱之上，有四个篆字——天下太平！

说到这里，火车之上，李黑眼深吸了一口气："这是发生在张献忠身上的第二个故事，名为'古寺夺宝'。"

"我当是什么至宝，竟然是一枚大钱！哈哈哈，实在是笑死人。"小臭听到这里，极为失望，连连摇头。

不单是他，韩麻子、蛤蟆头也是接受不了。

也难怪，铜钱太常见了，两个大子儿就能买个烧饼，吹嘘得极为玄乎的至宝，竟然是枚大钱，也难怪他们失望。

只有溥五爷听了，激动得手里的茶杯都掉了下去，一把扯住李黑眼："你再说一遍，那大钱什么样？"

李黑眼瞅着溥五爷："非金非铜，通体浓紫，上有四个篆字——天下太平。"

"原来如此！原来是它呀！"溥五爷双目圆睁，"竟然在那道士手里！竟然落到了张献忠的手里！"

溥五爷这模样，让小臭很奇怪："溥五爷，怎么了？你知道这枚破钱？"

"破钱！"溥五爷恨不得一巴掌拍死张小臭，"瞎了你的狗眼！这可是价值连城、万金不换、天下第一的至宝！"

"怎么就是至宝了？"

"别的我不知道，我只知道，它，曾经是大明朝的国镇！"溥五爷道。

"国镇？"这个词，对于小臭来说，并不陌生。

"镇住一国气运的至尊之宝！"溥五爷大声道。

"溥五爷，你且等等！"小臭举起手，示意溥五爷先停下，"国镇，我听过，就是镇物之中最为厉害的存在，但是溥五爷，您说得不对呀！"

"怎么就不对了？"

"大明朝的国镇，有五个，分别按照五行之理，布置在京城的东西南北中，这是明明白白的！"小臭道。

溥五爷哈哈大笑："小子，行呀，竟然连五大国镇都晓得，不错。不过，你可知道，那所谓的五大国镇，其实并不是真正的国镇。"

"此话怎讲？"

"国镇者，镇的是一国的气运，镇的是中华万里江山的气运，镇的是兆万黎民百姓的气运，虽然历史中曾有不同的国镇，但每一朝，只有一个！"

"那五大国镇怎么讲？"

"京城东西南北中那五大国镇，只是勉强为之。"溥五爷解释道，"那五大镇物，准确地说，应该是城镇。就是一城的镇物。但因为北京是明朝的都城，关系重大，关乎天下的安危，京师的镇物，勉强可以称之为国镇，但距离真正的国镇，那可差远了！"

"您这么一说，似乎有点道理。可是溥五爷，这枚破钱怎么就是国镇了？它到底是什么东西，又怎么会跑到那个道士的手里？"小臭接连问道。

"问得好！"溥五爷朗笑一声，"这东西，先前并不是大钱，年岁悠久，具体本体是什么样子，没人知道，只知道乃是极为珍贵之物。后来，落到了姚广孝的手里。那时永乐大帝还是燕王，驻守在北京。姚广孝前往投奔，这和尚修行的是屠龙之术，说白了，就是专门扶持别人当皇上夺天下的。他尽心尽力扶持朱棣，还花了好几年的时间，将那件宝物打造成了一枚大钱，因为上面写着'天下太平'四字，所以称之为太平金钱。据说此物造成时，风云变色。当时洪武帝朱元璋还活着，司天监前来禀告，说是星象突变，北方出现了一股帝王之气！

"朱元璋让人去查，发现龙气所出，正是北京！"溥五爷舔了舔嘴唇，"当时朱元璋已经病入膏肓，并且早写下遗诏，传位给自己年幼的孙子！听闻这个，大为惊恐，一气之下，龙御归天，临死之前，嘱咐孙子，一定要看好燕王。

"这枚太平金钱现于北京，此地自此不仅瑞气云集，更是将周围的燕山等山脉上的龙气吸纳而来，造就了北京城的九五气象！朱棣干事情顺风顺水，最终从北到南，攻入南京，成了永乐大帝！"

溥五爷顿了顿，又道："这枚太平金钱，一直佩戴在永乐帝身上，形影不离。后来，迁都北京，大兴土木修建紫禁城。建成紫禁城后，永乐帝把这枚太平金钱交给姚广孝，由其作法，将此物装入鎏金宝匣之中，密封起来，放在了紫禁城的中心，也就是那座金銮殿的屋脊正中！"

溥五爷呵呵一笑："京师是大明的中心，紫禁城是天下的中心，金銮殿是紫禁城的中心，又是皇帝和群臣决定天下命运的地方！那枚太平金钱，就在金銮殿的屋脊正中，就在皇帝的龙椅之上，犹如一颗太阳，永远庇护着皇帝，庇护着朝廷，庇护着大明！所以，才能被称得上是大明唯一的真正的国镇！"

此时，李黑眼来了兴趣："溥胖子，这事儿怎么没听你以前说过呀！"

"废话，以前你也没问过我呀！怎么了？"溥五爷斜着眼睛看着李黑眼。

李黑眼呵呵一笑，解开衣服领子，把挂在脖子上的一根红绳扯了出来，绳子上拴着一物，金光灿灿。

"真是的，一个大老爷们儿，脖子上竟然挂着一枚大钱……"小臭扯过来看了一眼，顿时手抖了起来，"天下太平！李黑眼，那至宝怎么会在你手里？"

这一嗓子，车厢里可算是炸了锅，一帮人纷纷围过来，抢着要看。

李黑眼一把将众人推开："真要是那枚至宝，我会亮出来给你们看！你们好好瞅瞅。"

说完，李黑眼把那大钱放在桌子上。

众人仔细看了看，虽然这大钱上同样有"天下太平"四个字，而且是纯金打造，但怎么看怎么也不像是什么至宝，也就是个金钱。

"这东西你哪来的呀？"溥五爷拿在手里，掂了掂。

"来自一个你说的辟邪宝匣，"李黑眼笑了一声，道，"除了金銮殿，也就是那个太和殿之外，紫禁城里的每一个殿堂，屋脊正中都有一个辟邪宝匣，分为三等，一等鎏金，二等是黄铜，三等是木匣，里面装的东西也不一样，但都有类似的不同材质的大钱。不仅如此，在北京，天坛、地坛等等这般的皇家建筑，以及颐和园、圆明园的殿堂，对了，还有各大的城门，上方的屋脊之中，都有辟邪宝匣。"

李黑眼的话，让众人目瞪口呆。

"我这东西，是从一个老太监手里得来的。他当时拿着个鎏金的辟邪宝匣到了我的铺子，然后把这些事情讲给我听，我才知道。当时花了不少钱才买下，据他所说，那个辟邪宝匣，来自紫禁城的养心殿，"李黑眼喝了一口茶，道，"所谓辟邪宝匣，自然是镇邪祛魔、庇佑平安，里面装着镇物，一般都是五色丝线、五色丝绸、五色宝石、五个元宝、五种香木、五谷，除此之外，就是五枚大钱。建筑物的等级不一样，里面的东西有多有少，但都会有大钱。大钱有金、银、铜三种，上面都刻着'天下太平'四字。据老太监所说，全天下，规格最高的辟邪宝匣，就是太和殿顶上的那个，里面装着的东西，那可就多了！"

李黑眼清了清嗓子，道："首先是五色元宝，分别是金元宝一枚，重三两四钱五分，银元宝一个，重一两八钱五分，铜元宝一个，重四两，铁元宝一个，中三两，锡元宝一个，重三两，此谓五色元宝！

"红宝石一颗，蓝宝石一颗，翡翠宝石一颗，碧玺宝石一颗，玉石一颗，此谓五色宝石！

"净心咒五卷，净口咒五卷，净身咒五卷，净天地咒五卷，安土地咒五卷，此谓五经五卷！

"五色绸五块，五色线五绺，这没什么说的。

"红绛香三钱，黄芸香三钱，紫沉香三钱，黑乳香三钱，白檀香三钱，此谓五香！

"生地黄三钱，木香三钱，河子三钱，人参三钱，茯苓三钱，此谓五药！

"高粱、黄米、粳米、麦、黄豆，此谓五谷！"

李黑眼滔滔不绝，说了一通："这是太和殿上面那个辟邪宝匣里面装的东西，老太监亲眼从内务府的文书里面看到的，不会有假。除此之外，最重要的，是装在这里面的金钱！"

李黑眼盯着溥五爷，声音提高了八度："据老太监所说，里面装着的金钱，上写'天下太平'四个字，纯金打造，一共，24枚！"

这句话说完，小臭等人哗然。

"溥五爷，这和你说的不一样呀！"小臭皱起眉头。

李黑眼说得头头是道，而且来源是宫里的老太监，那就更错不了了。

如果李黑眼说的是对的，那么溥五爷的话，自然就值得怀疑了。

溥五爷嘿嘿一笑："黑眼，你说的这些，是事实。大清太和殿上面的辟邪宝匣里面，装着的的确是这些东西，那是天下最庄重的镇物，里面也的确装着24枚纯金铸造的天下太平钱，不过，那只不过是级别高的镇物而已，不是国镇！整个大清朝，太和殿上辟邪宝匣里面装着的，都是仿造品！"

"什么意思？"

"不光是大清，事实上，永乐大帝的那枚太平金钱，那枚至宝，那枚国镇，也只持续到了明武宗的时候。自打那以后，太和殿上头的辟邪宝匣里面，装的都是赝品！"

"怎么回事?!"

"很简单,"溥五爷摇了摇头,"那枚太平金钱,被偷了。"

"偷……偷了!"一帮人差点儿昏倒。

溥五爷叹了一口气:"永乐大帝将那枚至宝放在了辟邪宝匣之中,安在了太和殿的屋脊正中,想着是永远庇护紫禁城,庇护大明。事实上,后来虽然明朝国运起起伏伏,但总体说来,还算不错。可到了明武宗朱厚照的时候,坏了事!"

众人竖起耳朵听。

"朱厚照爱玩,整天在外倒腾,大部分的时间都住在豹房,不在紫禁城。所以紫禁城也就逐渐防守松懈。正德九年,紫禁城起了一场大火,将乾清宫、坤宁宫烧得一干二净,火光冲天,朱厚照看了之后,竟然乐乐地说:'好大的一场焰火呀!'皇帝虽然不正经,但锦衣卫马上开始调查,一调查,发现火起得极为蹊跷,先是在乾清宫起火,引得宫中无数人前往营救,然后又在坤宁宫起火,引开了宫中几乎所有的守卫,最蹊跷的是,起火之时,守护太和殿的太监集体被杀,死相很惨,都是眉心一个小小的血洞,贯穿头骨。最后调查不了了之。但没过多久,司天监禀告明武宗,说是天象突变,京师龙脉泄露。这下想起了辟邪宝匣,打开之后,发现别的东西都有,唯独不见了那枚太平金钱!"

溥五爷眯着眼睛:"自那之后,大明气运就一天不如一天!为了掩人耳目,后来放入的都是赝品。到了大清,干脆重新装填,放入了二十四枚纯金的。

"这件事,我曾经很感兴趣,翻看了留在宫中的档案。就是锦衣卫当时呈给朱厚照的调查结果,据里面所说,起火之时,有人在太和殿那边,看到一个道士,盗走太平金钱的,极有可能是此人。不过当时没人看清楚此人面目,也没抓到。"

溥五爷说完，众人全都愣了。

"这事情已经很清楚了！"韩麻子使劲拍了一下手，"肯定是张献忠碰到的那个道士，盗走了太平金钱呀！"

溥五爷像看个白痴一样看着韩麻子："兄弟，明武宗时期的那场大火，是正德九年，距离张献忠碰到老道那时候，足足有差不多一百年！那道士能活这么久？"

"我觉得麻子说得有些道理，"李黑眼开了腔，"他可是憋宝的！憋宝之人，整天打交道的都是天地异宝，若是发生了一些奇遇，比如吃了，嘿嘿，活个一百好几十，太正常了。"

溥五爷目瞪口呆。

"张献忠碰到的这个老道，来历不清，不知道名字，只知道姓，"李黑眼压低声音，"此人，姓阴。"

"阴？这姓也太怪了吧。"蛤蟆头道。

"诸位，我有个问题想不通，"小臭揉了揉太阳穴，"一个憋宝的，为了那枚太平金钱，不惜去皇宫放火，那可是国镇，这样未免也太胆大了吧？"

"那是因为太平金钱有大用呀！"李黑眼双目圆睁，"此物，往大了说，能够镇住一国的气运，往小了说，此物面前一切邪魔外道不敢侵犯，还能抵御凶煞劫数，除此之外，对于憋宝人来说，还有个更为实用的功能！"

"什么功能？"

"憋宝人称呼这枚金钱不叫太平金钱，"李黑眼笑了一下，"他们叫它——落宝金钱！"

"落宝金钱？"

"嗯！此物一出，天地人三个档次的异宝，不管是什么，全都俯首称臣，等级高的，动弹不得，等级低的，当场现出原形！"

"怪不得蛟龙那么厉害的东西在它面前动都不能动，怪不得那五个白猪，紫光一照就成了小银猪！"小臭恍然大悟，"落宝金钱，这名字取得真贴切！"

说到这里，李黑眼打了个哈欠："这是张献忠的第二个传奇。呵呵，所谓的传奇，你们就随便听听，都是些虚无缥缈的传说，当不了真。"

小臭皱着眉头，早已经沉浸在张献忠的传说中不可自拔，抬起头，发现外面早就天黑了。

一帮人听了一天，也是困顿，匆忙吃完晚饭，各自休息。

第三天，车子到了洛阳，休整了半日，小臭等人下车要到附近买点东西。

"老魏，你这几日都窝在房间里，是不是不舒服呀？"小臭敲开了魏老道的房门，很是关心他。

这几天小臭他们在外面侃大山，魏老道一直没出来，似乎又犯病了。

"嗯，老毛病犯了，你们去玩，我躺躺，"老道脸色蜡黄，笑了笑，关上了门。

小臭知道他老毛病吃了药躺躺就好，也就没问，和蛤蟆头下车，在车站附近逛了逛，买了些吃的喝的用的，上了车。

下午，火车从洛阳开出，直奔西安。

开了一天，车窗外出现了一条浩浩荡荡的大河！

"这就是黄河了吧！"小臭第一次见黄河，凑到车窗前望着外面，手舞足蹈，"百闻不如一见，真是条大河！"

"废话！天下无数河流，没一条比得上这条！万河之祖！"李黑眼扫了一眼，站在车窗边，笑道，"张献忠的第三个，也是最后一个传奇，就和黄河有关。"

"啊？"小臭一把将李黑眼摁在座位上，也顾不得看黄河了，"说说！好好说说！"

"张献忠一生有三个传说，三大奇遇，第一个奇遇，蛟腹葬母，第二个奇遇，得了落宝金钱，而第三个，则最终造就了一代煞星。"在众人期待的目光中，李黑眼点了一根烟，不慌不忙开始讲述关于张献忠的最后一个传说。

延安府外般若寺中，张献忠从阴道士手里夺取了落宝金钱，虽然身体有些小伤，但平安无事地回到了城中，继续做他的捕头。

那收了贿赂的上司果然是言出必行，升他做了延安府的总捕头，自此张献忠过得十分逍遥快活。那枚落宝金钱，被他拴了个红绳挂在脖子上，极为珍视。他是总捕头，因为工作关系免不了四处捕拿盗匪，也经常碰到一些离奇的传言，每碰到这种事，张献忠总是十分上心，往往半夜悄悄来到事发地，按照先前阴道士利用落宝金钱刷出那五头小银猪一般的手段干事情。张献忠对憋宝一窍不通，更不会观宝气这种本事，但因为落宝金钱，还真让他做成了几回，虽然成功的概率不高，却也收获颇丰。

张献忠越来越胆大，拿着落宝金钱，四处刷宝，很快积累了一笔巨额财富，四处结交朋友，给上头送礼，风光无比。

有道是好景不长，张献忠的好日子没过多久，延安府换了官员，而且新来的官员与原先的顶头上司还是不对付的人，不但向朝廷参了一本，状告张献忠顶头上司收受贿赂、贪赃枉法，还连行贿的、手底下的全都告了。

时隔不久，京师传来皇上旨意，将张献忠原先的那顶头上司判了个斩立决。树倒猢狲散，张献忠因此也遭了殃，作为余党，本应开刀问斩，但他朋友多，四处为他奔走，最终散尽家财，剥夺了官职，将其降为延绥镇的一名边兵。

明代军队执行的是卫所制度，在边境地区的要塞重镇，设置边镇，边镇里面的军队，除了军户出身的正规军，还有相当一部分是各种作奸犯科之徒。这种地方，往往环境恶劣，地处四战之地，随时都可能会送命。

张献忠由原先的堂堂总捕头，转眼就成了一个普通的边兵，一个炮灰，虽然十分不情愿，但不得不前往报到。

他人缘好，听说他去边镇，身边的那些狐朋狗友、游侠混混，倒也有不少讲义气的，愿意陪他这个大哥一同前往。

张献忠领着一伙人，浩浩荡荡到了延绥镇的高家堡。

高家堡，位于陕西神木县内，神木自明太祖以来就是一处重镇，地广人稀，民风彪悍。高家堡位于神木县西一百里的秃尾河东岸，距离黄河并不远，外敌进犯陕西，必经此处，所以此地也屯了重兵。

高家堡是个夯土城，地势险要，里面的士兵属于边军，三分守城，七分屯种，按照明代的千户所建制，应该有士兵1220名，但明代末年，军事凋敝，全所的士兵加一起也不过三四百，剩下的都是些老弱病残。

张献忠手底下带过去的有二三十人，人数虽然不多，但都是街头不要命的主儿，故而很快成为高家堡里的一股势力。除了屯田，高家堡的驻军有时候还参与剿匪，这事情张献忠很熟，加上他为人心思缜密、手底下一帮人又作战英勇，所以很快因为战绩当了一名百户。

高家堡千户一名，名为郭友达，手下的十名百户，能作战的也就一二百人，有道是山高皇帝远，高家堡本来就是郭友达的天下，张献忠脾气刚猛，原本就属于横冲直撞的人，根本不把郭友达放在眼里，又很快当了百户，再往上那就要威胁郭友达的地位，所以郭友达把张献忠视作眼中钉、肉中刺，不敢来明里的，整天一门心思琢磨怎样使阴招让张献忠脑袋搬家。

很快，郭友达的机会来了。

这一年，陕西总兵官王威四下巡视工作，到了高家堡，突然病了，这下可难住了郭友达。

总兵官，乃是一省卫所的统领者，正二品的朝廷命官，地位显赫，若是在高家堡出了事，一帮人岂能有好？

郭友达日夜伺候在左右，为此事担惊受怕，更是招来各处的名医，为王威诊断。还别说，算王威命大，找来了一个被当地人称为"赛华佗"的名医。名医望闻问切之后，把郭友达以及王威的亲信叫到外面："总兵官这病，来势凶猛，十分沉重，幸亏是遇到了我，否则定难活命。我这里有个方子，保准总兵官药到病除，可这方子里头，缺少一味药！"

郭友达一听，急了："不过是一味药嘛！堡里就有不少，堡里没有，那就去西安取，赶紧开方子！"

哪知名医连连摇头："我这方子，其他的药都好找，唯独这味药罕见，别说一般的药材店了，就怕在西安挖地三尺也不可能。"

郭友达愣了，忙道："且说说，到底是什么药，如此稀罕？"

名医不慌不忙，伸出五根手指，晃了晃："需要一枚五十年的何首乌！"

"啥？五十年的何首乌！"郭友达闻听此言，不由得跳了起来。

高家堡周围有山有水，一向盛产药材，故而堡中边兵也经常采药、晒药，除了向上头奉送之外，也会贩卖给一般的药商，也算是一笔额外的收入，当然这些钱大部分都落入了郭友达的私人腰包。

对于药材，郭友达很精通，找何首乌不难，可一枚五十年的何首乌，那可就不一般了。

"还必须是新挖的，带着泥土的，新鲜入药才行！"名医接下来的一句话，更是让郭友达目瞪口呆。

有不明白的人，会问了：五十年的何首乌，怎么就稀奇了？

且听慢慢道来！

何首乌这种东西，又叫地精，生长于山谷灌丛、山坡林下、沟边石隙，其块根入药，可安神、养血、活络、解毒（截疟）、消痈；可补益精血、乌须发、强筋骨、补肝肾，是贵细中药材。尤其是上了年头的何首乌，简直比人参还珍贵，被称为仙草，而且等级还有不同。

五十年的何首乌，如拳大，号山奴，服之一年，发髭青黑；一百年者，如碗大，号山哥，服之一年，颜色红悦；一百五十年者，如盆大，号山伯，服之一年，齿落更生；二百年者，如斗栲栳大，号山翁，服之一年，颜如童子，行及奔马；三百年者，如三斗栲栳大，号山精，纯阳之体，久服成地仙也！

何首乌虽然分布的地方比较广泛，但并不如人参那般苗木众多，而且对环境要求高，又比较娇贵，故而三五年的何首乌相对好找，过了十年以上的何首乌，那就基本很少见了。

何首乌到了五十年，块茎便开始向人形生长，传说自此便开始吸取日月精华，开始修行，百年何首乌，便有了灵智，两百年者，可幻化为人形，至于三百年者，则足以不受环境限制，自由迁徙，成为山精。至于年头再悠久的，那便是成道了。

郭友达在高家堡这么多年，何首乌见过不少，顶多也就二三十年的，五十年的何首乌从未见过，更别提是新鲜挖出来的！

总兵官王威性命危在旦夕，找到五十年的何首乌，一年半载十年八年也不太可能，这事儿，纯粹看缘分。

所以名医这么一说，郭友达顿时心如死灰。

"我知道要找到此物很难，全看总兵官的造化吧。在此期间，我会用药吊住他的性命，但最多只有一个月的时间，一个月找不到，便是大罗金仙都救不了他。"名医连连摇头。

回到了自己住处，郭友达长吁短叹，看来自己这次算是倒了霉了，不但千户的官保不住，说不定还会被治罪。

正发愁呢，身边的师爷呵呵一笑："大人，这事儿好办呀。张献忠那家伙，你一向不是想除之而后快吗，何不借刀杀人？"

"怎么说？"

"让他去找呀，若是找到，功劳是你的，若是找不到，嘿嘿，把罪责全推到他身上，到时候定然是一个死，岂不是一箭双雕！"

郭友达听后，哈哈大笑："妙计！好！那便如此办！我倒要看看这个'黄虎'能蹦跶几天？"

主意已定，当夜擂鼓聚将，将手底下十个百户都找来，将王威需要五十年新鲜何首乌救命的事说了一遍，问谁愿意去办。

包括张献忠在内，十个百户低着头，没一个说话。

谁都知道这事儿不靠谱，根本不可能。

"既然都不想去，那就只能抓阄了，"郭友达拿过一个瓦罐，"里面我写了十个纸团，一个'去'，九个'不去'，谁抽到，谁便得去找！丑话说到前头，事关总兵官大人性命，若是找不到，别怪我军法从事！"

郭友达把瓦罐往前一伸："谁先来？"

十个百户你看看我，我看看你，谁都不愿意上前一步。

"献忠，你先来！"郭友达大声道。

张献忠没办法，只得上前，从里面抓了一个纸团。

"是何结果？"郭友达问道。

张献忠打开了，见上面赫然一个字——去！

"既然老天让你去，那你只能去了。"郭友达冷声道，"给你二十天的时间，若是找不到，提头来见！"

张献忠捏着纸条，心里真想骂一句：贼老天！

事实上，这事情真冤枉老天了。原来，郭友达在哪个纸条上写的都是"去"，故意第一个让张献忠前来抓阄，怎么能不一抓一个准。

且不说郭友达奸计得逞回去暗自得意，单表张献忠，回到自己的住处，叫来一帮手下把事说了，惹得众人怨气冲天。

"奶奶的！五十年的何首乌，哪里去找？"

"是呀！比金子还难找！找不到还要治罪，还有天理吗！"

"反了他娘的！不干了！"

手下们义愤填膺，张献忠愁眉苦脸，道："只能先找找看，高家堡附近群山环绕，倒是何首乌的生长之地，若是老天可怜，说不定能找着呢。"

"大哥！这怎么可能呢！"

"别说了，找找看。"张献忠下定了决心。